阿媽的女朋友

おばあちゃんのガールフレンド

著 台湾同志ホットライン協会　訳 小島あつ子

サウザンブックス社

序章　中高年レズビアンの来《こ》し方を理解するために

文／同《トン》（中高年レズビアンインタビュー計画発起人）

私が「台湾同志ホットライン協会（台灣同志諮詢熱線協會）」に加入したのは二〇一〇年ことである。ちょうど協会の中高年LGBTワーキンググループ（訳注：老同小組（老年同志小組／the LGBT Elders Working Group の略称）が中高年ゲイたちのライフヒストリーを記録した『虹色バス旅行：高齢者ゲイ十二名の青春の思い出（原題：彩虹巴士：14位老年同志的青春記憶）』（基本書坊出版）を出版したところで、私はその新刊発表会の撮影を担当することになった。発表会のあいだ中、私はこの本が出版されたことに勇気づけられ、感動させられっ放しだった。その一方で、記録されるべきは中高年セクシュアル・マイノリティ男性の物語だけではないはずだということにも気付いていた。子供の頃から私の周りにはたくさんの中高年レズビアンがいたからだ（注1）。中高年セクシュアル・マイノリティ女性のライフヒストリーを記録し、書籍化が実現できたら……。その時の思いが、後に私を本書の出版に駆り立てる最大の原動力となった。

当時、そのワーキンググループにはレズビアンのボランティアは二名しかいなかった。その後、二〇一二年になると女性ボランティアの数が増えたので、私が中高年レズビアンのインタビュー計画を提案すると、この計画に加わってくれたボランティアたちがインタビュー対象を探し始めた。フェイスブック、インターネット掲示板、レズビアンバー……いろんな場でチラシを配り、人づてにインタビューさせてくれそうな人を探し、同年九月にようやくひとり目に会って話を聞くことができた。しかしそれからの三年間で私たちが取材できたのは、年にひとりかふたりだった。

その数年後、以前インタビューに応じてくれた女性が病気に倒れ、私は生命のはかなさと老いの不可逆性を感じ、ワーキンググループのミーティングでも泣きながら「私の人生最大の願いは、中高年レズビアンたちの物語を出版することだ」と訴えた。人生で何かひとつのことを成し遂げられれば十分であると、私は思っている。とりわけそれをすることに意味があり、さらにそれがそれまでに誰も成し遂げたことがないことであればなおさらだ。

この計画を始めたばかりの頃、私は人前に出るあらゆるチャンスをつかむことで精いっぱいだった。例えばフェイスブックの友達グループへの投稿やホットライン協会のワーキンググループ会議、それに友人たちとの食事の席、各地での講演やプライドパレードの先導車での演説からステージ上でのスピーチに至るまで、私は事あるごとに中高年レズビアンのライフヒストリーの出版計画に言及し、この計画への支援とインタビューを受けてくれそうな人を紹介してくれるようお願いした。友人たちは私のプレッシャーに圧倒され、協力者を探し、紹介しないわけにはいかなかっただろうが、こうしてボランティアの皆さんが尽力してくださった結果、二〇一九年までに十八名へのインタビューが実現した（注2）。

台湾初の中高年レズビアンのライフヒストリーが書籍化されたことで、先輩レズビアンがどのような日々を過ごし、どのような経験をしてきたのか、若い世代や一般の多くの方に理解していただけることを期待している。そして、これが今後、より彩り豊かな中高年レズビアンの人生を記録し続けるきっかけとなることを願ってやまない。

1. 同《トン》の母親はレズビアンである。同自身の物語については本書二八五ページの「物語14」を、母親の物語については本書五五ページの「物語1」を参照のこと。

2. インタビューに応じてくれたのは十八名だが、そのうち一名は原稿チェックの段階で身元が割れてしまうことを心配し、最終的に公開しないことを希望したため、本書への収録を断念した。そのため、本書に掲載されているのは十七名の物語となっている。

中高年LGBTワーキンググループ（老同小組）の紹介
中高年のセクシュアル・マイノリティのために私たちができる二、三のこと

文／鄭智偉《チェン・チーウェイ》
（台湾同志ホットライン協会主任。中高年LGBTワーキンググループ呼びかけ人）

はじめに、エピソードをひとつ紹介しよう。

二〇一九年五月の終わりに、台湾同志ホットライン協会の中高年LGBTワーキンググループが主催した、三十五歳以上を対象とした「熟年レズビアンお話し会」でのことである。ボランティアリーダーの呼びかけで、この日の参加者に自己紹介と参加のきっかけについて順番に話してもらうと、三十五歳以上のレズビアンにふさわしい場所が世の中にはほとんどないという人もいれば、この日のトークテーマに興味を持ったという人や、友達に誘われてという人もいた。そして参加者のひとり、Jに順番が回ってくると、話し始めた。五十代のJにとって、今回が人生で初めての、セクシュアル・マイノリティの活動への参加であり、こんなにたくさんの〝同志〟に出会えたのもこ

の日が初めてだという。不安と恐怖のために、Jはこれまでの数十年間、偽りの日々を過ごしてきたのだが、この年の五月十七日に「司法院釈字第七四八号解釈施行法」、いわゆる同性婚法が立法院を通り、Jはようやく国や社会が自分の存在を受け入れてくれたと感じることができたという。こうしてJは五十年余り演じ続けてきた異性愛劇の幕を下ろし、翌日の五月十八日からは、自分らしく生きることに決めたそうだ。

誰かに「ホットライン協会はこれまでにどのような活動をしてきたのか」と質問されたなら、私はこのエピソードを話すだろう。

私たちが台湾各地でジェンダー平等教育を推し進めているのは、教育こそが社会にはびこるホモフォビア（同性愛嫌悪）を取り除くのに最適な、そして最も根本的な解決方法だと信じているからだし、私たちが性を取り巻くさまざまな課題に取り組む他の多くの団体と一緒に、同性婚法制化を推し進める努力をするのは、セクシュアル・マイノリティひとりひとりが平等に権利を有し、彼らの愛が法的な保障と社会の同意を獲得するためだ。さらに私たちホットライン協会が行っているのは、セクシュアル・マイノリティの人権平等を求める社会運動「同志運動」の中で中高年当事者たちにさらに多くの支援を提供し、そしてより多くの当事者が歴史を知り未来について考えることができるように、台湾の過去のセクシュアル・マイノリティの歴史を記録することである。こうして二〇一〇年、私たちは『虹色バス旅行：高齢者ゲイ十二名の青春の思い出』という本を出版した。この本には十二名の、五十歳から八十三歳のゲイ男性のライフヒストリーが記録されている。彼らは戒厳令下の台湾において、セクシュアル・マイノリティに向けられた偏見にさらされ、いわれのない扱いを受けてきた。ある人は伝統的な家族観による婚姻のプレッシャーに屈し、異性との恋愛や結婚を経て子孫を残し、ある人は高齢になってもなお自分の性的指向を受け入れられずにいる。そんな彼らに一貫しているのは、男性を愛し続けてきたということだ。

中華圏で初めての、高齢ゲイたちのオーラルヒストリーをまとめたこの本はまた、台湾の中高年セクシュアル・マイノリティに寄り添い、ニーズを満たすための基盤をホットライン協会にもたらし、その後参加した長期介護政策に関する国際会議の場においては、同志コミュニティの見解を示す裏付けとして、同書を提示している。

だが、それでは不十分だということを私たちは理解していた。なぜなら、『虹色バス旅行』の中には女性のセクシュアル・マイノリティの声が含まれていなかったからだ。こうして私たちは、中高年レズビアンの声に耳を傾け、彼女たちの人生に目が向けられるようになることを願い、二〇一二年からお金と時間とマンパワーを投入し始めた。それから八年が経った今、十七名の中高年レズビアンの人生が生き生きと記録された『おばあちゃんのガールフレンド（原題：阿媽的女朋友)』を、皆さんがこうして手にしてくださっているというわけだ。まだ台湾が閉鎖的で保守的だった時代に、彼女たちはひとりひとりが虹色の豊かな人生を過ごしてきた。そして今、ある者は生活のために必死に働き、ある者は孫を持つ悠々自適なおばあちゃんとなり、また、ある者は愛する彼女と今も寄り添い、ある者はこの世を去り極楽浄土へと向かっていった。

また、中高年LGBTワーキンググループは出版を通じて台湾のセクシュアル・マイノリティの人生を記録するだけでなく、すべての当事者が進歩する社会の中で孤独に陥ることなく社会に受け入れられていると感じられるようになることを願って、以下のことにも取り組んでいる。

・中高年レズビアンのために、私たちは「熟女同志聊天會(熟年レズビアンお話し会)」を開催し、三十五歳以上のレズビアンたちがより自由に仲間作りをしたり、ソーシャル・コミュニティの情報にアクセスしたりできるようなルートを提供する。

・生老病死やセクシュアル・マイノリティの歴史的課題について人々の理解を促進するために、毎年「光陰的故事座談會(歳月の物語座談会)」を開催し、最近特に注目を集めている長期介護や疾病介護、看取りについて話し合う。今年はポッドキャスト版の「光陰的故事座談會」を公開し、コロナ禍においても個々人がインターネット経由で各テーマについて話を聞けるようにする。

・世代を超えた当事者の相互理解のために、日帰りの「彩虹熟年巴士(虹色バス旅行)」を年に一、二回開催する。

・心身に障害のあるセクシュアル・マイノリティのために、私たちは長年にわたり同志コミュニティが手話の学習を通し、そこからさらにろう文化を理解するための「彩虹台灣手語班(レインボー台湾手話グループ)」を運営してきた。同時に、障害を持つ当事者の孤独化を防ぐために殘酷兒《ツァンクーアル》（訳注：障害を持つセクシュアル・マイノリティの自称。「殘酷兒」は障害を意味する「殘障」とクィアを意味する「酷兒」を合わせた造語。）と共に「身心障礙同志活動（心身障害同志活動）」を行っている。

・原住民族（台湾の先住民族）の当事者のために、ホットライン協会は「台湾原住民同志連盟」を立ち上げ、さまざまな活動を行っている。二〇一八年には国民投票により傷つけられた原住民族当事者（*）を元気づけ、サポートする活動を行った。

私たちはまた、同志運動の中でも、比較的マイナーなテーマ、例えば長期介護における性的ニーズの問題、安楽死や介護の現場に携わる移民労働者の人権問題などについて社会的なキャンペーンやアンケート、それに記者会見を行い、他の社会運動団体とも協働している。

「あなたも私も年を取る　だから早めの配慮を」は私たち中高年LGBTワーキンググループ設立以来の理念だ。社会が中高年セクシュアル・マイノリティに関心を持つことや、コミュニティ自体が高齢化問題について思考を巡らし、また中高年セクシュアル・マイノリティたちが抑圧されることなく年を重ねることができるようになることで、ポスト同性婚法制化の社会では、高齢化問題についてさらに多くの対策がなされるようになることを期待している。

*原住民族はクリスチャンが七割を占める一方で、中国国民党（保守派）の支持者も多い。そのため、二〇一八年の同性婚法制化に関する国民投票では、右派キリスト教団体と中国国民党が「同性愛は罪」「同性婚を認めたら国は亡びる」などというデマを拡散するのに動員された。その結果、原住民族のセクシュアル・マイノリティ当事者は漢民族の当事者に比べより一層傷つけられることとなった。（劉霊均）

本書をお読みいただくにあたって

歴史に組み込まれた中高年レズビアンの物語：世代、階級、テクノロジー

文／莊蕙綺《ジュアン・フイチー》、王增勇《ワン・ゼンヨン》、凃沛璇《トゥ・ペイシュエン》、胡哲瑋《フー・ザーウェイ》、吳雅雯《ウー・ヤーウェン》（国立政治大学大学院社会福祉研究科王增勇研究室）

1．はじめに

本書は台湾で初めての、中高年レズビアンのライフヒストリーに関する本だが、単に個々人の物語を集約しただけのものではない。というのも、個人というのは決して独立して存在しているわけではなく、その当時に特有な時間と空間を背景に、その中にはめ込まれているからだ。しかしこうした歴史的なコンテクストは個人の物語の中にうっかり置き去りにされがちである。そこでこの章では、本書の導入として、琴線に触れる個人的なひとつひとつの物語から、それらが同志コミュニティの発展や歴史的コンテクストにどのように組み込まれているのかを見ていこうと思う。読者の

皆さんが中高年レズビアンの物語を体系的に理解できるよう、サンプルとして本書に登場する五十代、六十代、七十代の三つの世代から六名をピックアップし、基本的な情報を表1にまとめた。彼女たちの物語の中から台湾のレズビアン史における重要な出来事、つまり私たちに共通する物語を引き出してみようと思う。この章は本書のボランティアライターたちが討論を行い、共同で執筆した成果である。各自が異なる社会的立場にいる私たちにとって、この作業は自分自身と同志コミュニティを振り返るプロセスでもあった。私たちは個人史に貫かれる四つのポイント（外見、婚姻関係、職業、家族構成）に注目し、討論や分析を行った。この努力が、読者の皆さんにとって、中高年レズビアンそれぞれの活き活きとした物語にさらに足を踏み入れ、それと同時に同志運動と時代の変遷を見るのに役立つことを願っている。

家族構成	取材時期
彰化県員林出身。8人きょうだいの3番目。	2013年1月15日
1948年に家族と共に中国湖南省安化より来台。1982年にアメリカへ移住。家族は先に米国移住済み。	2015年12月11日
両親は日本語世代。一兄二姉あり。家庭環境は良好。父親の知り合いにアメリカ籍の船長がいる。	2014年9月25日
外省人二世。幼い頃虐待されて育つ。母親から結婚のプレッシャーを受ける。	2012年9月13日
父親は大稲埕で会社経営、母親は裁縫の先生。	2016年10月15日
台北生まれ。外省人家庭に育つ。父親は文官公務員、母親は主婦。	2017年9月14日

表1：インタビュー対象者の基本情報

仮名	外見	出生年	取材時の年齢	婚姻関係	職業
阿寶	T寄りの中性	1938年	75歳	異性と恋愛結婚(夫は死別)、子供は三男一女。娘もT。	13歳の時に地元を離れ台北へ。百貨店業、映画会社、雑用係などさまざまな職を経験。42歳の時に夫を亡くし、日本へ渡る(ナイトクラブのカウンターや厨房業務など)。
黃曉寧	中性、長髪、T	1944年	72歳	なし	歌手
阿松	T寄りの中性	1947年	67歳	同性婚	翻訳業(英語)
雲帆	T寄りの中性	1955年	57歳	なし	元貿易会社勤務。会社倒産後、カラオケ店を開業(2013年に閉店)。
老骨頭	中性	1961年	55歳	なし	教師
小月	P	1962年	55歳	異性と恋愛結婚(別居)、子供ひとり	幼児教育に携わっていたが今は退職済み

2. レズビアン・コミュニティの歴史を整理する

（1）台湾で〝ズボン女〟と呼ばれた女性たちによる、草の根的な〝女×女〟恋愛

インタビュー対象者中、最年長の阿寶《アバオ》（一九三八年生まれ）が雄弁に語る享楽的な歳月の中に、一九六〇年代、七〇年代の台湾社会の様子を見ることができる。当時の台湾にはまだインターネットのような、コミュニティ同士をつなぐ地理的制限を受けないネットワーク網はなく、戒厳令により言動を慎重に期せなければならないにもかかわらず、そこには女性を愛する女性が世間を渡り歩くという歴史もが存在していた。一九五〇年代、台湾では工業や経済が発展し始めたばかりで、社会の男女に対するジェンダーロールへの期待も、まだ西洋フェミニズム思想からの影響を受けていなかった。男は男らしく、女は女らしくあるべきで、女はきちんとした立ち居振る舞いや淑《しと》やかさ、それに常にスカート姿が求められていたし、男は大人になれば嫁を取り、女は年頃になれば嫁に行くという価値観が重んじられ、社会の人々の頭の中にはそもそも〝同性愛者〟は存在しない。性別二元論という概念にのみ基づき、年がら年中ズボンを穿き中性的な格好をした女たちは、人々から〝ズボン女〟と呼ばれていた。これが黎明期の台湾社会における〝男前〟な女性を指し示す呼び方だった。

男は娶《めと》り、女は嫁《とつ》ぐ、という家族観が強烈だった当時の社会で、女を愛する女たちは自分たちの恋愛感情を言い表す適切な言葉を持てずにいた。それでも世の中はうまくできているもので、〝ズボン女〟たちには必ず運命的な出会いが訪れ、類は友を呼び、やがて群れとなる。偶然の出会いや友人の紹介を通して、ひとり、またひとりと繋がりが生まれると、彼女たちは兄弟の契りを結び、互いの生活を支え合うグループを形成していく。ズボン女たちは、こうしてできたグループの中であれば、ありのままの自分をさらけ出すことができた。インタビュー当時七十五歳の阿寶は、十三人の仲間たちと台北の大橋頭《ダーチャオトウ》付近で、また七十二歳の黄曉寧《ホアン・シャオニン》は十二人の女性にひとりのゲイを加えた十三人のグループで台北の中山北路《チョンシャンペイルー》付近にたむろしていた。阿寶によれば、台北郊外の基隆《キールン》、台北の下町・萬華《ワンホア》、そして台中などの各地に、その土地に暮らすズボン女たちの〝掛《グア》〟（訳注：「掛」は台湾語でヤクザや暴力団のグループを意味するスラングであるが、本書では遊び仲間や不良たちのグループのようなニュアンス）が存在していたという。つまり、まだ純朴だった頃の台湾の、名もなきレズビアンたちは、自分たちなりに愛と欲望の道を走り始め、私たちの知らない物語を台湾各地で編んでいたのだ。

（2）米軍の消費文化がもたらした〝T／P〟というジェンダーロール

アメリカのＬＧＢＴ運動は、個人は性別や性的指向、それに性的関係にまつわるあらゆる抑圧から解放されるべき、というフェミニズムと性の解放運動から生まれたものである。一九六九年にアメリカのニューヨーク市グリニッジ・ビレッジで起きた「ストーンウォール事件」は、アメリカ史上最初期のセクシュアル・マイノリティによる暴動であり、また世界中のＬＧＢＴ当事者による平等運動の始まりでもあった。台湾の戒厳令期に遡ると、一九五一年から七九年にはアメリカ合衆国と中華民国との間で相互防衛条約（米華相互防衛条約）が結ばれ、アメリカから台湾に軍事協力や援助物資の提供が行われていた。さらに台湾に派遣されたアメリカ人兵士によって、西洋の消費文化と共に同性愛に関連する語彙ももたらされた。こうして米軍のライフスタイルや娯楽が持ち込まれるにつれて、町中には米軍クラブや洋食レストラン、ベーカリーやバーが林立し始めるのだが、その中には男女問わず同性愛者が気軽に出入りできるゲイバーもあった。こうした時代的なコンテクストのもと、ゲイバーのような社交場で〝トムボーイ（いわゆるＴ）〟とその女房役を表す〝婆子《ポーズ》（以下Ｐとする）〟といった呼び名が登場する。趙彦寧《ジャオ・イェンニン》による老Ｔ（訳注：中高年の男性的な格好をしたレズビアンの自称）をテーマにした研究（二〇〇五年、参考文献［3］）から一九七〇年代の様子を知ることができるだろう。米軍のもたらしたダンスホールやバー、それにゲイバーなどの消費空間の登場により、ゲイもレズビアンもありのままの姿で過ごすことのできるスペースが誕生する。本書の物語2では、そのような場所で活躍した黄曉寧の、伝説的な往年の姿が描かれている。

西洋のレズビアンにおけるT／Pという役割の概念により、男女二元論によるジェンダーロールが期待される台湾社会で居場所のなかった〝ズボン女〟は、西洋の優勢的な文化から自分たちの呼び名を見つけ出すと、台湾のレズビアンには新たな概念、つまり〝T／P〟の分類と命名といったアイデンティティを巡って主体の位置付けがなされた。しかし一九七〇年代の台湾には、現在ほどの情報網もインターネットのような情報を即時的に伝達する環境も整っていなかったため、「同性愛」「レズビアン」「T」「P」などの言葉に触れられるかどうかは、個々人の持つ文化資本、省籍（訳注・本省人、外省人といった台湾住民を構成する主要エスニックグループ。本省人は日本統治時代が終わり、台湾が中華民国の統治に編入されるまでに、外省人はそれ以降に中国大陸各地から台湾に移り、定住している人々を指す）や民族、それに社会的階級などの要素に左右された。例えば、裕福な家庭に育った黄曉寧はダンスホールで踊り、バーで歌手として活動する中で、自分自身が〝T〟であることを自覚する。また阿松《アソン》は、仕事上のボトルネックを突破しようとして三十歳でアメリカに赴くが、その時になって初めて「LGBT運動」や「レズビアン」といった言葉に触れ、自分自身のアイデンティティを確立し始める。さらに小月《シャオユエ》は一九七八年、十六歳のときに、雑誌『時報週刊』に連載されていた郭良蕙《グオ・リャンフイ》の小説『両種以外的』（訳注：「二種類以外の」という意味。後に『第三性』（訳注：「第三の性」という意味）に改題され出版）で初めて、女性同士による恋愛関係の中のTやPといったレズビアンの恋愛模様に触れる。一方で阿寶は酒場で働き、労働者の下層コミュニティに身を置いていたので、それらの言葉に触れる機会はなかった。つまり、経済力があり、バーやゲイバーに出入りする機会に恵まれたレズビアンは、階級や国籍・民族を超えた交流ができ、あるいは文学を通して文化的なものに触れられるような条件を満たすことで、ようやく西洋由来のそれらの思考や言葉に接することができたのである。

(3) 台湾の戒厳令解除後の、開放されたレズビアンたちの社交空間

一九八〇年代半ばになると、台北ではTバーがオープンし始め、レズビアン・コミュニティ文化と社交の重要な拠点となる（参考文献［1］）。この当時の男女性別二元論による伝統的な社会的風潮のもと、TバーはTたちが徒党を組み男らしく振る舞うための場だったので、レズビアンが演じる〝T／P〟の役割は、男女関係の枠組みに対応するようなものでしかなかった（参考文献［4］）。しかし同性への恋愛感情を堂々と口に出したり、同性への性欲を表現したりすることが許されない異性愛社会において、当時のTバーは、レズビアンたちが消費行動を通じて欲望の赴くまま自由に振る舞うことのできる貴重な場であり、TやPといったアイデンティティの集団的な社交形態を形成していた。

台湾では一九八七年に戒厳令が解除されると、長い間抑えつけられていた人々の自由への意識は民主的なエネルギーとなり、社会改革運動を推し進めていく。男女平等運動の組織も大きく成長し、家庭や婚姻、仕事、経済などにおける女性の平等権を勝ち取ろうと活動していた。こうして台湾各地の大学キャンパス内外では、ジェンダーを巡る議題を組み立て、思考し、議論する能力のある女性たちが育成されていった。西洋のフェミニズム思想は、家父長制社会に対する鋭い反省と抵抗意識を持った知識人を育て、女性の権利獲得運動に参加するレズビアンの主体性を育んでいく。

　こうして権威主義体制が揺らぎ始めた台湾社会においては、読書会は知識人が仲間を組織する最も一般的なスタイルだった。一九八九年、丁乃非《ディン・ナイフェイ》、王蘋《ワン・ピン》、成令方《チェン・リンファン》ら海外で学んだ研究者たちと、婦女新知基金会のボランティア、そして大学の女性研究会のメンバーらにより「㧪角度読書会」が設立された（訳注・名称の由来については。物語15の注2を参照のこと）。読書会では西洋フェミニズムの名著が読まれ、女性間の差異や女性のアイデンティティ、欲望、シスターフッドなどについて討論する場はあらゆる欲望のエネルギーにあふれ、同性愛フレンドリーな雰囲気に包まれていた。そのため、読書会に参加していたレズビアンのメンバーらによって、翌一九九〇年には、台湾初のレズビアン団体「我們之間《わたしたちのあいだ》」が創立。また同年には、各大学の女性研究サークル間の交流を目的とした初めてのシスターキャンプが開催されると、そこではフェミニズムについて議論が深められただけでなく、女性同士によるちょっとした恋愛模様も繰り広げられた。またインターネットが普及する以前の、大学にまだレズビアンサークルがなかった時代に、フェミニスト・サークルやフェミニズムの授業は、レズビアンの大学生たちが自らの欲望に従い、アイデンティティを確立し、そして物理的なネットワークを形成する役割を果たしていた（参考文献［1］［2］）。

五十五歳の学校教員、老骨頭《ラオグートウ》は、子供の頃から読書家で、本からさまざまな知識を吸収していた。彼女もまた女性運動に関心を持ち、フェミニストの知識人と知り合いになり、読書会にも参加している。さらにフェミニズムの名著に触れた経験から、老骨頭はレズビアン・コミュニティにおけるT／P二元論に対し批判的な視点を持ち、一九九四年には雑誌『女朋友』に「〈ハンサムT×美人P〉神話からの脱却」というコラムを寄稿して熱狂的な反響を引き起こす。フェミニズム思想によって培われたレズビアンのアイデンティティは、Tバーにおける T／Pといった社交スタイルによるアイデンティティ自認とは異なるプロセスで形成されたため、これらのレズビアン・フェミニストは家父長制に対する反省から、異性愛のステレオタイプの複製と見なされていたT／Pという枠組みの打破を試みる。TでもPでもない「不分《ブーフェン》」というレズビアン・アイデンティティの出現は、それまでのT／Pという枠組みに衝撃を与え、さらにその役割分担への挑戦にもなり、それによって、世代や階級、文化資本におけるレズビアンの格差が露呈されたのだった。

一九九四年に「我們之間」のメンバーによって創刊された雑誌『女朋友』には、レズビアンのライフスタイルや生活状況、恋愛に関する記事だけでなく、「T／P／不分」についての論考なども掲載されていたことで、異性愛モノであふれかえる映画やテレビ番組、雑誌、書籍等に取り囲まれていたレズビアンの深い共鳴と共感を呼ぶ。隔月刊誌の『女朋友』は大型書店チェーンなどでも販売されたことで、都市部の台北だけでなく、台湾の中部や南部に暮らすレズビアンも手にすることができた。さらに巻末に掲載されていた文通欄「放電小站《ステーション》」は電子メールや携帯電話が普及していなかった当時、地理的な制限を超えた出会いのルートとなる。会員制の文通欄では雑誌のボランティアスタッフが間に入って手紙の転送作業を行ったことで、会員のプライバシーが保たれたため、利用者が安心して交流できる安全な仕組みになっていた。

一九六二年生まれ、五十五歳の小月《シャオユエ》は、異性と結婚した後で雑誌『女朋友』に出会い、そこに掲載されていた広告を見てTバー巡りを始めている。そして初恋相手だった元ガールフレンドに関する精神的苦痛に悩んでいた時に、雑誌の巻末に載っていた問い合わせ窓口に電話を掛けたことがきっかけで、正式にレズビアンのコミュニティに足を踏み入れる。『女朋友』は、二〇〇三年四月に休刊するまで全三十五号が発行された。また、インターネットがなかった時代、紙媒体の存在は文学好きなレズビアンをエンパワメントした。

ダイヤルアップによるインターネット接続が可能になった一九九六年、Ｄｉｎｇｏを名乗るソフトウェア・エンジニアのレズビアンが台湾初のレズビアン専門ウェブサイト〈我的拉子烘焙機《わたしのレズビアンホームページ》〉を立ち上げる。開設当初は個人のホームページに過ぎなかったこのサイトも、翌年になると名称を〈ＴＯ－ＧＥＴ－ＨＥＲ〉に改めコンテンツを徐々に充実させていくと、最終的には巨大な中華圏レズビアン・コミュニティへと成長した。世界中のどこからでもアクセス可能なウェブサイトは国境を越え、二〇〇二年では台湾のウェブサイトの中で最も多くの外国人レズビアンがアクセスするサイトだった（参考文献［2］）。一九四七年生まれの阿松は、三十歳の時に仕事でアメリカへ渡ったあとで、〈ＴＯ－ＧＥＴ－ＨＥＲ〉を通じて中華圏の仲間と出会い、ようやく自分が孤独ではないことを知った。阿松は〈ＴＯ－ＧＥＴ－ＨＥＲ〉のクールなデザインをひと目で気に入りヘビーユーザーになる。現在はすでに閉鎖されてしまったが、サイト最盛期には地理的制限を受けないインターネットの優位性と、レズビアンに特化したスペースの特異性があいまって、中華圏のレズビアンたちの距離をあっという間に縮めていき、巨大なバーチャル・コミュニティを形成した。

一九九〇年代半ばころからは、インターネットが次第に普及していき、多くの中華圏レズビアンを惹きつけた〈ＴＯ－ＧＥＴ－ＨＥＲ〉のほかにも〈小鎮姑娘《リトル・タウン・ガール》〉や〈ＤｅａｒＢｏｘ〉などといったインターネットフォーラムがレズビアンたちの出会いの場となる。一方で、リアルでもＴバーやレストラン、それに紅茶カフェなどのレズビアン空間が林立すると、戒厳令解除前に比べて同性愛に関する情報が欠乏することはもはやなく、出会いの場が制約を受けることもなくなった。戒厳令解除後の台湾では人々の自由への意識や権威主義に抵抗する社会運動、西洋からのフェミニズム思想による家父長制への反省と弁証が、大衆の視線をゆっくりとセクシュアル・マイノリティの存在へと向けさせ、当事者の声に耳を傾けさせたことで、同志コミュニティの性的アイデンティティは解放され、交友関係が広がっていった。これにより、インタビュー対象者のうち日本統治時代や戒厳令期に生まれた世代は、戒厳令解除後の民主的な社会においてセクシュアル・マイノリティに関する情報に触れる機会を得て、あるいは『女朋友』を通じてペンフレンドと交流し、インターネットやリアル消費空間を通してレズビアン・コミュニティの存在を認識したことで、自分が孤独ではないことを知り、異性愛が主流の社会の中で自己のアイデンティティを認め、生存のためのエネルギーをチャージした。二〇〇四年にフェイスブックがサービスを開始すると、インターネットの利用はさらに拡大し、交流手段は文通やリアル集会から、インターネット上のさまざまなコミュニティを介したものへと変化していく。

台湾におけるレズビアン・コミュニティの発展の歴史と、フェミニズムや同志平等運動とは密接な関係にある。目まぐるしく変化していく歴史の中に、数えきれないほどの、そして中味の濃い同志運動が一ページずつ刻まれ、素晴らしい物語が編まれていく。次に示す表2では、六名のインタビュー対象者が率直に語る自身のアイデンティティやパートナーとの出会い、性的指向の模索と学び、そして人生における悲喜こもごもについて、レズビアン・コミュニティの発展史と照らし合わせながら整理する。

3. 人生の四重奏

（1）文化資本とT／P文化：アイデンティティと出会い

一九九〇年代以降生まれの、インターネット上にあらゆる情報があふれる環境で成長したレズビアンにとって、レズビアンに関する情報にアクセスすることはそれほど難しいことではない。街を行き交う人々を注意深く観察すれば中性的な服装の女性が一定数存在していることが分かるし、女性同士が手を繋いで歩いていれば、誰がレズビアンかを見分ける「ラーダー（訳注：レズビアンとレーダーを合わせた造語。GAYDARの類義語）」が反応するだろう。

レズビアンにとって、自分が何者であるかを認識する方法は時代ごとに異なるが、恋愛を描くさまざまな文章表現において、主人公の恋愛感情の芽生えは時代に関係なく思春期に始まる。さらに男女別学により作り出された女性だけの環境は世代を超えて共感を呼び、六十年前からすでに女×女の恋愛模様が繰り広げられ、同性愛的な欲望の啓蒙の場として重要な役割を果たしてきた。黄曉寧は中学時代にガジュマルの木の下でギターを弾きフォークソングを歌い始めると、全校女子生徒の人気者となる。高齢レズビアンの多くが女子校時代に忘れ難い初恋を経験しているのだが、当時はTやPが何なのかを知る者はいなかったし、女性を好きな女性がレズビアンと呼ばれることも知らず、自身に内在する偽りない気持ちを表現できずにいた。同級生の笑顔で幸せな気持ちになり、その悲しみに胸を痛める。小月は初恋の相手との甘い一学期間を過ごした後に相手に冷たくされ、それを苦に大学統一試験の前にリストカットを図る。五十七歳の阿松は学生時代の同性に対する恋愛感情について、自分に好意を寄せる女子がいても、同性を好きになるのは世界中で自分ひとりだけだと考えていたが、このような孤独感は女性同士の感情に無理解な社会から生まれたという。老骨頭と同級生との純粋な恋は、クラスメートの間で噂になりながらも、五年間続いたのだった。

学校生活を終えたレズビアンの文化資源とT／P文化のコンテクストは、米軍消費文化とフェミニズム思想の二つを区切りとして、大まかに三つの時代に分けることができるだろう。第一期は朝鮮戦争が勃発する前、米軍が台湾に駐留する以前の「プレ米軍期」である。一九五〇年代は、ただ男女の別があるだけで、Tは性別二元論の社会において、自分の居場所を見つけ出せずにいた。

コミュニティの様態	取材対象者の性自認への影響
グループの結成	阿寶:グループやパートナーによる相互支持
グループの結成 ゲイバーにおける消費文化	黄曉寧:グループやパートナーによる相互支持 小月:刊行物で初めて「T／P」の恋愛物語を読む
「T／P」のアイデンティティを持つ者たちによるグループ型交際	小月:Tバーを訪れ、「T／P」というアイデンティティを知る
フェミニズム運動の影響を受け、「T」「P」二分論の文化に対する反発が起き、「T」でも「P」でもない「不分」というアイデンティティが誕生	老骨頭:フェミニズム運動の読書会に参加、自身の「Tの中のP、Pの中のT」というアイデンティティに気付く。「我們之間」への参加、雑誌『女朋友』の文通コーナーや活動を通じ、二人目、三人目の恋人と出会う
文通を通じて地理的な制限を超えた友達作りやコミュニティの認知が広がる	小月・雲帆:雑誌『女朋友』によりレズビアン・コミュニティ文化と出会う
地理的な制限を突破し、インターネット上にレズビアンによる大型バーチャルコミュニティが出現	阿松:「TO-GET-HER」を通じて恋人と出会う。コミュニティの主催。 小月:「TO-GET-HER」を通じて恋人と出会う
実体消費空間やオフ会を通し、交流の形式が多様化	小月:Tバー巡り、『女朋友』主催による中高年レズビアン対象の集会に参加 雲帆:オフラインミーティングに参加、レズビアン・フレンドリーなカラオケ店の経営に乗り出す
インターネット上に多種多様なコミュニティが出現	雲帆:フェイスブックのレズビアン・コミュニティに参加、視野が広がる。 小月:レズビアンのLINEグループに参加

表2：個人の物語とアイデンティティ、コミュニティに関する対照表

年代	レズビアン・コミュニティの発展史
1950年	“ズボン女”と呼ばれた女性たちによる草の根的な女性×女性による恋愛
1951〜1979年	米軍消費文化の流入により「T／P」という概念が登場
1990年	Tバーの出現
	欧米のフェミニズム：婦女新知編纂アルバイト・大学や短大の女性研究グループによる「搖角度読書会」・フェミニズム文学の読書会
1994年	台湾で初めてのレズビアン団体「我們之間」が雑誌『女朋友』を隔月刊行
1996年	台湾で初めてのレズビアン・ウェブサイト「我的拉子烘焙機」開設（1997年に「TO-GET-HER」に改名）
1990年代中後期	レズビアンのためのリアル空間（Tバー、紅茶カフェ、レストラン）が林立、インターネットオフ会の開催
2000年代以降	インターネットが急速に普及

阿寶は自分と同じような、スーツにツーブロックカットを好むレズビアンたちと兄弟の契りを交わし、彼女たちは世間から〝ズボン女〟と呼ばれる。集団としてのパワーは、男女の間に居場所を見いだせない彼女たちの居心地の悪さを和らげていた。

第二期は、米軍が台湾に進駐した後の一九五一年から一九九〇年代である。戒厳令下でも、米軍基地内のクラブは政治的特権と文化的優位性を享受していたため、そこでは西洋のレズビアン文化が垣間見られた。フェミニズム思想が台湾に入ってくる前のこの時期を、「米軍消費文化期」（訳注：米軍の台湾駐留は、一九五一年～一九七九年のことである）と呼ぶことにしよう。黄曉寧は米軍基地で歌手として活動をする中で、T／P文化と出会っている。また小月は雑誌のバックナンバーの片隅で女性同士の恋愛における「トムボーイ」（T）と女房役「婆子《ポーズ》」（P）というアイデンティティを目にした。経済力のあった阿松と黄曉寧は直接アメリカへ渡りそこで生活する。阿松はアメリカ社会で職場の同僚たちが誰誰はレズビアンだといったことをためらうことなく口に出す姿を目の当たりにして大いに驚き、また関連する文献を読み漁ったことで、ようやく自分自身を受け入れる。この頃から、アメリカのLGBT運動が台湾にも徐々に影響を及ぼすようになるのだが、その影響を受けるのは、依然として十分な文化資質と経済力を備えたひと握りのレズビアンに限られ、米軍消費文化に接する機会のないレズビアンたちは蚊帳の外に置かれたままだった。

第三期は、米軍が台湾を離れた後の「ポスト米軍期」である。戒厳令解除とともにフェミニズム思想が台湾に入ってくると、一九九〇年に同志運動が始まり、レズビアン・コミュニティの情報は、もはや文化資本と経済力のあるレズビアンたちだけのものではなくなり、インターネットや出版物が地理的な制約を突破する。インタビュー時に五十七歳の雲帆《ユンファン》と五十五歳の小月はこの頃に、雑誌『女朋友』を通してレズビアン文化に触れ、小月はTバーに出入りする中でPとしてのアイデンティティを見いだす。老骨頭はTバーで〝Tっぽくない〟と自分の認識を疑われたことをきっかけに、T／P文化を問い直す。あるいは阿松や小月のように、インターネットフォーラムを通じてパートナーと出会うこともできた。コミュニティの交流スタイルが変化しただけでなく、T／P文化の領域もまた試練にさらされ続ける。小月はもともと自分のことをTと認識していたが、後にTバーで自分の恋愛対象がTであることに気付き、自分はPだと認識を変えるのだが、これは〝T×P〟というペアリングの概念が内在し続けていたということでもある。老骨頭はフェミニズム思想の影響を受け、一九九四年に『女朋友』に「〈ハンサムT×美人P〉神話からの脱却」というコラムを寄稿し、大きな反響を呼んだ。老骨頭は自分自身の中にある「Tの中にもPの要素があり、Pの中にもTの要素がある」という欲望についても文章を書いている。二〇〇〇年以降になって、雲帆はようやくリアルのレズビアン集会で不分《ブーフェン》とT／Pが平和的に共存する姿を目にするようになった。そこではもはや不分とT／Pの対立はなく、多様なレズビアンのアイデンティティを織りなしていた。

女性が女性を愛するのはまったく自然なことであるが、レズビアンというのは後天的に生成されるものである。レズビアン・コミュニティがアイデンティティと密接に関連し合うのは、自分と同じような人を見ることで、自分が孤独な存在ではないことを知り、自分自身を受け入れられるようになるからだ。〝ズボン女〟からT／Pそして不分《ブーフェン》に至るまで、コミュニティの範囲がますます広くなるにつれ、そのようなカテゴリーを示す頭文字語は、茫々たる人間社会の中で自分を理解してくれる仲間を探し出すための手段に過ぎない。

（2）結婚や家族という概念の変化

近年、家族の形の多様化に対する意識が高まり、同性婚の法制化はもはや触れてはいけない話題ではなくなった。街頭でサプライズプロポーズを行い、スーツやウェディングドレスに身を包み、皆の祝福を受けながら人生の次のステップを目指す。今日の素晴らしい風景に至るまでには、いくつもの変化を経てきた。

ひと昔前の〝T〟たちはスーツを着て兄弟の契りを結んだ仲間と町中を遊びまわり、酒を嗜み、好みの女性を我が物のように扱い、常にあらゆるロマンチックな手段で女性のハートを射止めて寵愛したが、自分の性別が男性ではないことで、生涯を誓い合うための主導権を握ることができず、ただ愛する女性を別の男性に差し出すしかなかった。黄曉寧と阿寶はそんな時代の中でそれぞれがレズビアンとしての人生を歩んできた。ハンサムな外見に向けられたのは奇異な視線ではなく、むしろ憧れのまなざしであり、彼女たちは皆の注目を集める人気者となった。だがその華やかな姿の裏で、自分の差し出した愛情は気にかけてもらえないという事実を隠せずにいた。自分の、そして相手の女性のために〝ベスト〟な人生プランを立て、彼女がウェディングドレスを着て結婚し、男性の良き妻となる姿をただ眺めることは、その彼女と自分の関係の終わりを意味し、自分に課された義務でもあったが、それもまた親密な関係が消え去る前に相手に捧げる最後のロマンでもあった。

インターネットが新たな空間を提供したことで、レズビアンたちは場所の制約を受けることなく出会えるようなったし、その人生にもまた、さまざまな可能性が出てきた。インターネット世界によって、セクシュアル・マイノリティというアイデンティティがもはや単なる言わず語らずによる機会損失ではなくなるとき、社会体制への融合が始まる。さらに議論や集まりが増えることによって、個々人はただ孤独を感じながら出会いのきっかけを待つことはなくなり、むしろ世の中には自分と同じような人がたくさん存在するのだということを理解し、そしてその瞬間から「コミュニティに足を踏み入れた」ことになる。アメリカに移住した阿松は同僚のひと言がきっかけとなり、さらにオンラインデートという新たなページを開いたことで、彼女の人生に運命の相手が舞い降りた。ガールフレンドとの子供の共同親権は、妻への優しさであり、法で認められた婚姻関係は阿松と子供にさらなる安心感を与えた。五十七歳の雲帆がレズビアンフレンドリーな集会やインターネットのプラットフォームにふらりと足を踏み入れたのは、自分にぴったりのパートナーとの出会いを心から望んだからだ。伴侶と共に婚姻が保障されることは、雲帆にとって老後の安心に繋がるだろう。

同志運動が盛んになって発展する頃になると、セクシュアル・マイノリティという言葉はもはやNGワードではなくなり、結婚も異性愛者による一夫一妻の様相に限られることなく、多様な家族のかたちも選択肢のひとつになった。小月は思春期に受けた心の傷により、一時期は自分が同性愛者ではなくなったとさえ思っていたが、結婚出産を経て、異性との恋愛や結婚は自分の望む人生ではないことに気付くと、次第に婚外関係に素晴らしい人生を見いだしていく。小月はたくさんの秘密の関係を築いていくが、同時に異性との結婚における女性特有の所有感も忘れられずにいた。同性婚と異性婚、それぞれの期待の間を彷徨った結果、小月は恋愛に対し冷めた見方をするようになると、情念による束縛を手放し、ひとりの生活を選ぶ。老骨頭は両親からの問いかけに、思わず自分の性的指向をカミングアウトしてしまうが、両親がそれを受け入れることはなく、その後何度も見合いをセッティングされる。結婚がまとまりかけたが、四柱推命で「夫を不幸にする」運命だと告げられ、破談になったこともあった。試しに男性と交際してみたが、自分が本当に「女性しか愛せない」こと、そして「愛せない相手と一生を共にする」のは無理だということがわかった。恋人のいない五年間を過ごし、今なおパートナーとの出会いを期待しているが、自分がオンラインデートには向いていないことは自覚している。今は球技や歌、それに読書で充実したシングルライフを送っている。

同志運動の努力のもと、結婚のイメージには多元的かつ巨大な変化が生まれた。七十歳を過ぎた高齢レズビアンは、その昔、兄弟の契りを交わすことで群れを成した世代である。もちろん心の赴くまま女性だけを追いかけることもできただろうが、異性婚という運命から逃れることは難しかった。現在五十~六十代のレズビアンが同性との親密な関係を求めて「コミュニティに足を踏み入れ」ることは、セクシュアル・マイノリティにとって重要なステップとなった。インターネット空間やリアルな社交の場において、コミュニティの中で互いに愛し合える最高の相手を求め、義務とされる異性との結婚に縛られることがなくなるだけでなく、愛する相手と約束を交わすことが許され、子供を持つことも保障されることで、実際の家族の様相を実践できるのだ。同性婚が後押しされるにつれ、レズビアンが家族を持ち子供を育てることは、もはや手の届かない絵空事ではなくなる。同性婚はふたりが愛し合うということの尊さを示すものだ。パートナーと子供のために彼女たちは安定した温かな「家」を形作ろうと最善を尽くす。一枚の紙きれによる契約のような「証明」は、そこにあふれる愛を物語るには不十分だが、安定した親密な関係の実現を約束するものなのだ。

（3）彼女たちは漂流する：労働、移住、コミュニティ空間とはすなわち政治である。六名の中高年レズビアン――阿寶、黄曉寧、阿松、雲帆、老骨頭、小月――はそれぞれが異なる時代に生き、その仕事環境からは台湾の政治経済の歴史が垣間見える。台湾の女性がまだ職場で極めて大きな制約を強いられていた頃、中高年レズビアンたちは国境を越え、自己実現をするための方法を追い求めていた。

台湾がまだ日本の植民地だった一九三八年生まれの阿寶は、日本による皇民化政策を経験し、台湾政治の変遷を見つめてきた生き証人だ。台湾の宗主国が日本から国民党による政府へ変わったのは、阿寶が七歳の時である。戦争によりたくさんの建物が被害を受けただけでなく、国民党政府軍に軍事資源を提供するためにインフレが急激に進み、人々の生活は困窮した。一九四九年、国共内戦に負けた国民党は二百万もの軍人、公務員、教員らを率いて台湾に上陸し、ニュー台湾ドルを発行し、土地改革を推進し始めた。当時四歳だった黄曉寧は家族と共に中国湖南省安化から台湾の永和にやって来て暮らし始める。一九五一年、インフレ緩和を目的とするアメリカから支援物資の第一弾が台湾に到着する。同時に農村の土地革命と農業の機械化が進んだことで、大量の労働力が労働市場へと放たれた。紡織などの製造業が次第に盛んになると、十三歳の阿寶は故郷の員林《ユエンリン》を離れ、台北で百貨店業や映画会社の雑用係の仕事に就く。当時の台湾経済はその大部分をアメリカに依存しており、外国製品は誰もが競うように手に入れたがる高級品で、委託販売店の中には行商人によって輸入された外国のぜいたく品がぎっしり詰まっていた。その当時四歳だった阿松には外国船の船長をしていた父親の友人から、フリルがあしらわれたスカートが送られてきたが、阿松がそれにときめきを覚えることはなかった。

一九六〇年代、台湾は次第に工業化し、租税の減免措置が海外からの多額の外貨投入を促進すると、アメリカのゼネラルモーターズ社やラジオ・コーポレーション・オブ・アメリカ社、それにオランダのフィリップス社などが次々に台湾にやって来て労働集約的な電子部品生産のために投資を行い、工場を開設した。一九六五年にアメリカによる援助が打ち切られると、台湾ではさらに多くの労働者を農村から工業へと駆り出すために、「工業取代農業（農業から工業へ）」「低廉工資代工（低価格による製造受託）」などの経済措置が取られる。経済の向上は輸出を拡大し、その中には台湾産パイナップルの缶詰も含まれていた。その頃二十六歳だった阿寶は故郷の員林に戻ってパイナップルの缶詰製造に三年ほど従事し、大金を貯める。同じ頃に台湾電視台（テレビ局）が開局。一九六七年、学校を卒業したばかりの二十三歳の黄曉寧は米軍基地の専属歌手となり、時々テレビの音楽番組で歌を披露することもあった。そんな彼女に付けられたのが「女プレスリー」というあだ名だ。この時、学校を卒業したばかりの阿松は得意の英語力を活かして輸出会社に就職すると、飛躍する台湾経済のフロントラインで活躍した。

一九七〇年代後期にオイルショックが起きると、台湾は十大建設（大規模インフラ整備）を推し進め、交通と重工業を発展させる目的で経済構造の転換を促進しようとした。その頃日本では戦後の経済復興に伴いセックス産業が盛んになると、台湾から多くの女性が東京・新宿の歌舞伎町に出稼ぎにやってきて、店の看板娘となった。一九八一年、三十八歳だった黄曉寧は自分の看板番組を持つという貴重なチャンスを得るが、女性らしい服装で出演することを求められ、自分のアイデンティティが踏みにじられることに憤怒すると、そのチャンスを放棄する。その後、両親の後を追ってアメリカの南カルフォルニア州に移住しバーを開いた。同じ頃、貿易会社で働いていた三十四歳の阿松は、自分が女性であることでキャリアプランの展望を見いだせず、ニューヨークで仕事に就くことを決める。二十三歳の雲帆は、この頃に貿易会社に就職した。一九八〇年、夫を亡くした阿寶は子供たちを養うために、当時盛んだった日本への出稼ぎに行くと、バーやレストランで働いた。一九八〇年代後期に日本経済がバブル化すると、日本で働いていた台湾女性たちは次々に台湾へ引き上げるが、一人暮らしを楽しんでいた阿寶は日本に留まることを決め、その後長男が結婚する年の五十七歳まで、日本に住み続けた。

一九九〇年には台湾の産業が中国大陸に移り始め、貿易企業は次第に萎縮していく。二〇〇〇年、四十七歳の雲帆は勤めていた貿易会社が倒産すると、間もなくカラオケ店の経営に乗り出し、店はその後九年間続いた。この時三十七歳の小月は、結婚し子供がいたにもかかわらず、インターネットで知り合った同性パートナーの阿丹《アダン》とアメリカで一緒に暮らすことを切望していた。二〇一四年、黄曉寧は腎臓腫瘍の手術のために台湾に戻り、二〇一八年にこの世を去った。

中高年レズビアンたちは性別が女性であるがために、職場で深刻な差別的扱いを受けてきた。地上波テレビがメディアの主流だった時代に看板番組をオファーされるというのは滅多にないチャンスだった。だが女プレスリーの黄曉寧は、自分の意に反して女性らしい格好をさせられることを拒み、そのオファーを断る決断をする。阿松は勤めていた貿易会社で、女性であるがために実力があってもキャリアアップができないガラスの天井に阻まれていた。黄曉寧と阿松はアメリカに移住し、自分自身であり続ける機会を追い求める。英語が話せない阿寶は日本に赴き、家族を養うために金を稼ぐことにする。小月は愛のために台湾を離れようとしたが、母親からのプレッシャーに負けて異性婚生活に戻ることを選ぶ。場所を移動することで抵抗する――中高年レズビアンは女性に課せられた伝統的なステレオタイプの束縛を解き、主流に屈することなく、そこから離れる選択をする。あるいは直面した問題から逃げずに立ち向かうことで、中高年レズビアンは社会における構造的な性差別による制限のもと、自分自身の性自認に従い、辛抱強く、そして自分の意のままに動き始めた。自分のアイデンティティは自分のものだ。そしてそれを守るため――彼女たちは漂流した。

(4) 同志運動の本質と起源を再考する

若いセクシュアル・マイノリティが中高年のセクシュアル・マイノリティに抱くある種のステレ

オタイプな印象はこうだ――生まれてきた時代が早すぎて、同志運動がもたらした開放の恩恵にあずかることができなかった人たち。あるいは、中高年のセクシュアル・マイノリティは社会の保守的な雰囲気のもと、孤独に、生気を失った状態で生きてきた。だから日増しにLGBTフレンドリーになっていく今の社会に生きる自分たちは彼女たちに比べて幸せだ――だが、六人の中高年レズビアンたちの物語は、そんな認識を完全に覆し、そして問いかけるだろう。私たちは果たして彼女たちのような素晴らしい人生を送っているだろうか？と。

六人の中で最年長の阿寶と黄曉寧を例に挙げてみよう。若い頃のふたりはそれぞれ、仲間たちと〝兄弟の契り〟を結んでいた。阿寶は台北大橋頭を根城にする十三人の〝義兄弟〟の七番目で、黄曉寧は十二人の義兄弟にゲイの妹のひとりを加えた十三人のきょうだいの中の二番目だ。阿寶によると、当時台湾各地にレズビアンが組織した「掛《グア》」があった。「台中掛、萬華掛、それに基隆掛もあったのさ！」。つまり、レズビアンは五、六十年前の台湾でも集結し、徒党を組んでいたし、集団行動を通して自分らしくいる勇気を得ていたのだ。その中で最も活き活きとしているのが阿寶のストーリーだろう。阿寶の義兄弟たちは毎日のように理容室で頭髪を整え、白いスーツを着て、自転車を乗りまわす。台北大橋にのさばり、気に入った女性がいれば自転車でぶつかり、事故を装ってナンパのチャンスを作る。セックスワーカーの葬儀では弔い用の蓮花を折り、最前列でその死を悼む。同志運動の本質が、社会的弱者であるセクシュアル・マイノリティが集団でアイデンティティを確立し行動することで、偏見に満ちた社会に反抗・挑戦し、自分たちの生き様を社会に見せつけ、認めてもらうことにあるならば、阿寶や黃曉寧ら義兄弟たちがその当時のそれであったことを疑う余地はない。彼女たちは〝ズボン女〟を差別する社会に対し、自分らしくあるために果敢に抵抗していたからだ。彼女たちの物語を見聞きした後で、台湾がまだ戒厳令下にあった一九六〇年代に彼女たちが起こした集団行動をなかったことにして、初めてセクシュアル・マイノリティが社会と戦い状況を変えようと努力したのは、同志運動が台頭してからだなんて、どうして考えられようか。

阿寶と黃曉寧は同じ時代を生きていたが、出自の違いにより、ふたりの間には文化資本と社会階層に隔たりがあった。阿寶は義兄弟に守られながら、〝鐵《ティエ》T〟（訳注：男性的な格好を徹底したT）としての人生をしっかり実現していたが、常に異性婚家庭を戒律として心に留めていた。つまり、自分のガールフレンドたちには結婚を勧めたし、十二人いた義兄弟もひとりを除き、皆結婚していったのである。阿寶自身も自分の生まれ育った家に戻り、娘として、あるいは母親としての義務を果たしている。一方で外省人である黃曉寧は、ギターが弾け、外国の歌を歌うことができたために、アメリカ軍のクラブで歌手として活動し、アメリカのセクシュアル・マイノリティ文化に触れる機会を得た。ある晩、黃曉寧が歌を歌っていると、米軍兵士がその姿を見て大きな声でこう言った。「マーサ、君はトムボーイだね！」。こうして黄曉寧は台湾で最も早い時期にアメリカの文化に触れ、〝T〟というアイデンティティを得たのだった。十二人の義兄弟とはそれぞれ台北の徳恵街《ダーフイジェ》のバーや中山北路《チョンシャンペイルー》の洋食レストラン、そして黄曉寧が歌を歌っていたピアノバーで知り合うと、いつもつるんで食事や喧嘩をし、ダンスホールに踊りに行き、上下そろいのスーツをオーダーし、女性と交際し、女性を囲み、酒宴を開いては夜通し遊びまわった。彼女たちは仕事にも遊びにも常に真剣だった。このようなレズビアンのグループは都市部の限られた地域にしか存在していなかったかもしれないし、民主制度の下支えがなかった時代には国の政策や社会全体の制度を変えることはできなかったが、グループが存在したことで、当時のレズビアン当事者は社会の主流に属さない自分自身を受け入れ、彼女たち独自のライフスタイルを歩むことができた。これはまさしく、当時における同志運動だったのではないだろうか？

阿寶から遅れること十年、子供の頃から「自分自身は世界でただひとりの、異常な人間だと思っていた」阿松（インタビュー時六十七歳）は、アメリカに移住して初めて自分はレズビアンであることを認識するが、アメリカ在住のアジア人として、現地のセクシュアル・マイノリティ・コミュニティの中に入れずにいた。一九九六年にインターネットが普及し、台湾初のレズビアン・ウェブサイト〈TO-GET-HER〉が開設。五十歳の阿松はサイトにアクセスするなり、そのすっきりとしていて分かりやすいページに夢中になり、サイトが閉鎖されるまでずっと愛用した。〈TO-GET-HER〉を通じて、阿松の人生は一八〇度変わる。二〇〇〇年にバイセクシュアルのページで知り合った現在のパートナー小蘭《シャオラン》と、アメリカで同性婚が法制化された後に結婚登記したのだ。

続く五十代の三人のレズビアンが、同志コミュニティに足を踏み入れるきっかけは三者三様だ。比較的デビューの遅かった雲帆も、〈TO-GET-HER〉や〈小鎮姑娘《リトル・タウン・ガール》〉といったインターネットのプラットフォームがコミュニティに参加するきっかけになったのだが、雲帆は、オンラインコミュニティは自分のような中高年レズビアンにはあまり適さないと感じていた。雲帆が五十二歳の時、勤めていた会社が倒産したことをきっかけに、ジェンダーフレンドリーな店を探し始め、ついには自分でレズビアンカラオケ店を開業する。こうしてレズビアンのための消費空間で、雲帆は自分を一歩ずつセクシュアル・マイノリティの物語の中に導き入れたのである。

小月がコミュニティに足を踏み入れたのは、インターネットやTバーだけでなく、新聞や雑誌などの出版物もきっかけだった。これは小月の文学好きな性格を反映している。高校時代の同性との恋愛が苦い結果に終わったあと、小月はすぐに異性との恋愛結婚に踏み切る。それから十数年が経った一九九六年、文学好きな小月は誠品書店で買い物していた時に、台湾で最初のレズビアン団体「我們之間」が発行する雑誌『女朋友』を偶然見つけたことで、長年心の中にしまい込んでいたレズビアンとしての自分を呼び覚ます。小月は「我們之間」が主催する「欧蕾《オウレイ》」(オールドレズビアン、中高年レズビアンの意味)集会に参加するようになり、正式に「コミュニティ」に足を踏み入れると、Tバー通いの日々が始まる。また、〈TO-GET-HER〉や〈2girls.net女子ララ学園〉(通称〈2G〉)への書き込みを通じてアメリカ在住のレズビアンたちと知り合い、後に元カノとなる女性と出会ったことで夫に対し二度にわたり離婚を申し出るが、夫の拒絶と母親の反対に遭い、その願いが叶うことはなかった。

老骨頭は中学生の時に同級生にピュアな恋心を抱くが、それが何であるのかが分からず困惑すると、本の山に没頭するしかなかった。教職に就き、身近な同世代の人たちが結婚し始めると、未解決の疑問はより差し迫ったものに変わる。男性と試しに交際し、家族にも見合いを強要されたが、何度試してみても自分が好きなのは女性だということを自覚するだけだった。老骨頭は〝T〟を自認していたが、単身でTバーを訪れた時に「まったくTっぽくない」と言われたり、自分がモーションをかけた〝P〟に持っていた女物のハンドバッグを指さされ「私たちは同類なのよ」とからかわれたりもした。老骨頭は既存の文化に妥協することなく、逆に「T/P文化」について考察し、レズビアン雑誌に批判的なコラムを寄稿すると、それが大きな反響を呼んだ。後に、老骨頭自身、「Tの中にもPの要素があり、Pの中にもTの要素がある」と考える。老骨頭の批判的かつ自省する思考は、当時勢いよく発展しつつあった女性運動に注目したことに関係がある。知識への渇望がフェミニストの知識人たちとの接触へと老骨頭を駆り立てると、老骨頭はフェミニズム色の濃い読書会に参加するようになり、そこでさらに多くのフェミニズムの名著と出会うのだ。その後「我們之間」に参加し、雑誌『女朋友』の対外窓口を担当すると、『女朋友』の文通コーナーや雑誌の活動を通して二番目と三番目の彼女と知り合った。

三世代六名がそれぞれどのようにコミュニティと繋がりを持ったのかを振り返ってみて分かったことがある。第一世代である七十代の阿寶と黄曉寧は、草の根の、閉鎖的なグループの成立によって義兄弟の関係を築き、互いにサポートし合うことが人生を支える力となり、社会の端に追いやられた〝ズボン女〟たちの孤独を減らし、自分らしくいられるための空間を作り出した、ということだ。第二世代である六十代の阿松は台湾で自分と同じような人と知り合うことができずに孤独を感じていたが、移住したアメリカでようやく自分自身を受け入れることができた。それでも西洋社会で自分と同文同種のレズビアンと出会えない苦境に陥るが、インターネットの発達によりプラットフォーム〈TO-GET-HER〉を通して、阿松の人生はがらりと変わった。第三世代である五十代の雲帆、老骨頭そして小月は、Tバーやカラオケなどの消費空間やインターネットのプラットフォーム、それに同志文学や雑誌、さらにフェミニズム思想の潮流や女性運動などの複数の経路を経て、レズビアンとしてのアイデンティティを確立するために必要なあらゆるサポートや人脈を作り、レズビアン人生におけるさまざまな巡り合わせを創り出した。世代ごとにそれぞれ限界はあるが、どの世代も相応の努力をしてきたことが分かる。例えば、インターネットのプラットフォームの開設、団体の設立、出版を行う等レズビアン運動におけるさまざまな努力がなされたことで、当時のレズビアンは皆、それまでには存在しなかった空間を享受することができたし、台湾レズビアン・コミュニティの主体性がしっかりと示されたのだ。私たちは中高年レズビアンたちが過ごしてきた時代を嘆き悲しむ必要はなく、逆に悔いのない人生を生きた彼女たちに感謝すべきである。中高年世代のレズビアンが当時の制約にもかかわらず素晴らしい人生を送ってきたことで、後に続く世代は彼女たちによる努力の成果の恩恵にあずかることができるのだ。

4．おわりに

台湾の歴史的コンテクストの中で、レズビアンはセクシュアル・マイノリティであるが、色鮮やかな人生を送ることを決して諦めなかった。文化資源がまったくなくても、阿寶や黃曉寧は義兄弟の結束に支えられ、スーツ姿で自転車にまたがり女性と交際する鐵Tの生き様を体現した。黃曉寧はさらにギターをつま弾く歌手として、米軍のバーでトムボーイというアイデンティティを得て、さらに「女プレスリー」の異名を持つ有名人になった。だがキャリアは女性にとって好意的なものではなく、自分の番組を持つ機会を逃すという痛手を負った黃曉寧と、英語に長けていながらも貿易会社でガラスの天井にぶつかった阿松は、示し合わせたかのようにはるか遠く離れたアメリカに渡り人生の活路を見いだそうとした。阿寶は夫を亡くした後、日本のセックス産業に身を置き、台湾にいる子供たちを養おうとした。六、七十歳のレズビアンは、男女の境界が明確だった時代に、我が道を貫く決意と団結によって自分自身を生きようとしたが、それでも父権社会による女性への抑圧がもたらす制限を受け、自分の生きる道を目指すために国境を越えて離散することを選んだ。鐵Tの見た目にたがわず、Tとして生きる阿寶も、内心では家族や結婚についての伝統的な価値観に従い、自身も恋人も義兄弟も皆誰かの元に嫁いでいった。一方で、黃曉寧と阿松はアメリカに渡ったことで、恋人と同棲し、法で認められた結婚の自由を享受することができた。

戒厳令解除後、フェミニズム運動は同志運動と共にセクシュアル・マイノリティ当事者に声を発する機会を与え、集団行動を取りコミュニティ内外に介入したことで、構造的な改変が進む。インターネットの発達により、レズビアンはリアルでなくともプライバシーの保たれた空間で互いに出会えるようになり、台湾初のレズビアン団体「我們之間」が設立されると刊行物も発行され、コミュニティ集会も推し進められ、ついにレズビアンは自分たちのための専用の空間を手に入れる。そのおかげで、阿松、雲帆、老骨頭そして小月はそれぞれの生活の中で、仲間やパートナーを見つけることができた。戒厳令が解除され、政治空間がすべて開放されると、同志運動はジェンダー平等教育を推進し、レインボーパレードを挙行させ、そして近年では婚姻平等によって凝り固まった結婚制度を覆し、変容させることで、セクシュアル・マイノリティが家族を形成するという、これまで不可能と思われてきたことを現実のものとした。阿松はアメリカで合法的な結婚登録をし、小月は結婚後数年経って、Tバーやインターネット上で高校時代に封印してしまった同性に対する恋情を取り戻した。老骨頭は独身のままフェミニズムの薫陶を受け、充実した生活を送るために自分が何をすればよいかを理解している。彼女たちの人生は個々のレズビアンによる運動が積み重なることで、少しずつ変化していったものであり、一朝一夕になし得たものではない。彼女たちの努力は、彼女たちが生きているうちに制度の変化をもたらすことはないのかもしれないが、彼女たちの諦めない気持ちは、台湾社会を同志にとってより優しい社会に変えることができたし、それらのほんの小さなカケラは、後世の生命の歴史においてこう表現されるだろう。個人の人生は社会を形成するモザイクのひとつとなり、社会は個々人の努力によって変化し続けるのだ、と。レズビアンの物語をじっくり考察することで、個人と社会構造の間の弁証法的な関係が垣間見えるのと同時に、私たちに同志コミュニティの軌跡に対する感謝の念を抱かせるのである。

参考文献

1．邱怡瑄主編（2017）。《以進大同：台北同志生活誌》。台北：財団法人台湾文学発展基金会
2．莊慧秋主編（2002）。《揚起彩虹旗——我的同志運動經驗1990－2001》。台北：心霊工坊
3．趙彥寧（2005）。〈老T搬家：全球化狀態下的酷兒文化公民身分初探〉、《台湾社会研究季刊》、57期、PP．41－85
4．簡家欣（1997）。〈喚出女同志：九〇年代台灣女同志的論述形構與運動集結〉、台湾大学社会学研究所、修士論文。

物語1　阿寶《アーバオ》　大橋頭《ダーチャオトウ》のイケメンたちの日々

短髪に真っ白なスーツを着て孔明車《コンビンチャ》（注1）にまたがる〝ズボン女〟と呼ばれた若い女性たちの群れが延平北路《イェンピンベイルー》を通り過ぎていく――そんな光景が見られたのは、半世紀前、台北で最も賑やかだった繁華街の大橋頭《ダーチャオトウ》（注2）界隈でのこと。「当時私は十七歳で、同じような〝ズボン女〟たちと義兄弟の契りを交わしていたんだ。義兄弟は自分を含めて十三人で、私は上から七番目」と阿寶《アーバオ》が振り返る。

その当時は「小さめサイズの男性服」や「男女兼用服」のような〝T〟（訳注：トムボーイに由来する、男性的な格好をしたレズビアン）の体形に合う既製服がほとんどなかったため、生物学的女性が男性用のスーツを着たければオーダーメイドするしかなく、そんな時はスーツの名店〈猴標《ホウビャオ》〉で誂えたものだ。労も金も惜しまないことが〝ズボン女〟たちのメンツであり、それはある種「義兄弟同士の支え合い」や「世間体」といった類の理屈だった。

現在では生物学的男性の「義兄弟」がブラックスーツに身を固めて黒塗りの車で乗りつけて登場し、見栄を張るのが一般的だが、それとは異なり、あの当時〝ズボン女〟と呼ばれていた、今で言うところの〝T〟たちは、友人や年配者の葬儀に参列する時であっても、全身を真っ白なスーツで装い、深々と哀悼の意を表したものだ。

子供の頃から男の子の格好をしていた

阿寶は一九三八年に員林《ユエンリン》（訳注：台湾中部・彰化県の町）で生まれた。上にふたりの兄、長女である阿寶、そして下に弟と妹がいる。

幼い頃、阿寶は兄たちのお古の男児服を着せられていたという。「母ちゃんにいつも男の子みたいな格好をさせられていたから、それに慣れちゃってね。実家は商売をしながらグァバも栽培していたから、そんな格好をしとけば男の子たちにいじめられずに済んだんだ」

十三歳の時、鉄路局（現在の台湾鉄道管理局）で働くことになった叔母に連れられて一緒に台北の宿舎で暮らし始めると、それからいろんな仕事を経験する。朝食店、豆乳の店、映画のフィルムを劇場から劇場に届ける映画会社のスタッフ、それに百貨店……阿寶は給料を手にするとすぐに員林の両親に仕送りした。その後自分でも起業して、契約農家からライチや竜眼、アスパラガスを仕入れて缶詰製造会社に卸す仕事を三年ほどやっていたそうだ。

阿寶が幼少期を過ごしたのは、台湾を統治していた日本人が太平洋戦争を始めたものの、敗戦して台湾から撤退し、今度は国民党政府が台湾を接収すると蒋介石政権がやって来て……という激動の時代で、経済的にも困難を強いられた時期だったはずなのだが、阿寶がそのことをまったく覚えていないのは、彼女の輝かしい人生が大時代の物語よりも鮮烈なものだったからだろう。

初めてお会いした時、短パン姿に髪を短く刈り込んだ阿寶はまるで近所のおじさんか、優しそうなおじいさんといった印象だった。

インタビュアーとして、「女の子っぽくなかったことで、子供の頃に叱られた経験があるのではないか?」「家族や近所の人たち、それに同級生から馬鹿にされ、好奇の目を向けられたことはあるのだろうか?」など、いくつかの疑問が湧く。

しかし、それらについてはこちらから質問するまでもなかった。まるで蛇口をひねると水が流れ出るように、阿寶はとめどなく自分の身の上話をしてくれたからだ。話を伺った二〇一三年当時、すでに七十五歳を迎えていた阿寶は、どこの家庭にもいるような、年老いた父親やおじいちゃんが抑揚をつけて自分の武勇伝を自信たっぷりに話すような調子で、半世紀を超える自らの半生を私たちに語り始めた。私たちは後輩として阿寶の話を興味津々に、時に驚きの声を上げつつ耳を傾けながら、話の腰を折るようなことをしようとも、したいとも思わなかった。

かつて〝ズボン女〟と呼ばれた〝老T〟（訳注：中後年の男性的な格好をしたレズビアンの自称）たちは、昼間は働き、夜になると一緒に遊んだ。阿寶も遅くまで遊び歩いては、叔母と暮らす台北駅西バスターミナルそばの宿舎に深夜の二、三時になってようやく帰り着くこともしょっちゅうだった。叔母に叱られるのが怖くて、その後すぐに三条通り（注3）に部屋を借りて引っ越すことにした。

台北掛《タイペイグァ》（訳注：「掛《グァ》」は台湾語でヤクザや暴力団のグループを意味するスラングであるが、本書では遊び仲間や不良たちのグループのようなニュアンス）と呼ばれる彼女たちのグループは、どこにでも遊びに行き、どこででもすぐ仲良くなり、ひとり、またひとりと顔見知りになっていくうちに、台中掛《タイジョングア》、基隆掛《キールングァ》、萬華掛《ワンホアグァ》といった自分たちと同じような他の〝ズボン女〟のグループとも知り合った。これは半世紀近く前の、社会がまだ同性愛に対する理解はおろか、受け入れることすらなかった古い時代のことで、「同性愛」「同志（訳注：「同志」は一九九〇年代以降に使われ始めた、台湾の公用語である台湾華語でセクシュアル・マイノリティを意味する言葉。「同志」が現在の意味で用いられるようになった経緯や言葉の概念などについては、鈴木賢著『台湾同性婚法の誕生 アジアLGBTQ+燈台への歴程』（日本評論社、二〇二二年）の「第一章「同志」の誕生と台湾社会 同性恋から「同志」へ」に詳しい。）」「T」のようなアイデンティティを表す言葉もまだ存在しなかった頃に、彼女たちはすでに自分たちと同類の仲間を見つけ出し、県や市をまたいで互いに交流していたのだ。これは今の考え方でいうなら、彼女たちはすでに「プレ・同志コミュニティ」を形成していたということである！

彼女たちは、集まるとかならず酒を飲み、飲み始めるとくどくど話すことなく缶を次々に空けていくような飲みっぷりだった。最初の頃は竹葉青酒（訳注・一種の薬酒）やコーリャン酒（訳注・穀物を原料とする蒸留酒の一種。アルコール度数が高い）を飲んでいたが、そのうち台湾でも輸入酒が手に入るようになると、ウイスキーなども飲むようになった。

かなりの量の酒を飲んでいたようだが、今もそんなに飲んでいるのだろうか？

「二十年前に断酒したよ！ある時ふたりでコーリャン酒を三缶空けたことがあったんだけど、肝臓が焼けちゃってね。あの時は胆汁まで吐き出したよ」

肝臓はその後、員林の御年九十歳になる老医者に診てもらい、ようやく治癒した。老医師からは、自分の医術を受け継ぐ人はいないので、次にまた同じような状態になっても治療できないからね、と警告されたそうだ。これまで数えきれないほど人を診てきたその老医師は「二カ月もすれば、きっとまた酒を飲むようになるよ」とも言ったが、案の定、その言葉どおり、体が回復して二カ月後には酒が飲みたくなった。何度か酒を口にするうちに老医師の言葉が頭に浮かんできて、このままではだめだと考えた阿寶は、徐々に酒をやめたのだが、その時は飲まずにいるのがつらかったという。

任侠の義理堅さ、タフガイの優しさ

阿寶は闊達に世間を渡り歩き、至る所で忠義を尽くす。その人生の風景には繁華も蕭条《しょうじょう》もあるが、浮こうが沈もうが抗うことなく、あるがまま受け入れてきた。

血気盛んな頃の阿寶には任侠特有の緊張感がみなぎっていた。人や車でごった返す大橋頭辺りにはいろんな人間が集まってきたので、不逞の輩に絡まれることもしょっちゅうだった。皆で集まり拾巴啦《シッパラー》(訳注・台湾版チンチロリン)をやっていた時には、負けが込んでスッカラカンになった相手が「お前らは男か？女か？」と因縁をつけてきたので、言い終わるや阿寶たちはそいつを路地裏に引きずり込むと、ボコボコにした。

「理由もなく誰かを虐めるようなことはしないけど、わざと挑発してくるヤツは許せなかった」と阿寶は言う。世間を渡り歩き荒波にもまれるうちに鍛えられ、自分を守る強さを身に付けたのだが、鋼のようなタフガイにも優しさはあるもので、自分よりも弱い者と出会えば、その性根の良さは隠しようがなかった。

昔よく通っていた吉林路《ジーリンルー》の果物店の親父には「ほう！アイツは詐欺師で、アンタは騙されてるんだよ」と笑われたものだが、阿寶には人の心を推し測る自分なりの物差しがあり、「あいつに騙し取られたのは飯代くらいのもんだ！　三日も飯を食ってないなんて言われたら、こっちはモヤモヤしちまうよ」と言う。

台南の下営《シャーイン》に遊びに行った時のことだ。グァバ売りの女性が、残りの三個が売れれば、米と野菜を買って子供たちにご飯を作ってやれるんだけどね、と言う。それを聞いた阿寶は、何も言わずに千元をその女性に渡し、グァバはいらないよ、と言った。一緒にいた友人たちはグァバを買わずに金だけ渡すなんて、と笑ったが、阿寶は「三人の子供が腹を空かせて待ってるって聞かされて、お前らは気の毒に思わないのか？　あの女が早く帰って子供に飯を食わせてやれるようにしただけだよ」と言った。

古い時代のナンパのコツ

二十六歳の時にガールフレンドができ、それから付き合った相手は十八人に及ぶという。えっ、何だって？　セクシュアル・マイノリティのサークルもコミュニティも、インターネットもなかった時代のことですよね？　ガールフレンドが十八人もいたなんて！「ガールフレンドとはどこで知り合ったんですか？」

「ふたり組の女の子が向こうからやって来たら、仲間と騒ぎながら彼女たちに体当たりするんだよ。それで向こうが怒らなければオッケーってなわけ」

阿寶の話しぶりには心底驚かされる。言い方が率直で大げさなのだが、実際には路上で女性の気を引くために自転車事故を装ったというのだ。サークルも同志コミュニティも存在しなかったあの時代、女性のことを好きな女性ができることと言えば、あれこれ悪知恵を絞って「けがの功名」となる妙案を打ち出すことだけだった。

恋愛の達人のように見える阿寶は「今時の女の子たちはわりと心変わりしやすいね。自分たちの頃はもっと単純だったよ」とため息を漏らす。

女性と出会ってはすぐに恋に落ちてしまう自分自身のことを、阿寶は「サイテーだ」と言う。だが彼女の「浮気っぽさ」は必ずしも私たちが想像するそれではないのかもしれない。「ガールフレンドは十八人いたけど、交際期間が重なったことはないよ。ガールフレンドたちは私と付き合ったあと、みんな（異性と）結婚してしまったし。ただ行天宮の近所に住んでいた女の子だけは四年も待っていてくれた。ずっと追いかけられてたのに、逃げ回ってたんだよ」

若い〝ズボン女〟のグループは十代の頃から大橋頭付近に居ついていた。クラブにしょっちゅう入り浸っていた兄弟分たちの職業はさまざまで、延平北路《イエンピンペイルー》の金物店の店員もいれば、有名アイスクリーム店オーナーの養女もいたし、家族で神様に捧げる金紙を売る店を営むやつもいた。兄弟分たちの中で今でも付き合いがあるのは三人だけで、あとは皆、散り散りになってしまったという。

その頃入り浸っていたのは「（お酌をしてくれる）おネエちゃん」のいる類の店で、阿寶たちは金払いが良く、男性客よりもチップを弾んだので「指名したおネエちゃんが自分たちのテーブルから他に移ること絶対にはなかったね」と阿寶。

兄弟分たちは皆ホステスと交際し、中には歌仔戯《コアヒ》（台湾オペラ）のヒロイン役を演じる人気女優と付き合う者もいたが、阿寶が惚れる相手はどこにでもいる普通の女の子だった。

「自分はホステスが好きじゃなかった。金をくれようとするからね、いらないのに」。ガールフレンドは優しく、家に来ては洗濯やアイロンがけをしてくれた。真夜中になってようやく遊びから帰ってきた阿寶のために、わざわざ起きて夜食を作って食べさせてくれることもあったというから、甲斐甲斐しく世話を焼かれていたようだ。

「それに付き合ったガールフレンドはたいてい男兄弟だらけの中の一人娘だったね」。阿寶は「台中の建築士の娘や、杭州南路《ハンジョウナンルー》や汀州路《ティンジョウルー》に住んでいた子もそうだったよ」と振り返る。その中のひとりは阿寶が他の女の子とおしゃべりするのを見ただけで、その女性に気があるのではないかと嫉妬し始めるような子だった。「あの子には手を焼いたよ。喧嘩すると彼女の両親までやって来て、娘の顔を立ててやってくれって言うんだ」

その話を聞き、私たちが思わず「ガールフレンドの親に交際を反対されたことはなかったんですか?」と質問すると、阿寶はこう答えた。「反対しないからこそ、娘に譲ってやってくれと言ってくるんだよ」

ガールフレンドたちは結局嫁いでいく

そうは言っても、当時はまだ社会全体において「結婚こそが正しい道」という価値観が一般的である。「結婚することになった、と言われれば、いいよと言ってガールフレンドを送り出した。結婚はしないという子も無理やり結婚させたよ。でも別れたがらない子は(無理に引き離したことでかえって)自分を追いかけさせることになっちまった」

相思相愛なら、強制的な結婚に一緒に立ち向かうべきではないだろうか。「ガールフレンドたちの結婚には賛成だったのですか?」

「親御さんの頼みだからねえ、頭を下げてまで娘と別れてくれとお願いされたんだ。そうしたって（つまりずっと付き合いを続けても）、お互いに最後にはどうすることもできない（結婚できない）でしょう、って」

「悲しくなかったんですか？」

「悲しいかと言われれば別に悲しくはないかな。悲しいというのがどういうことかよく分からなかったんだ。当時はガールフレンドがたくさんいたからね」

阿寶はホラ話にも聞こえる話し方で当たり障りのないことを言い、その当時の心情については言葉を濁しているかのようだ。それは強気に振る舞うことが習慣になってしまい、傷心し不甲斐ない己の一面を他人に見せないためなのだろうか？　それとも自分ではどうすることもできない、当時の社会的プレッシャーに直面し、ただ現実的なやむを得ない妥協をはっきりと認めるしかなかったのだろうか？

十八人のガールフレンドのほとんどは、台湾中部や南部の出身だった。ある時、兄弟分と一緒に南部の北港《ペイガン》という町に遊びに行き、現地の女の子と知り合って一日中自転車を乗り回して遊んだことがあった。後日、その女の子が父親と一緒に台北に住む阿寶のおじさんを訪ねてきて、縁談を申し入れたという。おじさんは泣いていいやら笑っていいやら「阿寶はあなたと結婚できません！」

と告げたのだが、相手はこちらが結納金を心配していると思ったのか、さらに「結納金はいりませんから！」と言う始末だった。

阿寶は昔の色恋沙汰を思い出しながら、「口を開かなきゃ、誰も自分が女だって分からなかったんだよ。前に員林で商売していた時にもひとりいたよ、お袋に『娘と結婚させてくれ』って言いに来た人が」と自嘲気味に話す。阿寶はふざけて「あの女の子の目は節穴だった」と笑うが、よく考えてみれば、こうしたエピソードが笑い話として成立するのは、結婚が生物学的な一対の男女のみに許される婚姻制度の下でのことであり、同性愛者に対する不公平であるのだ。

異性との結婚

阿寶は、出会った女の子と結ばれる縁はなく、豊かな恋愛遍歴の中で交際した十八人のガールフレンドと結婚するチャンスもなかったのだが、思いがけず異性と結婚することになる。

「なぜ結婚することになったんですか？」

「話したら君たちきっと笑うよ！」

そもそも〝老T〟に結婚のことを尋ねるのは、いささか詮索し過ぎなのではないかと不安に思っていたが、阿寶はそう言うと、ためらうことなく自分の体験談を話し始めた。

「旦那は、もともとガールフレンドの交際相手だったんだけど、彼女の親がふたりの交際に反対して、両家巻き込んだ喧嘩になってしまってね。そこで賭けのつもりで彼に『アンタと結婚してやってもいいけど、アンタにそんな度胸ある？』って言ってやったら、『そんなもん、結婚してやらあ！』って返されちまったんだよ」

夫は結婚前から阿寶が「女性と付き合っていた」ことを承知していたという。結婚後、ふたりの間に子供が四人生まれたのだが、夫が阿寶を家庭に縛りつけなかったので阿寶は相変わらず遊びまわっていた。

この件はまるで人生の中の予期せぬ一章、あるいは〝T〟の人生にまったく相容れない挿話のようで、阿寶はあまり多くを語ることなくさっさと話を先に進めると、感慨深げに言葉を続けた。

「旦那は性格のいい人だったよ。中国湖北省の出身の二十歳年上。正直な話、旦那にはたくさんの自由をもらったんだ」

海の向こうの日本で働きながら家族を養う

やがて阿寶が四十二歳の時に夫が亡くなった。これといった遺産もなく、当時一番上の子供は十九歳、他の三人はまだ学校に通っていたので、阿寶には、経済的プレッシャーが重くのしかかることになった。こうして日本へ出稼ぎに行くことにしたという。

「そうでもしなきゃ、台湾では家賃すら十分に稼げなかったからね！」

日本へ渡ってからの十一年間、最初の頃に一度だけ帰省したのを除き、その後は何年も台湾に戻ることはなかった。「当時、航空券は高かったし、日本には裏ルート（非合法な手段）で渡ったから、台湾に戻ったら二度と日本に行けなくなってしまうかもしれない。だから割り切って（長期滞在して）しっかり稼ぐことにしたんだ」

阿寶はナイトクラブのバーカウンターで働きながら、十一年間で六軒の店を渡り歩いた。日本に来たばかりの頃は言葉が分からなかったが、接客に必要な日本語をひとつひとつ中国語で書き出してはカンニングペーパーとして壁に貼り、それを盗み見ながら少しずつ覚えていった。日本の給料は高く、最初の五年間は月に六万元ほどだったという。やがて出稼ぎ期間の後半になり、日本語が流暢になると、一カ月で十数万元以上になった。

阿寶は当時の出来事を思い出しながら、私たちに麻油鶏湯（ゴマ油と鶏肉のスープ）を振る舞ってくれた。私たちの訪問のために大鍋に作って用意してくれたものだ。おいしそうな匂いが鼻をくすぐる。優れた料理の腕前は、日本にいる間に必要に迫られて身に付けたそうだ。

台湾では誰かが世話を焼いてくれたので、阿寶が料理することはなかったが、日本に渡ってからは生活のために、四十二歳にして初めて台所に立つようになったという。当時の日本ではガスコンロで煮炊きするのが一般的だったが、阿寶はまったく使いこなせず、最初の頃は火が十分に通っていなかったり、焦がしたりしていたし、同居人たちにとっても阿寶の手料理は塩辛すぎたり、味が薄すぎたりした。その後台湾からやって来た店の人気ホステスに少しずつ教えてもらい、だんだんとできるようになったそうだ。

一方その頃、台湾に残してきた阿寶の四人の子供たちはというと、すでに社会に出て仕事をしていた一番上の「同《トン》」が弟たちの面倒を見ながら自活していた。

日本の阿寶は自分でアパートを借りてからというもの、昼間の仕事がない時間帯はパチンコ店に入り浸っていたが、それを咎める人はおらず、誰に気兼ねする必要もないひとりの生活は、阿寶にぴったりだった。「長男が嫁をもらうから、私に（台湾に）帰ってきてくれって言われたんだ」

故郷を離れ放浪し、さまざまな人生を見てきた阿寶は、自分の娘に面と向かって聞いたわけではないが、早いうちから娘もまた女性のことが好きだということに気付いていた。「分からないわけじゃないし、早くから気付いてはいたんだ。これまでいろんな人を見てきたからね。本人は高校を卒業してから自覚したみたいだけど」

歳を重ねて阿寶の足腰も若い頃に比べると弱くなり、以前のように台湾中を駆け回るようなことはなくなった。時々足が痛くなると、一緒に暮らす娘に医者へ連れていってもらう。休日もまた娘に送り迎えしてもらい、食事に出かけたり古い友達と集まったりしている。ふたりで一緒に暮らしながら、お互いの面倒を見ているという。

未婚者に対し常にプレッシャーをかける社会を生きてきた阿寶に、娘の将来が心配ではないかと尋ねると、「心配じゃないと言うと嘘になるけど、親なら誰でも思うことだろう。私だって、将来自分がこの世を去ったら娘はどうなるんだろうって考えるよ」と答える。

ストレートに親の愛情を示すことが苦手な阿寶は、若い頃から変わることなくフウテン気ままに振る舞い、娘の恋愛事情を詮索するようなことはしたことがない。昔から人に心配されるのは好きではなかったし、他人のことにも口は出さない主義なのだ。

「人生はその人の自由。結婚するもしないも自由だし、結婚しなければ煩わしいこともなく気楽だろう。不幸せな結婚なんかすると、面倒なだけだよ」。以前、息子が「お姉ちゃんを医者や警察と結婚させないで」と言った時にも、阿寶は「それは弟のお前が口出しすることじゃないだろう」と叱り飛ばしたという。

よその家とは違う母親。阿寶は映画よりも色彩豊かな人生の物語を、これまで子供たちに聞かせたことはあったのだろうか?

「すでにあの世に行ってしまった次男にならば聞かせていたかも。あの子は私の話を聞くのが大好きだったから。昔話をしてやったらとても喜んでくれただろうね。他の子供たちは皆、聞きたがらないよ。『今の時代はそうじゃない』って言われちゃ、何も言えなくなっちまう」

口に出せない、心の傷

話しているうちに、ひょんなことから「エイズで亡くなった次男」の話題に及ばなければ、私たちもその悲しい出来事についてどう切り出していいのか分からなかっただろう。

阿寶は病院で感じた、ある種の予知能力のようなものについて話し始めた。「どの病室の患者が死ぬのかが分かるんだよ。それで息子がいつ、あの世に旅立つのかも分かってしまったんだ」

「辰年生まれの息子は三十一歳で亡くなった。あっけなかったね。入院してわずか一カ月後だったよ」

話し始めは阿寶の口調も落ち着いていたが、息子が亡くなり、病院から研究のために献体の協力を頼まれたあたりから、少しずつ怒りを帯び始める。

「私は嫌だと言ったんだ！（生前）息子は毎日のように髄液検査を受けていて、私たちは病気が早く良くなるかどうかを知りたかったんだけど、やり続けた挙げ句あの子は歩けなくなって、生きる自信もなくしてしまった。（亡くなってからも）まだ検査をする必要があるのか？私はカンカンになって、献体を断ったんだよ」

十八年経つが、一九九五年に起きた出来事を思い出しながら、阿寶は心の中に残る不満を今も拭い去れずにいる。まだカクテル療法が登場するより以前のことで、人類社会はエイズウイルスに対してなすすべがなく、エイズの発病は死刑判決を言い渡されるようなものだった。医学界が治療方法の発見に躍起になるなか、患者の家族は運命の無力さに向き合うしかなかった。

「大学院で勉強していた末の息子が言うには、（病理解剖は）必要な部分だけを切り取って、残りの体には白い布をかぶせて親族に火葬させるんだって。そういうことだから、末の息子は、ダメだ、あんな哀れな死に方をしたっていうのに、遺体まで他人のいいように弄ばれてしまうなんて……って」。死神の無情に抗うことのできなかった次男。悲しみに暮れる家族が、彼にこれ以上の肉体的苦痛を味わわせずに済むようしてやれることといえば、病院からの協力要請を拒絶することくらいしかなかった。

「病院側からは、承諾してくれれば十万元を支払うと言われたけど、それでも断ったよ。主治医は私が同意しないのを見て、英語で話し始めたんだ。私は何を言われているのかさっぱり分からなかった。だから英語の分かる長男を呼んで医師と話してもらった。主治医と二時間近くやり合ってくれて、それでも私たちを説得できないと分かると、今度は病院の弁護士が態度を変えてきたんだ。『この病気は感染するはずだ』って言うんだよ。それで、家族全員が無理やり検査を受けさせられたんだ。あの主治医がどれほど性悪か分かるだろう。台湾大学病院の医者を見ただけで、今でも怒りが込み上げてくるよ」

荒波にもまれ火の中をかいくぐるような経験をしてきたからか、阿寶の話しぶりからは必要以上の喜びや怒りは感じられない。インタビュー当時、すでに七十五歳だった阿寶は、過去のどんなエピソードでも穏やかな口調で話してくれていたからだ。聞き手である若輩者の私たちは話を聞きながら何度も驚かされたが、そんな時でも阿寶は冷静だった。ところが次男が病気で亡くなった当時のことを思い出した時だけ、物言いが荒々しくなったのだ。人生の情けも憎しみも時間が経つにつれて薄れていくものだが、子供を失った痛みだけは二十年近く経った今でも、心にナイフが突き刺さったように残っているのだ。

阿寶に、これまでさまざまな経験をしてきたと思いますが、何かまだやっていないことや、今やってみたいことはありませんか、と尋ねてみた。

すると阿寶は、台湾に戻ってから寺廟巡りを始めたことや、登山ついでに寺廟もお参りしていること、それに仏門に入り、仏教に帰依したことで、今では心が安定し、欲もなく雑念もないのだと淡々と話してくれた。

「義兄弟たちと集まった時のことなんだけどね、皆が口々に『若い時の方が楽しかった、今はまったく楽しくない！』ってガタガタ言うもんだから、『アンタたちはまだそんなことを考えてるの？』って言ってやったよ」と阿寶。

若い頃はあちらこちらを渡り歩き、どこに行っても友達がいたものだ。今でも高雄の友達が朝から晩まで電話を掛けてきては遊びに行こうと誘ってくる。「行きたかないよ！　暇じゃないし！　もう歳だね」

かつては世間や友達との関係に重きを置いていたが、今では子供たちやその家族を大切にしている。子供たちは食事に連れていってくれるし、海外旅行にも招いてくれるのだという。「ある時長男がアメリカに、末の息子がフランスに行くことになって、ふたりからどっちに行きたい？って聞かれてね。だからどっちにも行かないって答えたんだよ」。外国へ行ったら言葉が通じなくて不便だから、とぶつぶつ言うが、その言葉からはむしろまんざらでもない様子がうかがえる。息子夫妻の海外出張と夜勤が重なった時には、阿寶が孫の世話を手伝いに行く。孫は賢い子で英語もできるのだと阿寶は誇らしげである。孫たちに囲まれておばあちゃんと呼ばれる光景が、歳を重ねた阿寶の人生の、大切なひとコマになっているのだ。

文／喀飛《カーフェイ》
聞き手／喀飛、小小《シャオシャオ》、莊蕙綺《チュアン・フイチー》
訪問日／二〇一三年一月十五日

執筆者紹介

喀飛《カーフェイ》

一九六〇年代生まれ、ライター。同志運動に長年携わり、中高年ゲイのオーラルヒストリー集『虹色バス旅行：高齢者ゲイ十二名の青春の思い出（原題：彩虹巴士：12位老年同志的青春記憶）』（基本書坊出版）を主編。十二歳の時に自分は男性が好きであることに気付き、二十歳の時に同志コミュニティに参加し始め、三十歳の時に同志公共事務に参与し始める。台湾同志ホットライン協会創設者のひとり。同志運動に携わって二十年以上で、関心があるのは、同性愛者やエイズへのスティグマ、エイズ感染者の人権、中高年の同志や若者の性的権利、台湾同志運動史など。話を聞いたり、話したり、書いたりするのが好きで、歴史、地理、旅行、猫、タイ王国などに興味がある。社会運動とは単なる政治的信念ではなく、生活の中で実践していく態度だと信じている。

1. 自転車のこと。台湾北部の台湾語では「孔明車《コンビンチャ》」、中部の台湾語では「鉄馬《ティーベー》」とも。

2. 台北橋の台北サイドに位置する、台北の中でも古くからある賑やかな市場・夜市。台北橋は一八八九年に落成された橋で、当初は鉄道橋として建てられ両側は人や車両も通行可能だった。一八九七年に台風の被害により橋が使えなくなったことで鉄道は淡水側の支流、新店渓を渡り、萬華を経由するルートに変更された。一九二五年に鉄橋として再建され、「夕日の鉄橋」として台北の景勝地でもあった。一九六八年四車線道路を備えるコンクリート橋に架け替えられ、当時は通行料が必要だった。一九九六年の改修で現在の六車線道路となる。台北市内から淡水河や新店渓を渡り各地に延びるすべての橋の中で、台北橋の歴史が最も古く、忠孝大橋や中興大橋、重陽大橋はすべて戦後に架けられたものである。現在に至るまで、台湾中南部から台北に出稼ぎやって来る人々の多くは経済的な理由から、台北の郊外である三重埔（現在の新北市三重区）に居を構えるしかなかったため、台北橋は隣接する古くからの繁華街の大稲埕と三重埔を繋ぐ唯一の交通の要衝であり、その出入口である大橋頭には必然的に人で賑わう重要な市場や夜市が形成された。

3. 日本統治時代の台北市大正町は南を華山駅に、西を中山北路、東を新生北路、北を南京東路に囲まれたエリアで、通りが一条通から九条通まであった。三条通は現在の中山北路一段五十三巷と林森北路六十七巷に位置する。

物語2　黄暁寧《ホアン・シャオニン》　ハンサムな女プレスリー

美援時代（注1）末期、清泉崗《チンチュエンガン》（訳注・現在の台中国際飛行場）のアメリカ進駐軍クラブで、身長一六五センチのハンサムな若者がギターを手にその頃一番ヒットしていたアメリカのフォークソングを歌っていた。誰も知らないだろうが、そのイケメンは傷心の真っ最中だった。グラスを掲げ、声高らかに歌うことで、胸に渦巻く悲しい炎を消し、捨てきれない想いを振り切ろうとしていたのだ。恋に破れた歌手がステージ上で歌いながらちびちびと酒を煽っていると、米軍兵士がその歌手の風貌を見て指をさしながらこう言った。「Martha! You are a Tomboy!（マーサ、君はトムボーイだね！）」。その時、ハンサムな若者はそれが何のことか分からなかったし、分かる人は誰もいなかったが、その言葉は若者の人生のあるスイッチに触れ、台湾のレズビアン・コミュニティが西洋化する歴史的なターニングポイントにもなった（注2）。その人の名は黄暁寧《ホアン・シャオニン》。台湾で初めて男装の麗人としてデビューした女性歌手であり、そしてあの客席にいた米兵の言葉どおり、彼女は〝T〟（トムボーイ）（注3）だ。

黄暁寧の名前は一九六〇年代から七〇年代にかけて世間に広く知れわたっていた。その後テレビから長い間姿を消していたが、最近になって衰えを知らぬ姿で返り咲くと、台湾の有名番組に出演してはその名声が朽ちてはいないことを証明し、さらに中国大陸のオーディション番組ではアマチュア歌手と肩を並べて出場を果たした。ベテランの歌手たちは口をそろえて暁寧を大先輩と呼び、有名歌手の陶喆（デヴィッド・タオ）もその番組で中華圏ブルースシンガーやロックミュージシャンの先駆者と賞賛する（訳註：中国中央電視台の『中国好歌曲』という番組でのこと。デヴィッド・タオは番組の審査員のひとりである）。暁寧は一九六九年から台視や中視（訳注・いずれも台湾の公営テレビ局）の番組に出演するようになると、その後レギュラー出演していた『青春的旋律（青春のメロディー）』では洋楽を歌った。華視（訳注・台湾の公営テレビ局）の開局直後に始まった歌番組『昨日今日明日』ではＭＣを務めたこともある、台湾を代表する洋楽ミュージシャンだ。そのほか、校園民歌《キャンパス・フォークソング》がはやった時期には、シンガーソングライターとしても活躍した。

グループで歌い始めた中学時代

一九四四年、湖南省安化で生まれた暁寧は、一九四八年に両親と共に台湾に渡り永和《ヨンホー》（訳注：現在の新北市永和区）で暮らし始める。遊び好きでボーイッシュな暁寧は、幼い頃から男の子と一緒にサンドバッグ打ちやビー玉のような男の子の遊びをしていた。母親は娘のわんぱくぶりを見て小学校に早期入学させることにした。暁寧が通っていたのは女師附小（臺北市立女子師範專科學校附屬國民小學）だった。小学生の頃にはすでに器量が良く発育のいい大人っぽい女の子のことがお気に入りで、憎たらしい男の子とは喧嘩していたという。勉強が嫌だったので、中学校は当時開校したばかり（つまり暁寧たちが一期生である）の開平中学校へ進学した（訳註：進学校ではなかったため、比較的入学しやすかったようだ）。その学校では元気のあり余った生徒たちが男女入り混じって一日中遊びまわっていたからだ。ある時、生徒たちがふざけて田んぼの大きな木を倒してしまったことが校長先生の耳に入り、同級生の多くが退学する事態になった。暁寧は退学こそは免れたものの、母親に再受験させられ、静修女子中学校に入り直すと、そこで六年間を過ごすことになった。

クラスでは小柄だった暁寧は、バスケットボールやソフトボール、それに卓球などのスポーツが好きで、中学一年生の時には一三三センチしかなかった背丈も、二年生には一六三センチにまで伸びた。二年生の時、自宅にレコードプレイヤーがやって来たことで、それまでラジオしかなかった暁寧の青春時代にさらにたくさんの美しいメロディーが加わると、音楽を聴き始め、ギターを弾くようになり、合唱団を結成し（訳註：三年生の時に「幸福的六月」というポップミュージック合唱団を結成し、活動していた）、校庭の木の下で歌い、時には楽団を指揮したりもした。ハンサムで瀟洒な暁寧は、中学生の時にはキャンパス中の憧れの的になり、愛の告白やラブレターが絶えることはなかったが、同性を好きになったり、同性に心惹かれたりすることでトラブルが起こることはなかったし、それらの同性間の恋愛感情は、どれもが自然に芽生えたものだった。

大学の統一試験の結果が思わしくなく、暁寧は私立の銘傳女子商業専科學校に進学することになるのだが、落ちなかっただけでも幸いだったと言えよう。というのも試験の前日になってもまだ中山堂で歌っていたのだから。ちょうど映画『牯嶺街《クーリンチェ》少年殺人事件』（訳注・エドワード・ヤン監督による一九六〇年代の台北が舞台の映画）に描かれるコンサートのシーンのように、血の気の多い輩が、劇中と同様に中山堂でバンドを率いてプレスリーの音楽を演奏していたのだ。唯一映画と違ったのは、ステージ上でマイクを手に歌っていたのが黄暁寧だった、ということだ。

江湖《ジャンフー》野史と恋愛遍歴

人間は一生を通じて、さまざまな役割を演じるものだが、ステージに上がる人物であればなおさらだろう。私たち台湾同志ホットライン協会のボランティアスタッフたちは、ファンのような心境で今回のＵｎｃｌｅ（注5）へのインタビューに臨んでいた。私たちは黄暁寧のことをネットで予習しただけでなく、たくさんの質問を用意して南京東路《ナンジントンルー》の路地裏にあるアメリカンスタイルのレストランに向かった。インタビューの様子はまるでミュージシャンのファンミーティングのようで、暁寧が音楽について話し始めると、私たちはひたすら首を縦に振って相槌を打ち続けた。そんな私たちの緊張した様子に気付いた暁寧師匠は、すぐに歌手特有のオーラを消すとタバコに火をつけ、皆にスナックを食べるよう勧めてくれた。そして豪快に肩を組んでくつろいだ雰囲気を醸しながら、私たちが一番聞きたいと思っていた話題、つまり暁寧の過ごした江湖《ジャンフー》な人生と恋愛遍歴へと上手にリードしてくれたのだった。（訳注：ここでいう「江湖」は武侠小説に登場する、いわゆるならず者の世界を単純に指すというよりは、『〈つながり〉の精神史』（講談社現代新書）で著者の東島誠氏が言及する、江湖の言葉の起源である「特定の縁や狭い世界に留まらない、広く開かれた世界」の「都市的な生き方を実践する（中略）定住民的思考の持ち主からは指さされ、さげすまされていたが、逆に言えば既存の価値観を。超えた〈新しい人びと〉」であり、あるいは「反主流、あるいは抑圧に対する抵抗のニュアンス」を帯びていると考える）

人は人生で本気の恋を何度経験するものだろうか。御年七十二歳の暁寧師匠にとって、恋愛エピソードは枚挙にいとまがない。中にはヤクザの親分の女に手を出してしまった失敗談や、誰もが知る有名女性芸能人とのロマンス、それに富豪令嬢との恋などもあるのだが、やはり本人の心を震わせたいくつかのエピソードだけが、言及に値するものだ。

そんな語るに足る相手のひとりが、暁寧が銘傳商専でティーチングアシスタントをしていた時の教え子だった。彼女の家庭は裕福で、頭のてっぺんからつま先まで晴光《チングアン》市場（注6）でそろえた外国製の服を着ていた。初恋さながらの、暁寧にとっては初めての長期的な関係であり、またこのガールフレンドが初めて肌を重ね合わせた相手でもあった。あのピュアな時代は、遊び人の男性であっても「セックスの責任」を非常に気にしていたので、暁寧もガールフレンドについては自分が責任を取らなければならないと考え、彼女には良いものを買い与え、彼女のために一所懸命に働き、仕事のベースを台北に戻し、彼女を教え導き、そして彼女を愛した。付き合って三年目のこと、ガールフレンドは別の男性芸能人のもとに飛び込むと、その人と結婚してしまった。暁寧は大きなショックを受けた。ちょうど歌手として順調にキャリアを積みつつあった暁寧だったが、友人に誘われるまま、酒を嗜まないはずが台北で夜な夜な酒に溺れ、毎日のように正体がなくなるほど酔いつぶれた。そしてそれは暁寧の新たな人生の序曲(訳注：原文では〝江湖序曲〟である)でもあった。

江湖世界を渡り歩く日々を語る際に忘れてはいけないのが、契りを結んだ十二人の兄弟のことだろう。十二人の〝T〟の中で、暁寧は上から二番目の二哥《アルガ》(訳注：上から二番目の兄の意味)だ。話が義兄弟のことに及ぶと、暁寧はタバコを指に挟んだまま火をつける間もなく、彼女たちの伝説的な過去話に花が咲く。義兄弟とはそれぞれ徳恵街《ダーフイジエ》のバーや、中山北路《チョンシャンベイルー》の洋食レストラン、それに暁寧が歌を歌っていたピアノバーで出会ったという。彼女たちはまたゲイバーにも好んで入り浸っていたので、後になって義兄弟に一人のゲイが加わり、十三妹《シーサンメイ》(訳注：十三番目の妹を意味するが、父親を打ち首の刑から救うため十三人の処刑人を殺した『児女英雄伝』のヒロインの名前に掛けている)と呼ばれた。彼女たちは飯を食い、喧嘩をし、ダンスホールで踊り、スーツを誂え、女と交際し、女を養い、酒を飲んでは楽しく騒ぎ、夜通し遊び明かし、ひたすら全力で働いては、全力で遊んでいた。そして散々遊び倒した義兄弟たちも、やがて中年になる。あの時代に生まれた女性たちには男性と家庭を築かねばならないという責任が重くのしかかっていたものだが、十二人の義兄弟は誰も結婚せず、そのまま「拉子《ラーズ》」（注8）として歳を重ねた。老後は一緒に生活して互いの面倒を見ようという話もあったが、実際に年を重ねてみるとそれぞれ事情がバラバラで、経済的に次第に立ちゆかなくなり倹約の日々を送る者も多く、いまだに仕事を続けている者もいれば、相次いで亡くなった者も、独居老人になった者もいるという。

テレビ界からフェードアウトし、アメリカへ

一九八二年、三十八歳の時に黄暁寧はアメリカへ移り住む。家族はひと足先に渡米していて、台湾に最後まで残ったのが暁寧だった。十数年に及ぶ芸能活動に一時的に終止符を打ち、台湾を離れる時にはそれなりに落ち込みもしたというが、むしろ意気消沈したからこそ、アメリカへの移住に踏み切れたともいえるだろう。

暁寧のセクシュアル・マイノリティとしてのアイデンティティが世間で騒がれることはあまりなかったのだが、華視との音楽番組の話し合いで出された制作側からの、女性らしい格好で出演してほしい、というわざとらしい要求が、暁寧を傷つけた（実際、この番組制作者は暁寧のことをオトコオンナと見下していた）。それまでこのような心無い扱いを受けることは滅多になかったのだが、よりによってテレビ業界で起きてしまった。いつかは渡米しようと計画していた暁寧は、この出来事が決定打となり台湾を離れる決意をすると、徐々にテレビ業界からフェードアウトしていった。件《くだん》のセクシュアル・マイノリティに対して思いやりのないプロデューサーの要求を暁寧が拒絶したのは、自分の体裁にこだわりがあったからではないし、実際に彼女はNGや制約のない芸能人で、過去にはファンのリクエストに応えてスカート姿でパフォーマンスしたこともあったのだが、それでも自身の〝T〟の容姿が辱めに利用されるのは、やはりとても悔しいことだったのだ。

暁寧はアメリカでバーを開業し、結婚もし、またゲイバーに入り浸っていたというが、その頃のことを話す口調には、台湾での義兄弟と過ごした日々を語る時のような威勢の良さはない。

顔の広い暁寧がバーを経営していた十二年の間、彼女の店には台湾から少なくないの著名人がしょっちゅう訪れていたという。彼らはロサンゼルスの暁寧に会いに来ては、彼女の店で歌った。人付き合いに熱心な暁寧は、アメリカでもたくさんの友人と知り合い、そして北京出身の女性と恋に落ちたのだが、ビザの問題があり、彼女をバーの共同経営者として自分のそばに置くためにはパートナーシップ権を獲得する必要があった。そこで暁寧はその彼女と同性婚に踏み切ることにした。だが一時期は燃え上がったふたりもやがて気持ちが冷めてしまい、ついには別れることになった。暁寧はバーの経営資金の半分を、元妻である彼女に気前よく分与したのだった。

アメリカ——それは当時、台湾人の誰もが憧れたであろう先進国だったし、洋楽を崇敬する暁寧にとってはなおさらである。アメリカに移住して三十二年、もう何年も台湾には戻らなかったというのに、暁寧は数年前、台湾に戻り定住することにしたのだ。二〇一四年に帰台し、十三センチにまで肥大した腎臓の腫瘍を切除する手術を受けると、再びバーを経営しながら生活する体力がないことが分かった。台湾に戻り音楽業界にコンタクトできたことで、長年抱き続けてきた夢を叶えることもできた。さらに自分の健康状態や旧友たちが自分の世話をしてくれることを含め、台湾には自分のことを気にかけてくれる人がいるし、心の拠り所もあるのだ。

誰もが暁寧のように、年老いても若々しくワイルドでありたいと思うだろうが、その人生は苦労の連続で、ひとときも気が休まることはなかった。アメリカで過ごした三十年間も業界をまたいでさまざまな仕事に携わっていたし、七十歳を超えた今でも休むことなく各地で演奏活動を続けている。実家の経済状況は当時としては悪くなかったが裕福とまでは言えず、勤勉と節約に努めなければならなかったし、ことあるごとに、最初に手にしたギターは母親が給料の半月分をはたいて買ってくれたものだったと言っていた。歌手デビューしたばかりの頃はガールフレンドへのプレゼントを買っていただけでなく、長女として、当時母親にかかっていた高額な医療費用を負担していたという。幸いなことに歌手のギャランティーはティーチングアシスタントの給料の何倍もあったので、父親とふたりで家計を支えることができたのだ。暁寧の言葉から、彼女が家族をどれほど大切にしているかが伝わってくる。暁寧は常に両親から受けた愛情を忘れることなく、弟妹たちのことを誇りに思っているのだ。

両親はどちらも百歳近くまで長生きしたので、自分もおそらく長生きするだろうと考えていた暁寧は、これまで散々遊んできたのだから、いつかは過去を振り返り、曲を作り、人生を書き留め、歌を歌い続けなければ、と考えていたそうだ。暁寧の人生は七十歳にしてようやく始まるのである。

暁寧師匠の過去には、葛藤と模索もあったという。二十代の頃に一度、結婚を考え、試しに男性と映画館デートをしてみたのだが、うまくいかなかった。相手が自分に手を伸ばしてくると違和感を覚え、自分に好意があると分かると逃げ出したくなるのは、自分の中にひとりの男が棲み付いていて、その彼が追い求めるのが女性だからだと次第に考えるようになった。そして暁寧にとって、その外見もまた偽ることなく、ストレートに自身のセクシュアリティとアイデンティティを表している。暁寧は生まれてこの方、クローゼットの中に閉じこもったことのない、何にも縛られることのない自由なトムボーイなのだ。

しかし残念なことに、社会はそれほど寛容ではなく、暁寧は女性である自分ではガールフレンドに未来を与えることができないことを分かっていたので、交際相手が結婚適齢期に差し掛かると、彼女たちが結婚できるように自分から手放していたのだが、これはあの時代のレズビアンの多くが直面した社会の潮流であり、現在にまで至るものだ。それゆえ、パートナーに事欠かない人であっても内心は孤独なまま、また最初から最後までずっと孤独であることが自分の運命だと感じているのだ。

話は初恋のエピソードに及ぶ。中学の時、ある女子生徒がラブレターを握りしめながら、目の前で「黄暁寧、私あなたが大好き!」と叫んだ。その初々しく純粋で、損得勘定のない愛情に、暁寧はずっと心をときめかせていたという。江湖な日々のエピソードこそが、深く心に刻まれるものだと考えていたが、結局人というのは、最終的にシンプルで純粋なものを追い求めるものだと気付かされたのだった。

七十三歳になった現在でも、暁寧は多くのことを学びたいと思っている。だから波乱に満ちた人生を経験した後もなお、新たな一歩を踏み出そうと、さまざまな可能性を試している。

二〇一四年、台湾に戻った暁寧は中山堂で歌い、二〇一五年には国父記念館でコンサートを開いた。粋なスーツに身を包み、アコースティックギターを手にした暁寧は、ウエスタンハットにオールドスタイルのサングラス姿でステージに現れると、未だ終わることのない青春をロックンロールで歌い上げるのだった。

〈後記〉 文／喀飛《カーフェイ》

二〇一五年に中高年LGBTワーキンググループのボランティア一同がインタビューを行った際には、黄暁寧の体調が悪いようには見えなかったのだが、後になって実際は病状がだいぶ進行していたことを知らされた。インタビュー当日も彼女は豪快に酒を飲み、タバコを一本、また一本と吸い続け、ウィットに富んだトークで私たちを楽しませ、皆を情熱的にもてなしてくれた。そして昔の出来事やたくさんの恋愛話を惜しみなく語ってくれたのだ。若い頃から歳を重ねた現在も、公の場だろうが個人的な集まりだろうが、女性が好きな〝T〟であることを公言してはばからないのが、黄暁寧その人だった。

告別式が行われたのは二〇一八年の秋のことである。台北市立第二斎場のホールには、テンガロンハットにサングラスをかけ、ギターを手にした暁寧の巨大な遺影が掲げられていた。そのハンサムで陽気な姿は、まるで女プレスリーが大きな声で古い友人を歓迎し、今まさにコンサートが始まろうとするかのような、生き生きとしたもので、目を閉じると、黄暁寧が全身をきらきらと輝かせながらステージの上に立っていた。だが実際のカーテンコールは、珍しく暁寧がその場の主役ではなかったのだ。数多くの芸能界の大物芸能人たちが暁寧を見送りに来ていたことから、彼女の人望の厚さが伺える。しばらくの間、台湾の芸能界から離れていたとはいえ、かつての栄光は今なお光を放っていたのだ。葬儀会場には光り輝くたくさんのスターたちが一堂に会していた。中には暁寧と同じく七〇年代にお茶の間のスターとなった大御所芸能人の張小燕《チャン・シャオイエン》、暁寧と一緒に米軍クラブで歌手として歌い、深い仲間の絆で結ばれた比莉《ビリー》、それに四、五〇年前にテレビで洋楽を紹介し、黄暁寧を歌番組『青春のメロディー』に呼んだ洋楽のゴッドファーザーこと余光《ユーグアン》の姿もあった。

追憶の笑顔と涙が入り混じる、このひとりの大スターの告別式は、ちょっとだけ奇妙な雰囲気に包まれていた。半世紀以上も前から同性愛者であることを隠すことなく、また伝統的な性別二分論の社会的価値観に妥協しなかった黄暁寧だが、告別式ではなぜかその性自認が意図的に隠されているように見えたのだ。もし暁寧の妹が過去を振り返り「まるで兄のようだった」、と言わなければ、あるいは暁寧の友人が哀悼の意を表しながら、自分の周りの女友達が皆、黄暁寧に口説かれていたと笑って話さなければ、私たちはヘテロセクシュアル女性の告別式に参列しているかのように錯覚しただろう。それはまるで、自分の心の中に熱く、勢いのあるロックンロールが響きわたっているというのに、バックダンサーたちがバレエのステップを踏んでいるようなちぐはぐさだったのだ。

人生の最期において、黄暁寧は七十四歳の一生を通じて思い切りのよい、瀟洒なスタイルを貫き、ロック歌手にしろ、ひとりのハンサムな〝T〟にしろ、その自信に満ちあふれ、率直でおおらかな性格こそが黄暁寧の最も大事な部分だったというのに、なぜ人々は公に、ひとりの〝T〟として見送ることができなかったのだろうか。

追記：後で分かったことだが、告別式を執り行ったのは、反LGBTを掲げる教会の牧師であった。

文／湯翊芃《タン・イーポン》

聞き手／湯翊芃、同《トン》、阿Sir、小晦《シャオハイ》、NB、Slow、狐狸《フーリー》、安安《アンアン》、Oreo

訪問日／二〇一五年十二月十一日

執筆者紹介

湯翊芃《タン・イーポン》

ゲイになって間もない。

二十歳のとき、初のボーイフレンドができた。ガールフレンドと交際していたときと比べて、楽しくはなかった。

二十二歳のとき、ボーイフレンドがＨＩＶ陽性だと分かり、不安のあまり自分の世界が崩壊してしまった。それでもその状況から逃げようとは思わなかったし、でもどうやって立ち向かえばいいのか分からず、考え込んでしまった。

二十三歳のとき、家族にカミングアウト。血も流れなければ争い事も起きず、まるで名誉革命のようだった。

二十五歳のとき、アメリカに渡り、結婚。ボーイフレンドとは付き合って一年しか経っていなかったので、この法的な関係の宣言はかなり衝動的なものだった。

二十六歳のとき、正式に社会人となり、初めての仕事でカミングアウト。時には告白を武器に、カミングアウトをテクニックとして用いるという、セクシュアル・マイノリティが生き残るためのルールを理解した。

そして二十七歳の今は、配偶者がふたりの人生の青写真を描いてくれている。この青写真はかつて自分が長年抱いてきた夢の具現であるが、思考は船の帆のようなもので、ちょっと風が吹けば思いがけない方向に向かってしまうのだ。たとえパートナーがいても、居を構え安定した生活を築くために、人生の冒険を止めるようなことはしたくないと思っている。

職場では一所懸命に働いているが、はした金にしかならず、まだ金は稼げていない。何の成果も得られぬままに、夢を抱けない歳になってしまった。大きな生活の変化には遭遇しておらず、平凡な人生と言ってもいい。

けれどもセクシュアル・マイノリティの人生に関していえば、それは総じて語り尽くせない物語に、数えきれないほどの喜びと悲しみ、説明のつかない道徳観、解消できない矛盾、それに複雑に絡み合う愛憎関係、である。このような逆境を生き抜いたからこそ、同志たちはそれを誇りに思うべきである！

1．一九五一年から一九六五年の間、中華民国はほぼ毎年のようにアメリカ政府から一億米ドルの貸付を受けていた。一九五一年、中国共産党が勢力を拡大したことに端を発し、朝鮮戦争が勃発したことを背景に、アメリカから最初の援助物資が台湾に送られた。一九五四年、中華民国とアメリカは「米華相互防衛条約」を締結。アメリカからの支援には生活物資や軍事物資のほか、道路や橋、ダム、発電施設、天然資源開発などのインフラ整備に必要な物資も含まれていた。台中県（現在の台中市）の徳基《ダージー》ダムはこの時の貸付により建設されたものである。このほかにも実質的な物資援助に加え、アメリカは広範囲にわたる技術協力と開発を行った。同時にアメリカ政府は台米双方の大学が学術分野での協力や人材交流を行うことを奨励した。アメリカからの援助を受け、台湾国内では実際に大学が作られている。また、戦後アメリカが大量のドルを中華民国に貸し付けたことで、当時の台湾が抱えていた外貨準備高不足という、国の発展に関わる問題を解決したのだった。

2．この後、黄曉寧は台湾北部に戻りライブ・レストランなどで歌手として歌い、大勢の〝T〟と知り合い義兄弟の契りを結ぶ。そして本省人コミュニティよりも欧米化の進んだ外省人コミュニティに身を置き、ダンスホールや進駐軍クラブ、それにバーやバザールなど、アメリカ軍人や西洋人の集まる場所で活動する。当時広く歌われていた音楽のレコードやテープからテレビ媒体、および学術論文に至るまで、それらは何年も経った今日にも幅広い影響を与えているので、〝ターニングポイント〟と呼んでも過言ではないだろう。

3. 「T」と「P（婆）」は台湾の女性同性愛者における主たる二つの「ジェンダーロール」を指している。この二つの言葉は一九六〇年代の台北に現れたとみられ、一九八〇年代中盤に「Tバー」（現在の「レズビアンバー」に同じ）が大量にオープンすると盛んに使われるようになった。「T」は「トムボーイ（Tomboy）」の略で、「米軍文化」隆盛期のゲイバーやライブ・レストランでの使用が発祥とされる。

4. キャンパス・フォークソング（校園民歌）は台湾におけるひとつの音楽ジャンルである。一九七〇年代以前は洋楽が台湾の若者の間で主にはやっていた。しかし一九七二年に当時のニクソン米大統領が中華人民共和国を訪問し、また一九七八年に中華民国とアメリカの国交が断絶したことが引き金となり、国内の若者が自文化に目覚めた。その時勢に触発されるように、台湾の若い学生たちは西洋音楽を歌う代わりに「自分たちの言葉で、自分たちの歌を作る」という考えを持ち、「自分たちの歌を歌おう」というスローガンまで掲げた。この出来事は、その後の八〇年代、九〇年代における華語ポップミュージック産業が飛躍する鍵にもなった。

5. Ｕｎｃｌｅは〝年配のＴ〟を意味し、若い世代が年長のＴに対し、尊敬の念を込めて使う呼称。

6. 台湾が日本の統治から解放された後（一九五〇年代頃）のアメリカ軍の進駐に伴い、台北の晴光市場には進駐軍クラブのほか、数多くの洋食レストランやベーカリー、バーなどがオープンするのだが、その中で最も有名なのが高級品を取りそろえた舶来品店だった。そのため、晴光市場は台北で最も古くから輸入品を扱い、異国情緒あふれる商業エリアとなった。

7. 当時、彼らは毎週末のように、徳恵街《ダーフィジェ》のアメリカンバーで遊んでいたと黄曉寧は語る。徳恵街の飲み屋街は晴光市場を中心とする商業エリアにあった。

8. レズビアンを示す「拉子《ラーズ》」という言葉が最初に使われたのは、レズビアン作家・邱妙津《チウ・ミャオジン》の小説『ある鰐の手記』の中で、その後レズビアン・コミュニティの中で自分たちのことを表す言葉のひとつとなった。「拉子」という言葉が登場するのは、黄曉寧が十二人の兄弟たちと契りを結んでから二十年以上後のことであり、黄曉寧も若い世代が使うセクシュアル・マイノリティ・コミュニティの言葉を学んだことを意味している。

物語3　阿松《アソン》　限界を作らない人生、虹色の未来へ

阿松《アソン》、六十七歳の〝老T〟。話し上手で、昔気質の律儀で人情に厚い人物——事前に知らされていた情報をもとに、私たちはワイルドな外見に白髪頭の人物を思い描いていた。そして待ちに待ったインタビュー当日、海のように深い藍色のチェック柄のシャツに限りなく白に近いライトブルーの綿パンを穿き、ショートカットの黒髪には少しだけグレイヘアーが混じり、きりっと美しい顔立ちに細身の阿松を見た時、若い頃はさぞかしハンサムだっただろうと難なく想像がついた。阿松は親切にも私たちインタビューメンバーにたくさんのお土産を持ってきてくれていた。二〇一二年にニューヨークで同性パートナーと結婚したそうなので、私たちに配ってくれたキャンディーは喜糖《シータン》（訳注：結婚した時に知り合いや職場で配る縁起物のキャンディーのこと）になり、阿松の福をお裾分けしてもらった私たちは皆、温かで幸せな気持ちに包まれた。阿松からどんな物語が聞けるのだろうと、ますます楽しみになったのだった……。

スカートは嫌い　好きな格好は自力で勝ち取る

台湾は一九四九年から戒厳令下に置かれたため、一九四七年生まれの阿松は国民党政府による独裁的な政治のもと、人々が自由に声を発することのできない時代に、姉二人、兄ひとりの四人きょうだいの末っ子として育った。父母はどちらも日本統治時代に日本式の教育を受けていたので、阿松たちは幼い頃から「大きな声で話さない。静かに話すこと」「歩くときは軽やかに」「猫背はいけない」と躾られた。さらに女子は上品で美しくあるべきと考えていたため、幼い頃から娘の立ち居振る舞いに注意をはらい、悪いところがあれば正してきた。だが阿松はスカートをはくのもお人形遊びも嫌いで、父親の友人であるアメリカ籍の船長が阿松にフリルがたっぷりあしらわれたワンピースをプレゼントしてくれたことがあったが、その服に袖を通すことはなかったし、船長の奥さんが手作りの茶色い肌の人形をくれたことがあったが、その人形で遊ぶこともなかった。

阿松は長ズボンを着てがっしりした革靴を履くことのできる兄が羨ましかった。だが心の中でそんな格好をしてみたいと思っても、母親にそんな服をおねだりしたことはなかった。阿松が七歳の時のこと、父親が子供たちに泳ぎを教えてくれたことがあった。阿松が兄の穿く短いスイムパンツを自分も着けて泳ぎたいと思っていたところ、父親は阿松がスポーツを習いたがってると考え、男児用の水着を着て水に入ることを認めてくれたことは、阿松にとっては子供の頃の印象深い思い出である。

高校、大学と、阿松は軍事訓練の時間が一番好きだった。軍事訓練用のユニフォームを着られる上に、ネクタイを格好よく締めることができたからだ。やがて新社会人になった阿松は、常に短パン姿で出勤していたが、英語の通訳として働く阿松に、社長が海外のクライアントに会うときは服装マナーとしてスカートを穿くように、と言ったことがあった。だが、阿松は自分を変えるつもりがなかったので、もし職場でスカートを穿かなければならないのであれば、この仕事を辞めても構わないと考えた。これに対して阿松の仕事能力の高さを評価していた社長は阿松の意志を尊重し、こざっぱりとしたシャツに短パンや長ズボン姿での出勤を認めてくれた。

阿松は独立心旺盛で、物事に対し自分なりの意見や考え方を持っていたので、父親は何か相談したいことや参加したい活動があれば、阿松を同伴した。「おまえは息子よりも息子らしいな」と父親に言われたこともあった。

孤独だけど光り輝いていた初恋

大学に入学するまで、小学校を含めて通っていたのはすべて女子クラスで、阿松は水を得た魚のようだった。初恋に話が及ぶと、過去を思い出す阿松の顔はぱっと明るくなり、瞳の奥には青春の光が輝く。初めて好きになった相手は中学一年生の時の同級生で、成績が良くて物静かな話し方の、清らかで美しい女の子だった。当時、阿松はまだ人を好きになる気持ちが分からなかったが、ただその子のそばにいたいと思っていた。お互いの席は離れていたが、休み時間になるとふたりはいつも尽きることなくおしゃべりをしていた。下校時になると、その子は自転車を押して阿松のバス停まで付き添い、バスが来るまで一緒に待ち、やがてバスがやって来ると今度は「もうちょっとだけ」「あとちょっと」と言って阿松を引き留めた。離れたくなくて、彼女がいよいよ帰宅しなければならない時間になるまで、停留所で何台ものバスを見送り続けた。阿松は自転車に乗る彼女のスカートが風になびく姿に心を奪われていた。まだ何も知らない純朴な同性同士の親密なやりとりの中にはほんのりとした甘さが漂っていたが、このピュアな恋愛未満の関係は、阿松とその子の間に生じた感情のすれ違いが解けないままに終わってしまった。

その感情が恋であると自覚してなかった阿松は、その後の彼女のそっけない態度に失恋に似たショックを受けると、それは勉学にまで影響が及び、留年してしまう。当時十四歳の阿松は、留年するような自分に好きな女の子のことを想う資格はないと考え、新たなスタートを切るために、一所懸命勉強して、つまずいたところから立ち上がろうと努力した。こうして新しいクラスで成績を十位以内にキープできるまでになった。さらに英語の成績がとても良かったので、クラスの英語小老師（訳注：クラスの中で同級生に勉強を教える先生役）を任された。阿松が初恋だと認める恋愛もまた、この新しいクラスで繰り広げられる。初恋の相手は、黒板に「She love She」（正しくはShe loves her）と書いて阿松に告白した。一緒に高校入試のための受験勉強をしていたことで、ふたりは自然と親密になり、やがて付き合うようになった。中学校を卒業する時、阿松の初恋のガールフレンドは阿松の卒業アルバムに祝福の言葉と「阿松の妻になりたい」というメッセージを書いた。高校に入学すると、ガールフレンドは理系クラスへ、阿松は文系クラスへ進み、別々のクラスになったのをきっかけに、お互いの心は少しずつ離れてしまい、恋心もいつしか薄れていってしまった。

阿松が中学、高校に通っていたのは一九六〇年代で、当時の素朴で保守的な台湾社会には、まだセクシュアル・マイノリティに関する情報やリソースがほとんどなく、日常生活の中にはそもそも「同性愛」という概念や語彙は存在していなかった。「以前の私は自分だけがそう（同性が好き）なのだと思っていました。今の人は〝T〟と〝P〟に分けたがるけど、そんな分け方も知らなかったし、そもそものような言葉もありませんでした」。同級生たちも女子同士が腕を組むのは普通のことだと思っていたし、身の周りのすべてが異性愛を前提とする社会において、阿松には好きな相手がいて、その相手も阿松に好意を示してくれたとしても、当時はまだ同性を好きになる人間は自分だけだと思っていたし、相手も自分と同じように同性を好きになるなんて思わなかった。「同性を好きになる人がたくさんいるとは思っていなかったんです。ただ、自分だけが世界でただひとりの、異常な人なのだと思っていました」

お見合いを華麗にスルーし、制限を設けないオープンマインドな人生へ

大学卒業後、阿松は仕事に心血を注いで忙しい日々を送る中、いつ結婚するのかと心配する親戚や家族に対しては、仕事が忙しくて結婚を考える暇がないとかわしていた。二十六歳になったその年、両親がいよいよ積極的に結婚相手を紹介してくるようになった。母親が結婚を話題にするたびに、阿松はたくさんの結婚神話を根拠に、母親に道理を分からせようとした。例えば、結婚後のふたりは一緒に暮らすのに適していないかもしれないし、相手が浮気をしたり愛人を作る可能性があ

るかもしれない、子供が親孝行でなかったり老後の面倒を見てくれるとは限らない、といったものだ。阿松は両親に、自分は結婚したくないし、経済的に自立できることを理解してもらおうとした。だが、両親は諦めることなく、あらゆる手を尽くして阿松の見合いをセッティングしようとした。母親の要求を断りきれずに見合いに応じたが、そのたびに、見合い相手を撃退するのに成功したという。

阿松の作戦はこうだ。まず双方の親を同席させず、当人同士だけで会うようにし、当日は自分のガールフレンドを見合いの席に連れて行き、彼女のことを同級生か同僚として紹介する。すると相手の男性はそこで見合い相手が隣にいる女性ではなく、阿松であることに気付く、という算段だ。ガールフレンドを同伴することで、見合い相手に対し直接的にカミングアウトはしなくても、阿松の行動が事実を物語ることになるのだ。そして最後は見合い相手に支払いの機会を与えず、阿松が伝票を手にしてお会計をしてしまう。そんな強引なスタイルで、通常は見合い相手を追い払うのに奏功したのだった。

〈TO - GET - HER〉でネット世界に足を踏み入れ、新たな視野を広げる

一九八一年、阿松三十四歳。仕事のキャリアもすでに十年を超えたある日のこと、阿松は「ガラスの天井」について論じる新聞記事を目にした。それは女性が職場でどれほどブラッシュアップしても、社会的な環境が女性の能力を抑制し、あるいは女性自身が制限を課すことで、昇進の機会がなくなってしまう、という内容だった。さらにちょうどその当時、貿易会社の社長から嫌がらせを受けていたこともあって、阿松はアメリカへ行って仕事を探し、人生の突破口を開くことを決意した。こうして勢いでアメリカにやって来たものの、いくら英語が堪能とは言え、当時のアメリカで中華系の人間が仕事を探すのは容易なことではなかった。社会にも溶け込まなければならず、仕事環境と格闘していたところにホームシックが襲い掛かり、アメリカで生活し始めたばかりの阿松を苦しめた。

仲良くしてくれたひとりの同僚が、日々の生活に苦労する阿松を見てこう言った。「台湾から来ている友達を紹介しますよ。その人もレズビアンですよ！」。阿松はそれを聞いて驚いた。その同僚にはカミングアウトしていないというのに、なぜレズビアンであることをわざわざ強調したのだろうか。阿松が「どうしてレズビアンを紹介するの？」と尋ねると、「だって、あなたはレズビアンでしょ？」と同僚。その時阿松は、臆することなく面と向かってレズビアンだと言える人がいることに驚いた。さらにアメリカ暮らしの中でセクシュアル・マイノリティに関する文章を読んだことで、阿松はようやく自分が世界でたったひとりのレズビアンではないし、異常な人間でもないことを理解した。特にアメリカのセクシュアル・マイノリティのコミュニティは平等な権利を積極的に求めていて、それが阿松の視野を広げてくれたという。

突然阿松のクローゼットを開いた同僚が紹介してくれたのは、高雄出身の人物で、自分は〝Ｔ〟だと言った。彼女はよく自身の恋愛事情を阿松に話してくれた。その後インターネット上のレズビアンサイトへの登録に話が及ぶと、当時パソコンを持たず、その手の情報をまったく知らなかった阿松に、その友人はたくさんの関連するサイトを教えてくれたのだが、その中で唯一印象に残ったのが〈ＴＯＧＥＴＨＥＲ〉だった。言葉遊びが好きな阿松は、たちまち〈ＴＯ－ＧＥＴ－ＨＥＲ〉の持つ意味に引き寄せられたのだ。友人が教えてくれたたくさんのサイトの中で記憶に残った〈ＴＯ－ＧＥＴ－ＨＥＲ〉のウェブサイトにアクセスしてみると、阿松はそのシンプルで分かりやすいインターフェースにひと目惚れし、サイトが閉鎖されるまでずっと愛用し続けることになる。

〈ＴＯ－ＧＥＴ－ＨＥＲ〉の前身は一九九六年、ウェブサイト構築に詳しいレズビアンが立ち上げた〈拉子烘培機《レズビアンホームページ》〉というオンラインフォーラムである。ダイヤルアップでインターネット接続していた当時、阿松がアメリカで働き始めてからすでに二十年近くが経とうとしていた。インターネットが普及する以前は友達を作る場所は限られ、ソーシャルプラットフォームもほとんどなく、レズビアンのコミュニティが交友関係を広げることのできる場所や機会を持つことは難しかった。そこでインターネット黎明期に〈TO－GET－HER〉の創始者がレズビアンのためのオンラインフォーラムを開設すると、たちまちコミュニティに属する人たちが殺到したのだ。〈TO－GET－HER〉最盛期にはたくさんの掲示板が立ち上がると、それぞれの板では多くの才能ある女性たちが発言を繰り広げた。二〇〇〇年、阿松はバイセクシュアルの掲示板で二十四歳年下の既婚者、小蘭《シャオラン》と知り合う。阿松と小蘭はチャットでの相性が良かった。パソコンを持たない阿松は、しょっちゅう友人の家のパソコンを使わせてもらっていた。英語は得意だが、パソコンで中国語を入力できず、それでも中国語で表現しないと自分の気持ちは伝えられないと考えた阿松は、小蘭に返信するのにウェブサイト上の中国語文字をコピー／ペーストして膨大な時間をかけてようやく文章を完成させていたという。小蘭はそのことを知りとても感動し、また阿松のひたむきさに敬服した。

初めて知り合った時から、ふたりはお互いに身分も年齢もオープンにしていたため、阿松は小蘭と曖昧な関係を続けながらも、関係をそれ以上深めるつもりはなかった。やがてふたりは二〇〇二年に阿松がカナダを旅行した時に、初めて直接顔を合わせることになる。カナダに暮らす小蘭が阿松を案内してくれたのだ。

お互いを大切にしながら一緒に虹色の家族へ

初対面でたちまち打ち解け合ったふたりは紆余曲折を経て、小蘭が夫と離婚し、ニューヨークの阿松のもとに転がり込むことになった。小蘭には子供がふたりいて、ひとりは実家に、もうひとりは元夫の実家に預けられていたのだが、阿松は小蘭が子供たちを恋しがっていることを察すると、自ら子供を引き取って一緒に育てよう、と提案した。子供たちは当時それぞれ二歳と三歳だった。子供たちに阿松のことをなんて呼ばせたらいいのか？と小蘭に聞かれたが、アメリカ人はお互いに名前で呼び合うのだから、子供たちは名前を呼んでくれればいい、と阿松は答えた。

阿松は小蘭の二人の娘のことをまるで我が子のように扱い、教育にも熱心だった。中国語を母語とする子供たちはアメリカの学校ではバイリンガルの教育課程を履修する必要があったのだが、バイリンガルコースを履修すると、同じ時間帯の通常教育課程を受けられなくなる。同年齢の他の子供に比べて子供たちの学習に遅れが出ることを心配した阿松は、教師に「子供たちは英語が堪能なので、バイリンガルコースの履修はせずに、通常の課程のみを履修できるようにしてもらえませんか」と相談してみたが、その教師は自分の職権ではそれを決定できないと言う。そこで校長に手紙を書いたが、校長は教育部の規定に従って、物事を進めなければならないと言う。今度は教育部宛に子供たちの学習状況について手紙を書いた。すると教育部は学校に、英語能力を測るテストを実施し、英語の能力が充分なら、バイリンガルの課程を履修しなくてもいいと指導してくれた。その後姉妹はテストに無事合格し、通常の課程だけを履修することになった。姉妹は同年齢の子供たちの学習に追いつくことができただけでなく、成績もとても良かった。

成績優秀な姉妹は有名進学校から声がかかり、その学校を受験することになった。入試では数百人の受験者中上位に食い込む好成績を収めた。小蘭は嬉しさのあまり、電話でこのグッドニュースを台湾の実家と元夫に報告した。すると元夫は小蘭に、阿松に感謝していると伝えてほしいと言っていたという。元夫は阿松がしっかりと子供たちの教育の面倒を見てくれたことに感謝していたのだ。

二〇一一年、ニューヨーク州で同性婚が法制化されると、阿松は小蘭にこの喜ばしいニュースを伝えたが、小蘭は「結婚なんて、一生に一度で十分」と考えていたという。翌年のある日の午後のこと、阿松と小蘭が散歩をしていると、小蘭が突然阿松に「私たち、今、結婚しよう！」と言った。こうしてふたりは阿松が六十五歳の年にニューヨーク州で正式に結婚し、婚姻の権利と義務、それに法的な保障を共有した。さらに娘二人も正式に阿松の養子になった。

小蘭と一緒に母親ふたりの家庭を築いたことで、阿松は心が満たされ、幸せいっぱいだった。阿松と小蘭にとって、二十四歳の年齢差がふたりの障害になることはない。お互いの相性の良さと、しっかりとコミュニケーションを取り合うことが、家族関係において最も大事なポイントだという。阿松は子供たちのあらゆる学習や教師とのコミュニケーションに積極的に関わり、学校側には子供たちがレズビアン家族育ちの優秀な生徒であることを認識させた。実際の生活を通して、周囲の人たちにも同性愛者の家庭を知ってもらい、社会のセクシュアル・マイノリティに対する偏見を解消するのだ。

昔気質の律儀で人情に厚く、どんなことに対しても真摯に向き合う阿松の生き方は、真面目で、足るを知る、素晴らしいものだ。阿松へのインタビュー中、阿松の語る活き活きとしたストーリーに思わず聞き入ってしまい、一緒になって阿松の記憶の中に引き込まれ、そこから抜け出せないことがしばしばあった。阿松は厳格で真面目な家庭に育ち、自分のアイデンティティを確立するまで孤独な歳月を過ごしていた。人生のボトルネックにはまりたくないと思った阿松は、未知の新しい人生と視野を切り開くために思い切って遠くアメリカの地へ赴くことを決意した。七十歳近くなった現在の阿松を迎えるのは、きらめく虹色の人生である。

文／荘蕙綺《ジュアン・フイチー》
聞き手／荘蕙綺、宜婷《イーティン》、喬伊《ジョーイ》、可樂《カーラー》
訪問日／二〇一四年九月二十五日

執筆者紹介

荘蕙綺《ジュアン・フイチー》

人間と万物の間には無限の可能性があると信じ、二匹の猫と一緒に生活しながら、種を超えた愛情とノンバーバルな理解を経験から学ぶ。

台湾同志ホットライン協会では十二年間ボランティアとして活動する中で、年齢によってさまざまなワーキンググループに参加してきた。協会に入ったばかりの二十歳の頃は家族グループに参加し、親への理解やカミングアウトへの躊躇について考えた。三十歳に近づくと、性的関係グループに参加し、親密さと性欲の流れについて研究した。三十歳過ぎに中高年LGBTワーキンググループに参加し、人は皆老いや病、そして死に直面するのだということを知り、避けられないそれらの瞬間が訪れた時、セクシュアリティを隠すことなく適切に世間から扱われる方法や、自分自身や家族、あるいはパートナーをケアする方法を学んだ。

本書の出版にあたり、インタビューを通して、それぞれの年代において、同性に対するエロチックな欲望を口に出せないお姉さま方にため息をつき、愛と欲望の中を奮闘するお姉さま方を尊敬し、お姉さま方のお話を聞くことで、世代を超えた人生に共感が生まれることに感謝している。

世界をより良くしていくために、常に優しい心で、小さなことからコツコツと取り組んでいくことを願っている。

物語4　漫漫《マンマン》　心を託せる愛情を待ち望む

漫漫《マンマン》は一九四九年に台湾人の父親と日本人の母親の間に生まれた。母親は看護師として（日本から）満州、そして台湾へと派遣され、第二次世界大戦後は台湾東部の村に根を下ろすと、四人の子供を育てた。漫漫は三女で、小学生の頃からピアノとダンスを習っていた。

女子校に入学後、漫漫の多芸多才ぶりは同じ学校の女子生徒たちの憧れの的になり、登校すると彼女の席に朝食が置かれていることもあった。思春期真っ盛りの漫漫もまた女の子のことが好きで、バスケットコートを走りまわる颯爽とした女子生徒を見つけると、「目をキラキラと輝かせていた」という。ところが本人はその胸の高鳴りが何を意味するのかが分からず、漫漫が女子校時代に女の子と恋愛関係になることはなかった。それどころか初めて付き合った相手は大柄な男性だったのだ。

交際相手の男性は五歳年上の国を代表するスポーツ選手で、漫漫が舞踏学科で勉強していた時に知り合ったという。「あの時代は、結婚できそうなら結婚すべきと考えられていた」ので、漫漫は二十六歳の時にその男性と結婚することにし、ふたりは台湾東部に世帯を構えると、一男一女をもうけた。夫は漫漫にとても優しく接してくれ、彼女を宝物のように扱った。漫漫に料理を作ってくれと言わないどころか、掃除や料理をする人をわざわざ雇ってくれたのだ。しかし漫漫は夫とのセックスを極力避けたくて、いつも夫が眠りに就くのを待ってからベッドに入るようにしていた。どうしても回避できない時はしぶしぶ応じたが、夫も漫漫が不本意ながら相手をしてくれていることに気付いていたという。

夫婦ともそれぞれの仕事が忙しくなり、ふたりの接点はさらに減っていった。漫漫は学校で教えたり、ダンスコンテストに参加する生徒の振り付けをしたりしていたが、さらに喫茶店の経営にも乗り出したのだ。ビジネスは順調だったがプレッシャーも計り知れず、漫漫はとあるダンスコンテストの終了後に倒れ、病院に搬送された。家庭円満、キャリアの絶頂期にあるように見えた漫漫だが、実は幸せではなかったのだ。夫の不倫が発覚すると、彼女はすぐさま夫に離婚を突きつけた。この出来事は漫漫の人生の軌道を大きく変えるきっかけにもなった。「離婚の話し合いをした時に夫は泣いていましたが、私は平気でした。（何故なら）私は自分の人生を生きたいと思っていたからです」と当時を振り返る。彼女は離婚を悲観するどころか、もろ手を挙げて喜んでいたのだ。漫漫にとって、離婚はそれまでの人生からの解放と、新たな人生の始まりを意味していた。こうして二十年近く続いた結婚生活をすっぱり終わらせると、当時まだ十歳くらいだった子供たちとも別れることにした。同時に、漫漫にとっては誇りでありながら自分を苦しめ続けてきた教員という仕事にも別れを告げたのだった。

人生の軌道を変える

四十六歳の時、自由な人生に憧れる漫漫は、ゲイバーを開く。彼女の店を訪ねてくるお客は、思いがけず以前から付き合いのある医師や弁護士が多かった。この頃、漫漫は自分で雇った三十代の女性秘書と同居していた。漫漫いわく「彼女は私にとても良くしてくれて、至れり尽くせりだった」そうで、「求めていたフィーリング」にマッチしていたという。夫婦同然のふたりは夜になると抱き合ったが、それ以上の関係に進むことはなかった。それでも女性と初めての密やかな甘美を味わうには、十分すぎるくらいだった。漫漫はその秘書のことをすっかり信頼し、事業の経理を彼女に任せ、銀行口座の暗証番号すらも彼女に教えていた。枕を共にする相手にまさか預貯金をすべて横領されてしまうことになろうとは……。女性秘書は生まれたてのヒナをひねり殺すように、人生の軌道を変える決意をしたばかりの漫漫を容赦なく打ちのめしたのだ。何という皮肉だろうか、女性秘書のことをすっかり信頼していただけに、裏切りで受けた苦痛も深かった。

　ひどく傷ついた漫漫は海外へ行き飲食店でしばらく働いた後、台湾へ戻って来た。帰国当時無一文だった漫漫は、かつての教え子を頼って淡水《タンシュイ》に身を寄せるが、すっかりふさぎ込んでいた。自分はまだ人生の真っ盛りだし、老後にも備えなければ、と思っていたからだ。さらに落ちぶれてしまった今の自分のことを昔の知り合いに知られたくなかったので、「私を探さないで」と書き置きを残すと、黙って教え子のもとを去ったのだった。

　漫漫は友人を頼って台湾中部へ行くと、そこで三十代の女性を紹介された。初めて会ったその夜、酔っ払った漫漫はその女性にホテルへ連れ込まれ、そこからふたりの十数年に及ぶ恋愛関係が始まる。漫漫は百貨店の売り場で働きながら、彼女と一緒に小さなカフェを営み、仕事がない時はデートしたり遊びに出かけたりした。

　普段の彼女は漫漫にとても優しかったが、酒が入ると人が変わったようになり、バーでは常に誰かと衝突していたという。それは漫漫に対しても同じで、落ち着いている時の穏やかな彼女とはまったくの別人だった。それだけはない。彼女は生活費を稼ごうとしないどころか、漫漫以外の人とも浮気していたのだ。このことは漫漫に、四十六歳の時に自分がした選択について根本的な疑問を抱かせた。「幸せな家庭だったのに、それをぶち壊して逃げ出し、今は放浪の身。私は一体何をやってるんだろう? 当然、周りも理解に苦しんでいるに違いない。愛そのものには罪がないし、私が欲しいのはロマンスや優しさ、それに愛情だったのに、その結果、ついえてしまった」

同性間の愛情について、漫漫が抱いていたロマンチックなイメージは徐々に崩れていく。ガールフレンドと別れたかったが行く当てがなく、彼女もまた漫漫から離れたがらなかったため、ふたりはずるずると関係を続けたまま苦しむしかなかった。ちょうどその頃、大学生になった子供たちが漫漫の居所を探し出す。子供たちは自分の母親と同棲するガールフレンドがどれほどひどい相手かを知ると、「子供たちからは『その人と別れないなら、お母さんを見捨てるしかない』と言われました。でも私は別れられなかった」。子供たちの言葉は重かったが、かといって漫漫には本当になすすべがなかったのだ。最終的にガールフレンドが解放してくれるのを待ち、それから兵役を終えた息子と暮らし始めたのだった。

心の拠り所だった恋

息子と暮らし始めると、今度はまた別の三十代女性が熱心にアプローチしてきた。漫漫が「私が何歳か分かってる？」と聞くと、彼女は〝あなたじゃなきゃダメなの〟とはっきり答えた。相手が良い人だと判断した漫漫はその女性と付き合うことにした。この新たな恋によって、漫漫は愛を信じる心を取り戻すことができたという。この二番目のガールフレンドは台湾北部でバスの運転手をしていたので、交際当初の四年間は彼女の方が漫漫の元と北部を行き来していたが、やがて漫漫が北部に転勤したことで、ふたりは一緒に暮らし始めた。彼女は細やかな気配りができる人で、漫漫に手取り足取りバスの乗り方を教え、仕事の送り迎えもしてくれたし、自分の仕事が終わると漫漫の働く売り場にやって来て付き添った。一緒に過ごせる時間が限られていると思った彼女は、「一日のうち一緒に過ごすことができるのは夜食の時しかないから」と、常に漫漫と夜食を食べたがった。

仕事に明け暮れ、幼い子供たちの面倒を見てやれなかったことをとても後悔していた漫漫は、娘の出産を機に思い切って仕事を辞め、自ら進んで孫の世話に専念することにした。ガールフレンドも漫漫を愛するあまり、孫のことまで溺愛すると、オムツ替えすらも引き受けてくれた。やがてその孫が大きくなると、漫漫のガールフレンドのことを、親しみを込めて「姨婆《イーポー》」（訳注・母方の祖母の姉妹を指す呼称）と呼ぶようになった。それだけではない。漫漫の子供たちも母親も、漫漫の二番目のガールフレンドのことが大好きで、お互いに仲良くやっていた。しかし交際が八年目に差し掛かる頃、漫漫はふたりの年齢差に悩み始める。歳を重ねるにつれ、彼女を性的に悦ばせたい気持ちと体力が次第に衰えてきたのだ。彼女の欲を満たしてあげられなくなったら、人生の黄昏時になって彼女との別れという精神的苦痛を味わうことになるかもしれない。「その年齢になった時に求められても満たしてあげられなくなったらどうする？ その歳で別れを切り出されたらさらに惨めになるだろう。自分が受け入れられるうちに関係を終わらせてしまいたい」。そう考えた漫漫は先手を打って、この恋にピリオドを打つことにした。いきなり別れを切り出して関係を終わりにするのではなく、彼女に冷たい態度を取り、少しずつ距離を置くようにしたというが、それは彼女との別れをためらう気持ちの表れだったのかもしれない。

一年後、ガールフレンドから別れを切り出され、九年に及ぶふたりの関係が終わった。別れた当時、娘は〝どうして彼女のことをしっかりと捕まえておかないのか〟と漫漫を責め、息子も別れの原因を聞きだそうと、ガールフレンドに電話を掛けたという。漫漫の子供たちにとっては、母親の交際相手が母親のことを大切にしてくれるかどうかが何よりも大事だったのだ。母親のことを大切にしてくれさえすれば、相手が同性であってもふたりの関係を祝福しない理由にはならなかった。

伴侶としての関係は終わったが、二番目のガールフレンドはそれからもしょっちゅう漫漫と孫を訪ねてきてくれた。だが彼女の新しい恋人にとってはそれが不満だったようで、元ガールフレンドは漫漫のもとを訪れるのをやめると、連絡も断ってしまった。後に人づてに聞いた話だと、彼女の新しい恋人は、よく客として漫漫たちの家に遊びに来ていた友人だったそうだ。漫漫は裏切られたと感じながらも、彼女との終わった恋を心の底から懐かしく思わずにはいられないという。たとえ読んでもらえず返事が来なくても、漫漫はいまだにその彼女へメッセージを送ってしまうのだった。

漫漫は「誰かと愛し合うことは人生のすべてではないけど、心の拠り所なのです」と言う。愛は漫漫にとって一生のテーマであり、理想的なパートナーシップを見つけたいと考えている。互いに理解し合い、寄り添うことこそが愛の真髄であり、パートナーが異性か同性かは重要ではなく、さらに正しいか間違っているかも問題ではないと漫漫は確信する。恋愛で傷ついてしまったが、それでも新しい恋の到来を期待しているのだ。

漫漫にとって、新しい恋を始めるのはそう難しいことではないだろう。自宅でのインタビューでもその場にふさわしい服装で応じてくれた漫漫は大きな目が印象的で、おしゃれにも気を配り、同年代の女性よりもぐっとエレガントだ。漫漫も自分の外見には自信があるようで「ある美容師に、この状態ならまだ特別なケアをしなくても大丈夫って言われたの」というような話をしてくれた。私たちが年齢を尋ねた時も、漫漫はキラキラした笑顔で「あなたたち、私が何歳に見える?」と聞き返してきた。どうやら漫漫は、自分の美しさを再確認するような言葉を相手から引き出すことに長けているようで、それは自分の外見への自信の表れでもあるのだ。

しかし外見に対する自信とは裏腹に、自分自身への不信感を払拭できずにもいるようだ。「愛に年齢は関係ない」「いくつになっても、誰かが愛してくれる」と言いながら、一方で年齢が最大の致命傷になっていることも認める。漫漫の抱える矛盾は、体が年齢と共に衰えていくという逃れることのできない事実が、すでに漫漫の心に大きな影を落としていることを意味する。

それでもその影の下で、愛情への欲求は今なお光を放ち続けている。その光はか弱くかすかなもののように見えるが、それが消えてしまうようなことは決してないのだ。

文章／莊蕙綺《チュアン・フイチー》
聞き手／莊蕙綺、湯翊芃、凱
訪問日／二〇一六年九月十一日

物語5　郭《ゴウ》姐さん　恋愛となると、渋くて格好いい遊び人にはなりきれない

旧正月が終わってすぐのこと、中高年LGBTワーキンググループは、インタビュー協力者である数名のお姉さまを招いて集会を開いた。会場に最初に到着したのは、遠路はるばる彰化《ジャンホア》の員林《ユエンリン》から車でやって来た郭《ゴウ》姐さんだった。ワーキンググループのメンバーとお姉さまたちは世間話に花を咲かせていたが、やがて全員の視線は、サングラスをかけ、こざっぱりした中性的な格好の郭姐さんに集まった。言われなければ、このノートパソコンを慣れた手つきで操作し、画面にモノクロ写真を映しながら話をする郭姐さんが、まもなく七十歳になろうとしているなんて、誰も思わないだろう。

ノートパソコンの中には一万枚余りもの古い写真が保存されていた。それらは数年前に郭姐さんが自らスキャナーを購入し、デジタル時代以前の紙の写真を一枚ずつデータ化したものだ。郭姐さんは張りのある声で、写真の中の場所や人物について語る。私たちはまるで素晴らしい歴史映画を見ているかのようだった。五十年前、四十年前、三十年前のシーンがタイムトンネルから飛び出し

てくる。まだ物資の乏しかったひと昔前の台湾で、高精細かつ緻密な画像をこんなにもたくさん所有できた物質的条件を考えると、郭姐さんは当時まだほんのひと握りの人だけに許された、恵まれた環境で日々を送っていたのだろう。

いまだに釈然としない、心の中の困惑

古い写真のノスタルジックな風情にどっぷり浸りながら思わず驚嘆の声を上げていると、郭姐さんの声が聞こえてきた。「話したいことはいっぱいあって、でもきちんとお話ししようとすると時間がかかりそうです。いろんな経験をしてきた私からの忠告ですが、皆さんにはできることなら、この道を歩まないでほしいと思っています」

それは、社会の偏見に対抗し、セクシュアル・マイノリティ当事者の置かれた境遇を改善するために全力を尽くしてきた私たちを唖然とさせる、意外な言葉だった。数分前、彼女のノートパソコンには、四十五歳の郭姐さんが颯爽とした面持ちで映し出されていた。彼女のまたがるハーレー・ダビットソンは、当時五十二万元は下らなかっただろう。大型バイクに乗り始めてすぐに転倒事故

を起こし、肋骨を二本折ったが、それでも大型バイク愛が冷めることはなかったと話してくれたばかりだ。かつての社会で、圧力に抵抗し自分らしくあろうとするには、現在の私たちよりもさらに大きな勇気を要しただろうに、郭姐さんはどうしてそんな忠告をするのだろうか。

私たちの疑問に対する答えが見つかるかどうかは別として、この社会における、これまでに行われてきたセクシュアル・マイノリティのためのアファーマティブ・アクションと、前進してきた歴史の大きな車輪を止めることはできない。しかし郭姐さんの心の中にある疑問は、いまだに答えの見つからない人生の困惑だ。

「お前は本当にこの家を捨てるのか?」。これは二十年前、郭姐さんと一緒に事業を立ち上げ、支えてくれた相手から別れを切り出された時に、郭姐さんが告げた言葉だ。その相手とは、郭姐さんが二十歳、相手が十七歳の時から三十年間一緒に暮らしてきたパートナーだった。

生涯のパートナーを失い、それまでに築いた財産をも無くし、高齢の身で人生を再出発した郭姐さんは現在、たいていの人が苦労を恐れて就きたがらない病院の介護職員として、それも最も仕事のきつい夜勤で働いている。経済的な苦境に郭姐さんが打ちのめされることはないが、心の中にある、答えのない疑問からくる困惑は、二十年経っても郭姐さんの中から消えることはない。

〝交際する〟：戒厳令下ではロールモデルがいない恋愛体験

御年六十八歳の郭姐さんには、三十年間腐れ縁だった元ガールフレンドの秀華《シゥホア》がいた。ふたりの間にある愛と憎しみは紆余曲折がありすぎて説明のしようがなく、三時間あまりのインタビューは、郭姐さんが愚痴をこぼし、鬱憤を晴らす時間でもあった。「終わったことはもういいんです。私と秀華は三十年以上、連れ添ってきましたが、（今は）彼女の悪口を言うことすら面倒だし、関わるのも嫌なんです。とやかく言っても意味はありません。これが人生だから、仕方ないですね」

秀華との出会いは一九七〇年、郭姐さんが二十歳、秀華が十七歳だった。十大建設（訳注：一九七〇年代に当時行政長官だった蔣経国が打ち立てた大規模インフラ計画。これにより台湾経済が急速に発展した）はまだ始まっていなかったし、中華民国は日本と国交断絶しておらず、国連からも脱退する前で、台湾経済がまさにこれから飛躍的な成長をしようとしていて、当時の総統は蔣介石、社会は国民党による一党独裁政治の下で厳しく統制された、戒厳令の時代だった。そんな時代に郭姐さんは元ガールフレンドと〝交際〟し始めるのだが、この〝交際〟については、郭姐さんには参考になるようなロールモデルがいなかったので、果たして〝交際〟と言い切ることができるのかは疑問だという。

「その当時、私の見た目は男か女か分からなかったようですし、自転車に乗って風俗街に行けば、客引きに店の中に引きずり込まれもしたのですが、私は自分のことを〝T〟だとは思ってもいませんでした」。郭姐さんの育ての父親は市民代表（訳注：県が管轄する自治体の議員のようなもの）で、家は風俗店やホテルを経営していた。経済的に恵まれていた郭姐さんもまた遊び好きで、外で遊び慣れると次第に周りに対して傍若無人に振る舞うようになった。ある時、ひいきしている歌手が歌う紅包場《ホンバオチャン》（訳注：台湾式キャバレー。出演歌手に飲食代＋アルファのお金を渡し、飲食代を差し引いた残りが歌手のご祝儀となる）にやって来たが、あいにく現金の持ち合わせがほとんどない。そこで店の主に支払いをツケにしてくれと頼んだが聞き入れてもらえなかったので、テーブルをひっくり返して乱闘騒ぎを起こしたこともあった。

当時、郭姐さんには台豊汽水《サイダー》で働いていた同仔《トンザイ》という男友達がいて、彼は郭姐さんにとてもよくしてくれたという。「私は中国式将棋が大好きなのだけど、彼は何があっても私を勝たせてくれました。酒を飲んでもそう。車の運転の仕方を知らなかったので、私が教えてやりました。そうしたらしまいには、私を口説きたいと言い出したので、それならアンタのガールフレンドになってあげる！と言ってあげたのでした」

同仔と付き合っていた時にも、郭姐さんの威勢の良さはそのまま、服装もまったく変わることなく、髪型に至っては短く刈り込んだ〝男のヘアスタイル〟だった。「ズボンの方が仕事しやすかったし、喧嘩するにもその方が好都合だったんだ！」。豪快で渋くて格好いい郭姐さんのそばを同仔は静かについていき、郭姐さんが仕事上りに麻雀を打ちに行けば、同仔は何時間でも車の中で彼女が遊び終わるのを待つのだった。

〝まとわりつかれた〟：時間が経てば習慣となり、習慣は自然になる

ある時、賭場で麻雀に興じていると、麻雀仲間の阿霞《アシャ》が台湾中南部から女の子を三、四人連れて来て、誰か奢ってやってよとごねてきた。郭姐さんはその頃給湯器の大手メーカー、荘頭北《チュアントウペイ》の配達ドライバーをやっていて、豚レバー麺が一杯十元、公務員の月給が七百元に届かない時代に、ひと月に二千百元を稼ぐ〝高給取り〟だった。「私はしょっちゅう〝まとわりつかれた〟と言ってました」。「彼女たちを乗せて、いろんなところに遊びに行きました。ボーリングでも何でも、とにかくあちこち行きました」。あてもなく三、四日ぶっ通しで、いろんなところを遊び歩いた。

遊び疲れると、九条通（訳注：今でも使用されている台北市の日本統治期の旧地名。現在の台北市中山区林森北路一帯）の家に戻って休んだ。「私は三階で寝ていまし

た。三階には二部屋あって、秀華は私と一緒の部屋に泊まっていました。中南部に帰る日が来ても、彼女は泣いて『帰りたくない』と言いました。泣いている彼女を見て、私も別れるのがつらくなり、『泣かないで、泣かないで』と言って何とか慰めようとしました。それから彼女のおでこにキスをして『いい子で帰るんだよ。また（台北に）来たくなったらおいで』と。当時、彼女は私にボーイフレンドがいることを知らなかったし、いずれにせよ彼女と私の間には何も（起こら）なかったし、彼女はおとなしく地元に帰っていきました」

「それから一週間もしないうちに、本当に訪ねてきたんです、彼女ひとりで。来たからには泊めないわけにはいかないじゃないですか。それで台北で仕事を探すよう言ったのですが、彼女は勉強しかできないんだ、と。私は『何もできないって、どうやって生きてくつもり？』と怒鳴りましたが、そんな調子なので、とりあえず彼女に当面の間の生活費とタイピングを習う学費として三千元を渡しました。学費がいくらだったかよく分かりませんが、それだけあればタイプライターを一台買ってもお釣りがきたでしょう」

タイミングよく荘頭北の工場の会計係に欠員が出たので、郭姐さんは秀華を紹介することにした。帳簿付けや小銭回収、それに勘定を整理して公認会計士に届けに行くという仕事だった。「仕事に就くには住む場所が必要だったので、我が家に住まわせることにしました。ボーイフレンドが私をデートに誘うと、彼女も一緒に出掛けたがりました。同仔は彼女がついてくることについて何も言わなかったかな。彼女はどんな時も私のそばにピッタリくっついていました」

「彼女が私の家に住み、私と一緒に寝起きするようになったのは自然な流れでしたよ。彼女は体が弱く、いつだって体が冷えていたので、冬は自分ひとりじゃ暖かくして眠ることができずに私と一緒に寝たがりました。彼女が眠れるように、毎日彼女の体に腕を回して暖めてあげたし、私がいないと眠れなかった。いつの間にかそれが習慣になってしまったので、夕方はさっさと仕事を切り上げて、急いで就寝するようになりました」

そのうちに、彼女がそばにいないと落ち着かなくなり、「ふたりはなんとなく一緒にいるようになりました。彼女が一緒だと、とても幸せだったのです。どんなことも打ち明けられるし、どんなことも相談できるし、何が起きても話せるようになり、私たちはしょっちゅう真夜中の一、二時までおしゃべりしていました。眠れなくなるまで話をし、笑い合っていれば幸せでした」

あの夜芽生えた恋は、口に出さずとも、互いに分かり合えた

就寝時、秀華は肌着を着けていたが、郭姐さんは下に何も着けずに寝ていた。昔の肌着はキャラコを簡単に縫い合わせただけで、ゴワゴワして伸縮性がなく、着ると締め付け感があった。それである時、郭姐さんは肌着を脱いで寝てみなさいよと秀華に迫った。部屋の中を追い回し、キャッキャとふざけるうちにふたりの間にはだんだんと親密さが芽生えていった。そして秀華が肌着を脱いだその晩、ふたりはついに愛し合った。言葉に出さないが、互いに対する気持ちを理解し合ったのだった。

秀華と一緒にいる時とは逆に、同仔とは次第に喧嘩になることが増え、郭姐さんは常にいらだっていた。同仔にセックスを要求されることは、さらに耐え難かったという。「している間は空っぽで何もないような感じ。ただ彼に操られている人形になったみたいで、何の面白味もありませんでした」。だが秀華が相手だと、してよかったと誇らしく思えて、同仔との時とはまったく違っていたのだ。「秀華が満たされただけでなく、私も満たされていたのです。秀華とのセックスを楽しいと感じていました」

外出があまり好きではない秀華は、郭姐さんの目には臆病で物静かで従順な、家にいられるものなら一日中でも家に籠っているような、家を離れたがらない女性に映っていた。郭姐さんはそうではなく、暇さえあればオレンジ色の古いベスパに乗って外を走りまわるのが好きだったので、秀華はいつも傘とマンガ本一冊を持って、郭姐さんがどこに行くにも、静かに付き添った。こうしてふたりはいろんな観光地をほぼ回り尽くし、各地の美味しいものを食べ尽くした。

二週間に一度、郭姐さんは秀華を乗せて南投県《ナントウ》にある彼女の実家に連れて帰った。台北からまず新竹《シンジュウ》にある自分の実家に立ち寄ると、シャワーを浴び身支度を整え、そこから四時間かけて南投県の草屯《ツァオトゥン》までバイクを走らせる。「秀華のお母さんは私にとても親切でした。私が訪ねてくると分かると、必ずニワトリを絞めて、モモ肉を二本とも私に食べさせてくれました」

お金を稼ぐのが上手くて一所懸命働くのが大好きで、それでいて負けず嫌いで人に弱みを見られたくない郭姐さんは、湯沸かし器の配達で階段を上らなければならない時でも、「男性が一往復するなら、自分も一往復する」をモットーに、多い時には一日で百二十台余り、少ない時でも八十台もの湯沸かし器を配達した。そうして稼いだ金の管理はすべて秀華に任せ、ふたりはまったく何も持っていない状態から、やがて南投に一軒、台中に一軒の計二軒の家と、さらに四百坪の畑とスバルの車を購入した。

「秀華に寝てていいよと言っても、彼女は必ず先に起きて私に朝食を食べさせ、ハグをして私を送りだしました。とにかくあの甘い雰囲気が……何と言ったらいいのか……。つまり、ああいう甘ったるさがあったから私たちは一緒にくっついていられたのであって、それがなかったら一緒にはいられなかったと思います」

　ふたりは心を合わせてゼロから出発しただけでなく、秀華の弟が離婚した後に残された姪を引き取っている。「私はどれほどお金があるのか知りませんでしたが、お金を稼ぐのが得意だということだけ自覚してました」。双方の親はふたりの関係を何となく察して、口先では非難を匂わせていたのだが、ふたりの経済力が決定的な後ろ盾になり、必要以上に介入してくることはなかった。

　姪を引き取った時、彼女は生後六か月だった。郭姐さんを「金持ちマミー」、秀華を「小マミー」と呼ばせ、小学校二、三年頃に養子として籍を入れると、二十一歳になるまで育てた。姪の面倒はほとんど秀華に任せていたが、解決できない問題にぶつかった時だけ郭姐さんが厳〝母〟（訳注：厳父の母版）の役割を担った。「あの子は私のことをとても怖がっていました。でも私は子供を叩くようなことはしませんでした。ただ首根っこを掴んで、トイレに閉じ込めたくらいですよ」。一度だけ、姪が十六歳の時にボーイフレンドと駆け落ちしようとした時に、郭姐さんは怒りのあまりゴルフクラブで彼女を打ったのだった。

　二十歳から五十歳の三十年間という人生で一番の時期を、郭姐さんは秀華と共に過ごした。ふたりは人生の伴侶であり、仕事の上でも裸一貫から財を築いたパートナーでもあった。郭姐さんは莊頭北の配送ドライバーのほかにも、後に靴の製造工場や建築施工会社を営み、さらに中国大陸に渡って商売もしている。それにもかかわらず、秀華と別れる時に手元に残った財産が、スバルの車一台と七、八百万元の負債だけになってしまうなんて、郭姐さんは思いもしなかった。

秀華、初めての〝ボーイフレンド〟

長期間に及ぶパートナーシップとは、相互依存であり、相互扶助であり、あるいは互いを苦しめることであり、妥協であるともいえるかもしれない。「別れ」の二文字は口で言うほど簡単なものだろうか？ 秀華は三人の男性と性的関係を持っていたのだが、当時の閉鎖的な時代にはパートナーシップについて参考になるモデルが存在せず、メンツを重んじ情に厚い郭姐さんは、ただ自分の気持ちを呑み込むしかなかったという。

「秀華に初めてボーイフレンドができた時、私は彼女を解放し、彼に託さなくてはと思いました。でも相手の男に〝その必要はない〟と断られたんです。『付き合った女と結婚しなきゃならないなら、俺は山ほどたくさんの女と結婚しなければならないだろ？』って。もちろん、彼女にはそのことは内緒にしていました」。彼の名は游《ヨウ》といい、ふたりが一緒にホテルの中にいるところを郭姐さんが探り当ててしまったのだが、こちらから乗り込んでいってやぶへびになるのは避けたかったので、彼らの車を見張ることにした。

郭姐さんは腹立ちまぎれに人生最初で最後のビンタを一発、秀華に食らわせてしまったが、「その時は別れようとは思いませんでした。ただむかっ腹が立ったので気持ちを晴らしたかったんです。だって直接見てしまったのですから」。「ふたりの車を見つけたのは、ホテルの近くです。階下で待ち伏せしていたら、ふたりがホテルから下りてきました。游という男が車に乗り込み、秀華はバイクにまたがって道端でずっと話し込んでいました。私は腹が煮えくり返るまでずいぶん待ち、それからふたりのところへ行くと、いつまでしゃべり続けるつもりか？と言ってやりました」

当然のことながら郭姐さんは腹が立ち、怒り、そして悲しくもあった。「あの時、私は秀華のもとから離れようと、何もかも、車でさえも彼女に渡してしまいたいと思いました」。身をひるがえして立ち去ろうとすると、秀華が郭姐さんの服を引っ張り、許してほしいと泣きついてきた。「人に怒られても怖いとは思わない性格でね。罵倒されればされるほど、相手のことを信じられなくなるだけ。でも下手に出られるのは苦手で。そんな態度で出てこられると……何て言えばいい？もういいから、悲しくったって、そのうちどうってことなくなりました」

そんな耐え難い状況だったというのに相談できる相手すら見つからず、誰かに話を聞いてもらいたいと思っても言い出せずにいた郭姐さんは友達の家に行き、どうでもいい世間話をして気を紛らわせることしかできなかったのだが、今度は郭姐さんのその行動が思いがけず秀華を疑心暗鬼にさせる。「その時、秀華は私が友人の家でアレをしていたと思っていたようです。でも帰宅後にこれこれこうと秀華に弁明する気も起きず、〝そっちは浮気しているというのに、こっちだってやろうと思えばやれるんだ〟って」。捨て台詞は捨て台詞にしかならなかった。秀華に死んでやると脅された郭姐さんは、その後二度と友人の家に行くことはなかった。

恋愛となると、渋くて格好いい遊び人にはなりきれない

郭姐さんの実姉は何年も前に夫を亡くし、三人いる子供のうち末の息子を郭姐さんのもとに養子に出したいと以前から考えていた。「その時、私たちは屏東《ピントウ》に遊びに来ていました。甥っ子(訳注：実姉の末の息子)ももちろん一緒です。私にとっては息子のような存在でしたね。彼は当時三十歳くらいでした」。

その夜、ひとしきり酒を飲んだ郭姐さんは先に三階に上がって寝ていたのだが、いつまでたっても

秀華が部屋に戻ってこないのを不審に思い、二階に降りてドアを開けると、そこで甥と秀華が絡み合っているではないか。

郭姐さんはまさかそんなことになるなんて思ってもいなかったし、ましてやそれを目撃することになるとは想像だにしなかった。十数歳も年齢の離れたふたりの行為を目の当たりにした郭姐さんは呆気にとられたが、我に返った時には屏東から南投の草屯まで車を走らせていた。「わずか一時間四十五分くらいで着きました。その時私はクラッシュして死ぬものなら死んでしまいたいと思いながら、がむしゃらに車を走らせていました」。その日は小雨が降っていたことを今も覚えているという。

それから間もなく秀華と甥も南投に戻って来ると、家に入るなり郭姐さんに向かって土下座した。「どうしたらいい？ 私に何ができるっていうの？ だから度重なっちゃって……もう何も言えず、その時から酒に溺れるようになってしまったんです」。伝統的な倫理観では不貞関係は許されることではない、まして「近親相姦」という道徳的に超えてはいけない一線を超えることなど耐え難いものである。郭姐さんは家族からの鋭い視線と圧力に向き合わなければならなかったが、それでも秀華を恨む気にはなれず、あまつさえ秀華に代わって姉に赦しを請う始末だった。「コインが二つなければ音を鳴らすことはできない。秀華が望んでも、あなたの息子が欲しがらなければ音を鳴らすことはできないでしょう」。こうしてそれまで一番仲の良かった姉から郭姐さんに連絡をしてくることは金輪際なかった。

「姉は私に失望していました。姉に『男追女如隔山（男が女を追いかけるときは山に隔てられるがごとく），女追男如隔紗（女が男を追いかけるときは薄布に隔てられるが如し）って道理があなたに分からないの?』と言われ、もちろん分かるけど、それでも、私にはどうすることもできなかった。秀華と別れればよかったのか? 私と秀華が一緒になってすでに二十年以上が経っていました」。当時を回想する郭姐さんの顔は苦渋に満ち、言い終わる頃には言葉がかすかに震えていた。

秀華とは蜜月の時もあったが、思い出すのはしょっぱい記憶ばかりで、誠意と引き換えに最後に得られたのは無情だったのだ。「もちろん途中には秀華のことを追かける人が現れて、私たちはそのことで喧嘩もしました」。「今では秀華は私以外の別の人のことを愛しています。苦しんでいるのは私だけで、向こうはは楽しい思いをしている。そんな感じじゃないですか? 秀華は楽しくやってるというのに、私だけが苦しんでいる。どうしようもないじゃない?」。恋愛となると、郭姐さんは決断力のある、渋くて格好いい遊び人になることができなかった。

嘉義《ジアイー》で生まれた郭姐さんには四人の姉がいる。郭姐さんが生まれた時、五人目も女の子だと知った父親は、赤ちゃんを八掌溪《バージャンシー》（訳注：嘉義と台南の県境にある河川）に連れて行き捨てようとしたが、養母が不憫に思い、連れ帰って育てることにした。養父は嘉義の市民代表で、風俗店やレストラン、旅行会社、ゲストハウスなど米軍相手の商売を生業としていた。地域の顔役だった養父は自ら郭姐さんを抱いて戸政事務所（訳注：戸籍業務を行う行政機関）に出向くと、郭姐さんのことを「実子」として自分の戸籍に登記した。養母は養父の妾《めかけ》で、子宝に恵まれなかったため、跡継ぎとしてもうひとり男児を養子に迎え入れていた。

ひと昔前、嘉義で最も有名だった二軒のスナックはいずれも養父が開業した店だったという。金も権力もある養父は郭姐さんを溺愛し、小遣いに毎回十元をくれた。当時、近所の子供はおやつに一杯二角（一角＝〇・一元）の碗粿《ワーグイ》しか食べれなかったのに「私はお小遣いをたくさん持っていたからね。金持ちで遊び好きだから、ガキ大将でした」。「いつも廟の入り口付近に行っては目障りな奴に難癖付けて喧嘩してました。グループ全員が私の言うことを聞いてくれてたよ。だってお金持ってるから、最後はみんなに何か奢ってあげてたからね」

幼い頃から従順な良い子ではなかった郭姐さんを、養父母は躾けようとした。「でも私は言うことを一切聞かなかったし、勉強させようとしても、勉強しなかった。母が私を寝かせようとしたら、私は枕に布団をかぶせてダミーにし、寝ているフリをしました。昔の家はどこも木造だったから、木戸の下には穴が開いていて、私は扉をこじ開けて夜遊びに出かけていました。とにかくお金があったから、好きなだけ遊べたし、映画もタダで見てました。映画館は父が経営していたので」。「子供の頃からあらゆる成人映画を見て育ちました。養家はホテルも経営していたのですが、そこも木造建て、私はどの部屋に穴があって覗き見できるかを知っていました」

スカートを着なければならない在校時を除き、平日はズボンを穿いてあちこち走り回っていた。「ズボンの方が仕事も喧嘩もしやすかったから」。そんな郭姐さんに比べて「兄」はとても物静かだった。「私は子供の頃から傍若無人で、兄はどちらかといえば女々しかったです」。同仔と付き合っていた時も、同仔の意気地なしのところが嫌いだった。

大いに甘やかされた理想的な子供時代は、十二、三歳で終わりを迎える。養父がこの世を去り、養母が別の人と再婚してしまったので、郭姐さんは実母のもとに「返還」されてしまったのだ。男尊女卑の実父、それに歳の離れた四人の実姉とは血の繋がりはあっても他人のようなもので、家族に溶け込みたいのに、ただ無力感を感じるだけだった。小学校卒業後、二番目の姉の夫に連れられ高雄で数年働いた郭姐さんにとって、「家」は正月や節句を過ごした印象しかなかった。

嘉義、高雄、そして台北にも郭姐さんの「家」はあったが、そのどれもが実際には自分のものではなかった。そんな中、秀華と努力して手に入れた南投と台南の家だけが、郭姐さんにとっての「家」だったのだ。秀華が何人もの男性と浮気を繰り返しても郭姐さんが別れようと思わなかったのは、そのせいだろう。「私と秀華の間に別の誰かがいても、秀華は最後はいつも同じで、この家のために尽くしてくれたんですよ」

最後まで頑張って、「家」に残されたのは自分だけだった

秀華が最後に付き合ったのが、彼女より十二歳年下の阿喜《アシー》だった。「その頃私はどうしても大陸に行って仕事をしたかったんです。靴工場で何か商売ができないだろうか、って。毎年のように、年に二、三回大陸と台湾を行き来していたのですが、その間に秀華は台湾で阿喜と付き合いだしたようでした」。ふたりが〝交際〟し始めてから二年以上が過ぎた頃、郭姐さんはようやくその事に気が付き、秀華が阿喜を家に住まわせてほしいと言ってきたのはそれからさらに一年後のことだった。

阿喜は仕事に就かず、大酒飲みの博打打ちで、雑貨店を開きたいからと、時折秀華に金を無心していた。ひとつ屋根の下、三人で暮らし始めてから半年が過ぎる頃には、日を追うごとに衝突がエスカレートしていった。ある年の大晦日のこと、夕食を食べ終えた阿喜は再び秀華を伴って賭けトランプをしに出かけて行き、夜中の三、四時頃に戻ってきて仮眠をとると、翌日またギャンブルを

しに出て行った。「それを聞いて、腹の底から怒りが湧いてきた」郭姐さんは、ふたりとは二度と顔を合わせたくないと思ったという。

それから数日間、郭姐さんがふたりと顔を合わせることは本当になかった。そして秀華が簡単な収支状況を記した一枚のメモを残していることに気が付いた。現金、株、それに銀行の借入金額が書かれているのを見て、郭姐さんは秀華に電話を掛けた。「アンタたちの姿がここ数日見えないんだけど、どこにいるの?」。この時になって初めて郭姐さんはふたりが外に部屋を借り、そこに引っ越してしまったことを知った。最後まで踏んばった結果、ふたりの「家」だと思っていた場所にとり残されたのは、自分ひとりだったのだ。

あまりのショックに、郭姐さんは抜け殻のようになってしまった。「本気で秀華を殺してしまいたかったのかと言えば、そうではなく、気が付けば私はソファに寝そべったまま、部屋の電気もつけずに、すべてが真っ暗でした。そのまま何日経ったか分かりません」。食事の用意はいつも秀華がしてくれていたが、今は誰もいない。郭姐さんは空腹さえ忘れてしまっていた。「ある日の午後、秀華が弁当を買って帰ってきました。私は彼女に『あんたはもうあの男と出て行ったんだから、私にわざわざこんなことしてくれなくてもいいんだよ。何でこんなことするの?出て行くんなら思い切って出て行って』と言って追い払うと、秀華はそれから二度と帰ってきませんでした」

それまでお金の管理は秀華に任せていた。家を出ていく前に秀華は金の流れをメモしてくれていたが、計算してみると残ったのは借金だけで、二軒の家もその後銀行に差し押さえられることになった。秀華と別れて十数年後、今から三、四年前までは、以前に工場の近くに借りた狭い部屋の小さなシングルベッドに秀華とふたりでぴったりくっつきながら眠りについていた頃のことに話が及ぶと、郭姐さんは涙がこぼれたという。「過去のことを手放せなくて、ただ悲しみに暮れてるだけで、別に恨んでるわけじゃないんです。ふたりの関係が良ければベッドが狭くても広く感じるし、広々としたベッドでも関係が悪ければ狭く感じるものです」

彼女は去っていったが、それでも人生は続く

涙は枯れ、心は死に、それでも生きていかなければならない。郭姐さんは洗濯すらまともにできず、セーターを一枚駄目にしてしまった。水道や電気のメンテナンスは言わずもがなで、家事全般について無知な自分をあざ笑いながら、生活の仕方を一から学び直すことになった。話し続ける郭姐さんの声は穏やかで落ち着いていたが、少し皮肉っぽさを含みながら自分の愚かさをあざ笑って

いるかのようだった。

郭姐さんが秀華と別れた一九九八年、台湾の検索エンジンＹａｈｏｏ奇摩は開設から一年が経ち、同じ年の七月にはチャットルームサービスの運用が始まる。この頃からインターネットが急速に発展していき、雨後の筍のようにセクシュアル・マイノリティに関する情報がインターネット上を飛び交い始める。「当時セクシュアル・マイノリティ専用のチャットルームがあって、私には金も車もあったので、自分と同じような人たちに会いに台湾中へ行きました」

インターネットのバーチャル世界でスバルの「ＳＡＡＢ」をニックネームにしていると、かつての渋くて格好いい遊び人に戻れるような気がした。それから間もなくして、レズビアンという言葉の意味が徐々に分かり始めた郭姐さんは、自分のアイデンティティがより明確になっていった。「どうして〝Ｔ〟なのかって？　覇気がある上に自分の中に亭主関白主義なところがあるからだね」。新しいパートナーを探そうとしているが、まだ気の合う相手とは出会えていない。

この十数年間、郭姐さんはずっと再起したいと考えているが、不景気な世の中ではいくら頑張っても以前のように金を稼ぐことはできない上に、オンライン詐欺で百万元を騙し取られてしまったという。その後、介護士の資格を取り、今は台北に暮らすある高齢女性の家に住み込みで働く。互いに寄り添いながら暮らすことで、ようやく居場所を得たと言えるだろう。

「私は本当の家族や愛する人のいる、とても幸せな時間を過ごした後にすべてが変わってしまい、五十歳を過ぎてから何ひとつモノにできない人になってしまいました」。「だからこそ若い皆さんにこう言いたい。人生はまだまだ長い。〝もう歩ききった〟と年老いたのを実感する日はまだまだ先のことなのです、と」。そう語る郭姐さんはまるで、かつてあんなに燃え上がったというのに、そして三十年の関係は一生ものかと思っていたけど、どんな結末を迎えるかは最後になってみないと分からないものだ、と自分自身に言い聞かせているようだった。

文／林筱庭《リン・シャオティン》
聞き手／莊蕙綺、宜婷、佩紋
訪問日／二〇一五年十二月十二日

執筆者紹介

林 筱 庭《リン・シャオティン》

一九八六年高雄生まれ。元記者、ライター。二〇一二年ＳＯＰＡ優秀報道アワード受賞。淡江大学工学部財務金融学科、台湾大学法学単位履修生。お堅い経済問題や医療問題に関する文章を書くのが得意だが、一番好きなのは人にまつわる物語を書くこと。

物語6　途静《トゥジン》　平穏な暮らしを求めて旅する人生

「我が家では子供が二十歳になると、母が占い師を手配して子供の運勢を見てもらうのですが、その占い師から『ああ、娘さんは女として生まれ、男としての運命を背負っていますね。だから、無理に嫁がせる必要はないし、将来あなたも娘さんを頼っていいですよ』と直接言われたそうです」

一九五三年、途静《トゥジン》は雪山《シュエシャン》トンネル（訳注：新北市と宜蘭県を結ぶトンネル。高速道路用トンネルとしては世界第五位の長さを誇る）が開通する以前の宜蘭《イーラン》に生まれた。途静が生まれる八年前、父親は国民党政府の第一陣（注1）として台湾にやって来た。日本の高等教育を受けて育った母親は子供に体罰を与えたり叱り飛ばしたりしない、六十年前の台湾社会では非常に進歩的で自由な人だった。

「小学生の時には自分が女の子のことを好きだということに気付きましたが、あまり深く考えませんでした」。天真爛漫だった頃は自分の気持ちを分析したり解釈したりすることはなかったが、中学に上がると女の子に手紙を書くようになったし、また自分に好意を寄せてくる女の子も現れたが、途静の恋心はまだ蕾のままで、それが花開くのは台北の高校に進学してからのことだった。

途静は高校生の時にガールフレンドと付き合い始めた。校内の人気者として、途静のモテっぷりといったら、授業中に手紙を渡されるのは日常茶飯事で、週末はたびたび映画や食事に誘われた。寮では夜な夜な誰かが途静のベッドに潜り込んでは、寮監が布団の中の怪しげな動きを懐中電灯の明かりで照らしながら「ベッドから出て、自分の部屋に戻りなさい」と注意するまで一緒に過ごした。女子生徒の間の恋のさや当ては避けようがなく、購買部では途静を巡り主権を表明する殴り合いの喧嘩も必然だったが、途静はトラブルに巻き込まれるのは怖かったし、成績優秀な優等生という〝良い子〟のイメージを維持したくて、付き合っていたガールフレンドに「結婚するよう勧めていた」と途静は言う。

どうやって同類をかぎ分けていたのだろうか？「服装で分かりましたよ。私たちの学校では授業中は必ずスカートを穿かなければならなかったので、放課後は早くズボンに着替えたくて仕方なかったんです」と途静は言う。ズボンに着替える女子たちはそんな感じで、お互い言わず語らずのうちに、表舞台ではファンの後輩たちの注目を集めながら、舞台裏の青春真っ盛りのキャンパスのあちらこちらで恋の花を咲かせていたという。

ダーツを入れない女は〝T〟

社会に出ると、西門町武昌街《シーメンディンウーチャンジエ》にずらりと並ぶオーダースーツの店に〝あのダーツ〟を入れないでほしいという女たちが集まっていた。仕立て職人はそんな彼女たちに「スーツを作るんならダーツを入れなきゃ。バストがあるんだから、ダーツを入れなきゃ曲線が作れないだろうよ」と言っていたのだろう。

スーツ店の親父さんに〝ダーツを入れないで〟と頼む誰もが、まるで口裏を合わせたかのように「私たちは真っ平がいいんです」と、同じセリフを言っていた。

彼女たちは武昌街でバストラインの目立たないスーツをオーダーすると、次は自分の足に合う男物の靴を特注するために、いそいそと廈門街《シャーメンジエ》に出向くのだった。

「自分たちのような人は外国では〝トムボーイ〟と呼ばれていることを教えてもらったんです」と途静は言うが、彼女が知っていたのは、トムボーイはシャツをスーツのズボンに入れて革のベルトをギュッと締め、そこに大きな鍵の束と革製の高級なケースに入ったポケベルを掛けてホンダCB125Rを乗り回す、ということだけで、そんな人たちを身近で見続けて、見れば見るほど、自分が〝T〟(トムボーイの略称)だということを確信したという。途静は現在のTについて、「どこででもユニセックスの服が買えて、ズボンが穿けて、女性物の靴でさえも中性的なデザインがあるから羨ましい」と言う。「当時はそもそも買えなかったんですよ！何でもオーダーメードしなきゃならなくて、服を探すのがどれほど大変だったか。女性向けの男性服の店ができた時には、これほど嬉しいことはなかったです！」

途静はかつて、若く美しいTに「どうしてTになりたいの？女っぽい格好の方がキレイなのに」と言ったことがあった。すると他のTたちが「私たちは不細工だからTになったんですか？」と笑われたという。デビューしたばかりの若いTに会ったら、途静は「自分がTだという確信があるの？」と尋ねることも忘れない。

まだTバーがなかった頃

Tのグループは本省人と外省人に分かれていて、本省人たちの「掛《グワ》」（五十八ページ参照）は北投《ペイトウ》、三重《サンチョン》、延平北路《イエンピンペイルー》と台北橋一帯などを根城にしていた。途静は外省人グループに属していて、その頃住んでいた台北の自宅は「まるで最初期のTバーのようだった」と言う。忠孝東路《チョンシャオトンルー》四段二一六巷に友人と一緒に借りていた3LDKの広い部屋では、仕事を終えたクレイジーな二十代の若者がバカ騒ぎを繰り広げていた。

「私がもうすぐ二十六、七歳になる頃だから、今から三十五、六年前かな。当時は私たちの家のリビングがTバー代わりでした。我が家がTバーだということを知らない人はほとんどいなかった。街で知り合ったTはみんな家にやって来て、その頃は土日も出勤しなきゃならなかったんだけど、仕事が終わって帰宅すると、大きなテーブルを出して皆でご飯を食べました。ビールはケースで買ってましたね」

通りで声を掛けた人の中には、シンガポールやタイからやって来た人もいたし、友達がひとり、またひとりと連れて来る中には、タイ出身のTが少なくなかった。路上で自分と同じニオイの人を嗅ぎつけると、家に連れ帰って一緒にご飯を食べる。それはある種の識別であり、言葉が通じなくてもお互いを理解し合えるという証しだった。

「それから酒を飲みながら、誰と寝ようがどの部屋で寝ようが自由でした」。インターネットもBBSも掲示板のレズビアン板も出会い系アプリも、さらにTバーもなかった当時、深い関係になる相手は自分の身近な人だった。友人の紹介や同僚など、相手は偶然にも異性愛者ばかりだったが、水に近き楼台は先ず月を得——つまり、関係の近い者が得をする——あるいは長く一緒にいれば情が湧くものなのかもしれない。

路地裏で同類のためのバーを開く

一九七三年、米軍がベトナムから撤退し始めると台湾に駐留していた米軍の数も大幅に減っていくが、米軍が持ち込んだバー・カルチャーは台北の中山《チョンシャン》地区一帯の華やかさに拍車をかけ、撫順街《フーシュンジエ》、錦州街《ジンジョウジエ》、林森北路《リンセンペイルー》の路地、民生東路《ミンシェントンルー》交差点一帯には八大行業（訳注：ダンスホール、飲食店、バー、接待要員のいるカフェ、カラオケ、サウナなどのいわゆる水商売関連業態の店）や無認可のダンスホールが軒を連ねていた。三十代の途静は、仕事が終わると毎日のように同類たちと連れ立って新生北路《シンシェンペイルー》と長春路《チャンチュンルー》の交差点にあるゲイバー〈情人橋〉に通っていたそうだ。

話題は東光戲院（注3）の路地裏に軒を連ねていたゲイバーとTバーに移る。この二軒の店はトイレを共有していたが、店としては独立していたので、それぞれの入り口は異なる通りに面していた。

「初めて連れて行ってもらった時、『えっ、ここは迷路?』って思いました。路地裏の通りは車が入れず、人がやっと歩けるくらいの狭さ。自分ひとりだと店にたどり着けないので誰かに連れて行ってもらうんだけど、そういうのは面白いよね」

バーの店内で見知らぬ女性とおしゃべりをしていると理由もなく頭を叩かれたが、それは自分がトロいからだと途静は笑う。酒が腹に入ると、嫉妬心に駆られたTたちは殴り合いを始める。Uncle（中高年のT）になってからも、それは繰り返され、若いTが似たような理由で途静の車を壊し、その後謝罪しにやって来たこともあったという。

現在の若者中心の夜遊びは、途静にとって隔世の感があるという。三十年という時代の流れは途静に「自分たちの世代が楽しめる店が一軒もなくなってしまった」と言わしめる。

条通《ティヤオトン》地区のホステスたちと過ごした夜食の日々

バーに通うようになってからは五条通（注4）の奥に部屋を借りていたが、途静の部屋の両隣に住んでいたのは皆、水商売の女性たちで、カウンター嬢にホステス、日本式のクラブで働く者もいれば、台湾式のスナックで働く者もいた。

「私たちは彼女たちを指名し、スナックで一緒に過ごしました」。ホステスひとりにTがひとり同伴していたという。その頃、とある高級有名ホテルは、吃喝嫖賭《きっかひょうと》すべてがそろう金持ちのボンボンの遊び場で、上階には専属歌手のいるレストランもあった。一階のカフェは常時営業していたが、深夜に訪れる客はほとんどいなかった。

「あそこは夜間の売上げが急に上がったね！」。というのもTたちがそのカフェで、仕事終わりのホステスたちと待ち合わせをして、夜食を食べていたからだ。

Tとホステスが並んで座わり、手を腰に回してぴったりと体を寄せ合っていると、突然「ウソ？何で社長がここにいるの！」と大きな声が聞こえてきた。その瞬間、まるで悪いことでもしていたかのように、彼らは腰に回していた手を引っ込め、絡ませ合っていた十本の指を素早くほどくと、T同士、ホステス同士に分かれてそれぞれのテーブルに着き、その場の誰もが押し黙った。

社長（スナック経営者）はその場にいたTたちにこう言った。「どうりで最近ホステスたちが店で、心ここにあらずなわけだ。仕事が終わると君らとデートしていたのか。だからお客様のあしらい方が適当だったんだな」

途静は誇らしげに言葉を続ける。「休暇で遊びに来た軍人に呼び出されて『打ちのめしてやる』と言われたこともありました。ホステスが皆、私たちに付いてたからね」。その当時の売れっ子ホステスは、ほぼ全員がTと付き合っていた。でもそれは高校生の恋愛のようなもので、やることはやっていても、口には出して言えないものだった。

Tの矜持――五斗の米のためにへつらうTの百態

「Tのツラを汚すんじゃない。自分を大切にしなさい」と途静は言う。能力がないからって誰かに養ってもらおうとする人がいるから、その結果、Tと聞くと舌打ちされてしまうんだ。そんなふうに見下されるようじゃいけないよ。

ある時、路地の入口に洋食レストランがオープンし、専属歌手を募集していたので、T仲間のひとりがそれに応募したことがあった。仕事はスタンドに置かれた電子ピアノで弾き語りをするというものだったが、オーナーから「仕事が欲しけりゃロングスカートを穿いてくるように」と言われたという。ああ、なんてこった。Tがロングスカートを穿かなきゃならないなんて、とんだピンチだ。

そこでその友人は、ロングスカートを穿かないのは小児麻痺のせいということにして、長ズボン姿でオーナーに直談判することにした。ズボンの裾をめくってオーナーに自分の足（幸いなことに友人の足はとても細かった）を見せながら、「小児麻痺のせいで、足がスースーするのがダメなんです」と言うと、幸運にもその嘘が通り、オーナーは渋りながらも最終的には友人が長ズボンを穿くことにも同意してくれた。みんな大笑いだったよ、笑えるでしょ、と途静は言う。スカートを穿きたくなくて、自分は小児麻痺だと嘘をついたもんだから、そのせいで店にいる間はずっと片足をひきずって歩いていなきゃ、仕事を失ってしまうだなんて。

別の若いTは、母親もTで、父親は大地主だった。「ママがお金を持っているのはお金持ちのパパのおかげ。だからママはパパと別れられないんです。ママが外で女性をゲットするためのお金を手に入れられなくなるからね」。父親は気性がとても激しく、母親はそれにひたすら耐え忍んでいるという。

「だからもし経済力のある人と出会ったら、成り行きでヒモや愛人みたいになってしまうんです」。当時、テレビに登場していたTといえば孔二姐《コンアルジエ》（注5）と黄曉寧《ホアン・シャオニン》くらいだったので、大多数のTはレストランの厨房で助手をしたり、日雇い仕事に就いたり、あるいは誰もやりたがらない仕事、例えば葬儀で演奏をする〝西索米《シソミ》〟と呼ばれる楽団を手伝ったりしていた。

嘘をついて仕事に就く者、結婚を利用して男性から金をせしめる者、女性のヒモになる者、違法なことを生業とする者……Tの誰もがこの世界で生きるための方法を模索していた。

家族のためにノーマルを装う

「いつも言ってるんだけど、もしあなたが人からおかしいと思われたなら、それはあなたの見てくれが他人におかしいと思わせているんだよ」と途静は言う。

七年付き合って別れた相手からの〝贈物〟は、途静の家族に(セクシュアル・マイノリティだということを)バラすという脅しだった。そのガールフレンドの家に途静が残した持ち物はすべて一番上の姉の家に運び込まれたのだが、その中に彼女が誂えたスーツやブーツもあったのだ。

途静の姉はそれらについては何も言わなかったが、「自分の生活がノーマルじゃないなら、荷物を私の家に持ち込んだからって、ここに住めると思わないでちょうだい!」と途静を罵った。

経験に学んだ途静は、現在のパートナーとは交際歴二十三年で、家族全員がこのことを知っているし、甥や姪も途静のパートナーのことを阿姨《おばさん》と呼ぶ。この阿姨と途静は共同で家を買い、一緒に暮らし、店の共同経営者でもある。

途静は長年にわたるパートナーとの経験を皆にシェアする。「ふたりの良くない部分を第三者に見られなければ、家族はその関係を悪いとは思わないだろうし、知っていても指摘はしないでしょう」。姉の言う「ノーマル」であり続ける努力をし、自分の生活がより良くなるよう心がける。家族を巻き込まないように、人から見下されないように、たとえ黄曉寧のコンサートのチケットを手に入れても行ったりはしないのだ。

途静は今でも毎週のように家族と会うようにしている。「家族を安心させておけば、家族があなたに無理強いしてくることはないでしょう。仕事を持ち、自分で自分の生活を向上させるようにするのです、私のように。自分はとても幸運だと思っています」

幸運と言えば、二十歳の時に運勢を見てくれた占い師が幸運を運んできたのかもしれない。おかげで母親や姉たちから結婚を勧められたことはない。

「幸い」続きの安穏な人生を

途静がコミュニティの新しいメンバーと交流することはほとんどない。現在、身の周りにいる友人は皆知り合って二、三十年になる老Tばかりで、共に深夜のバーで過ごした素晴らしい青春の日々については、公開しようものなら商売に支障が出るかもしれないので、すべて思い出の中に留めているという。

六十年以上続く人生のカケラはあまりにも多く、話し始めると切りがない。途静は三十年以上毎日酷使している腰を無造作に手で叩きながら、本当に歳をとった、と笑う。自分の体をいたわらなくちゃね。

店のある台北市内の一等地エリアは、この数年でますます再開発が進み、建設会社の人がひっきりなしにやって来ては土地を買収して高層ビルを建て、あるいは他社に売却する。近隣住人は「立て替えるったって、私らはどこに行けばいいんだい？」と言う。店の目の前は取り壊されてから十～二十年経つが、いまだに更地のままで、いつまでこの状態が続くのかは誰も知らず、もめごとが起きやしないか、建設会社の資金不足で、途中で放置されているのではないかと心配されている。

お向かいの家賃は何度も値上がりしているそうで、途静は幾度となく〝幸い〟と言いながら「幸い大家さんが私たちの家賃を据え置いたんです」「幸い大家さんが金持ちだから無頓着なんです」と、たくさんの〝幸い〟が重なって現在の幸運を作り上げているという。だがもしもこの先、これらの〝幸い〟がなくなってしまったら？　どうなってしまうかなんて、誰にも分らないだろう。年老いた今は、ただただ安穏でいられれば、それで十分なのである。

〈後記〉

途静はプライバシーに注意を払いながら、職業を明かさないことを条件にインタビューに応じてくれた。ユーモアあふれる陽気な話の中にはその当時のいろんな人たちの物語があった。自分のことを話す時でも、あちこち、少しずつしか明かさない。こうして語られたエピソードは三十六年の距離を隔てて拾い集めたパズルのピースのようであり、それは実は長い人生の中の一部分をぎゅっと凝縮したものに過ぎないのかもしれない。

あらゆる時代の波が押し寄せるなか、彼女が、あなたが、わたしが、皆が、自分にとって居心地よく、安心して生きられる方法を探し出せることを願ってやまない。

文／陳怡茹《チェン・イールー》（小晦《シャオハイ》）
聞き手／小晦、同、喀飛
訪問日／二〇一五年十二月七日

執筆者紹介

陳怡茹《チェン・イールー》（小悔《シャオハイ》）

一九八九年生まれ。二〇一〇年に道を誤り（笑）台湾同志ホットライン協会に入り、ボランティアとして現在に至る。

バイセクシュアル女、フリーガン、レンタルなんでも屋、資本主義嫌い（でも実は商学部出身）、社会上にはびこる不正義にはまだ妥協したくない。自分のことが嫌いにならないように自分らしく生きる。自分の物語は喜んで他人にシェアするし、他の人の物語を聞くのも好き。文章を書いたり、スピーチをしたり、デモをすることで資源と権力の不均衡な分配を打破したいと願うが、しばしば無力感を感じる。

ホットライン協会の教育ワーキンググループに参加してからは、ありとあらゆるさまざまな人生の物語を収集。皆のありのままの人生を可能な限り見聞きするために、いろんなワーキンググループに次から次へと参加している。

中高年ＬＧＢＴワーキンググループに参加し、インタビューすることは、私にとって昔の物語、自分が生まれる前の時代に起きた物語を聞くことのできるチャンスだった。Googleだけでなく、インタビューを通して過去の時代の荒波の衝撃をもろに受けた彼ら彼女らが過ごした時代を振り返ることができたのは、実際にとても幸運である。

三十六歳差の私と途静さんの人生がセクシュアル・マイノリティというアイデンティティで繋がったことで、私はタイムマシンに乗って三十六年もの距離を旅し、当時を生きた人々の歓びや絶望を理解し、それが忘れ去られないようできるかぎり記録する。

私たちは皆、この世の中に何かを残したいと考えているだろう。少なくとも私はそう思っている。

1. 一九四五年（日本時代の昭和二十年）、日本の昭和天皇が終戦の詔書を発布し、蔣介石は連合国軍の代表として台湾を接収した。同年十月二十五日を台湾の光復記念日と定め、大量の国民党軍が中国大陸から次々に台湾へ押し寄せた。

2. 一九七三年、ベトナム共和国（南ベトナム）、アメリカ、ベトナム民主共和国（北ベトナム）および「南ベトナム解放戦線」（ベトコン）は、パリでベトナム戦争を停止し、同国の平和を求めることを協議目的とした「パリ和平協定」に調印した。この調印により、アメリカの直接的なベトナムへの参戦が終了する。ベトナム戦争の間、アメリカは台湾をアメリカ軍の後方支援の中心地とし、台湾は米軍に軍事基地や補給地、それに装備のメンテナンスを提供していた。同時に、台湾に米国軍人のための休暇センターを設立したため、台北はその影響をもろに受け、中山北路三段に置かれた福利厚生センターを中心に、風俗産業がタイミングに乗じて誕生し、バーはかつてないほどの盛況を見せ、米国軍人のための軍中楽園を形成した。

3. 一九八五年、台北市の林森北路と錦州街の交差点に東光デパートがオープン。当時「アジアで最大級の百貨店」と呼ばれた同店は、店内に映画館〈黎明戲院〉を擁していた。東光デパートは一九九五年に閉店、黎明戲院は名前を〈東光大戲院〉に変え、引き続き二〇〇一年まで営業していた。

4. 五条通は日本統治時代の通りの名称。中山北路一段の端にあたる中山北路一段八十三巷から新生北路一段の端にあたる林森北路八十五巷を結んだ路地を指す。

5. 孔令俊《コン・リンジュン》、またの名を孔令偉《コン・リンウェイ》、あるいは孔二小姐。政治家で実業家の孔祥熙とその妻・宋靄齢（宋家の三姉妹の長女）の次女。圓山大飯店の元総支配人。蔣介石の妻、宋美齢の側近としての存在と、長い間男性のような格好をしていたことで有名。生涯独身を貫いた。

物語7　紀餘《ジーユー》　人生の後半に無限の可能性を秘めた新たな章が始まる

この物語は私たちの身の周りの日常と同じようにありふれていながら、特別なものである。子供の頃にはすでに自分の性的指向を知るヒントを手にしている〝T〟とは違って、外見や性格が女性的でありながら、中性的かフェミニンな女性を愛する彼女たちは、自分探しをある程度経験するか、何かきっかけがあってようやく自分が本当に愛するものを知る機会を得る。彼女とパートナーが街で談笑しながら一緒に歩く姿は、私たちの目には普通よりちょっとだけ親しげなおばさん同士、あるいは親友同士のように見えるが、彼女たちは家に帰り部屋に入ると、肌を重ね合わせる同性の恋人同士だ。彼女たちはTバーやレズビアンバーの存在を知らず、自分たちを〝T〟や〝P〟（訳注・「婆（ポー）」を語源とする女性的なレズビアンを指す台湾のレズビアン用語）といった役割に当てはめる（訳注：異性愛における男女の役割をレズビアンの関係性に当てはめること。Tが男性役、Pが女性役となる）こともなく、一九九〇年代に起きたフェミニズム運動を経て、「不分《ブーフェン》」（訳注：T＝男／P＝女には分けない、あるいは両者を自由に越境する新たなレズビアン・モデル）についての議論がなされると、彼女たちは自分とパートナーを見て〝不分〟というのが自分たちにはぴったりなのかもしれないと考えた。

異性との結婚は、あの年代を生きる人たちにとっては選択肢のひとつではなく、避けて通ることのできない宿命だ。これはどうすることもできない時代の涙であり、彼女たちは家庭における伝統的な女性の責任と同性パートナーとのはざまで、さらに多くの倫理的な呵責に苛まれ、両方を全うする余裕を持ち合わせていない。やがて子供たちが成長し巣立つと、彼女たちはようやく家庭の責任という重荷を下ろし、人生の後半戦をスタートし、本当の自分を探すために残された時間と戦うのだ。紀餘の物語はまさにそのような時代の女性の典型例であり、また異性との結婚に踏み切った多くの中高年レズビアンに共通する、時代のありさまでもある。

父権社会にとらわれて

紀餘《ジーユー》は戒厳令下の一九五五年に生まれ、社会が同性愛について沈黙を貫く雰囲気の中で育った。彼女が学校に通っていた頃は社会に言論の自由はまったくなく、〝同志〟の姿も見えなかったが、それは存在しないことを意味しているわけではない。紀餘には五十歳を過ぎてから始めた自己探究の中で思い当たることがあった。それは男女別学だった中学時代に教室の後方の席に座っていたふたりの女子生徒のことだ。仲の良いそのふたりが同時に風邪を引いたとき、同級生の間でふたりのうち、どっちがどっちに風邪をうつしたのか？　という議論が巻き起こった。というのも、ひとつのコップを一緒に使っていることを彼女たちが認めていたからである。これが、紀餘の記憶の中で一番古い、〝同志〟についての印象だという。

紀餘はサラリーマンの父親と専業主婦の母親という堅実な家庭に生まれた。子供の頃は何か習い事をしたいと思っても、いつも父親から「その必要はない。いずれ大人になったら嫁に行くのだから」と言われていたという。中学生の時に一度だけ、悔しまぎれに「それじゃお嫁に行くってことは、死んで消えてしまうのと同じってことなのね？」と父親に言ったことがあったが、その時はそばにいた母親が困ったような顔で「女の子はいつかお嫁に行って、子供を産んで、家事をするもの。それ以外には何もできないのよ」とたしなめて、その場を収めた。母親の物言いに当時の彼女は激しい怒りを覚えたが、しかし何十年もの青春の時間を、彼女はこの家父長制による家族の考え方にとらわれ続けることになる。

紀餘たちの学年は、台湾で初めて九年間の義務教育を受けた世代であり、また義務教育が終わった後は自力で大学入試に挑まなければならなかった。高校時代に自己流で勉強法を身に付けた紀餘は一流大学に合格すると、数少ない一般家庭出身の、高等教育を受けるエリート女性のひとりになった。大学時代には自分より年下のボーイフレンドと付き合ったこともあったが、性格が合わず別れてしまった。大学卒業後は公務員になったが給料は十分ではなく、また独身生活も一時的なものので、人生の次のステップは「結婚」だと考えていたことで、借りる部屋にも暮らしにも妥協し、人生プランも立てずに、中途半端な気持ちで日々を送っていたという。先輩や同僚たちを見ていても、結婚後に台湾の南部や海外に引っ越すことになると、当然のようにそれまで築いてきたキャリアを諦めていた。それをもったいないと感じた紀餘は、とりあえず結婚し、子供が育ってから自分のやりたいことをやろうと考えた。そして大学院を修了したばかりの結婚願望のある男性と出会うと、時間の許す限り毎日のようにデートを重ね、三カ月後にはその男性と結婚したのだった。

結婚後、紀餘はキャリアウーマンとして、仕事と家庭の間で多忙な日々を送っていた。彼女の夫は「妻が外で仕事をするのは構わないが、仕事よりも家事を優先してほしい」と考えていたが、夫の言う「家事」には、夫の実家の面倒を見ることも含まれていたようだ。高等教育を受け、経済構造が変化する中で中産階級の労働市場に参入できた紀餘だったが、家庭の中には依然としてステレオタイプのジェンダーロールが残っていたため、彼女は当たり前のように家族の世話を一手に引き受け、フルタイムで仕事をこなさなければならなかった。

二十年以上にわたり、紀餘の生活は家族と子供たちの世話を中心に回り続け、また仕事も三十年間一度も昇進することなく、同じ行政機関の業務に携わっていた。夫とはコミュニケーションを取ることが次第に難しくなり、言い争いをしても徒労に終わることが増えたため、言葉を交わすことが減っていき、こうして夫婦の間にはだんだんと溝ができてしまった。一時期は子供の成長に寄り添うことができさえすれば、夫婦間の愛情が無くても構わないとすら思っていた。

三番目の子供が少し大きくなると、紀餘は心にぽっかりと穴が開いていることに気が付き、「私だって愛されたい」と嘆くようになる。紀餘は許佑生《シュー・ヨウシェン》（訳注：一九九六年に台湾で初めて公開結婚式を行ったゲイの作家）が書いた『跟自己調情：身體意象與性愛成長（自分を感じさせよう：身体のイメージと性愛の成長）』を読み、自分の身体に注意を向け始めた。本に書かれているとおりに自分自身を愛撫すると、ゆっくりと体が目覚めていくのが感じられた。仕事や家事に忙殺され、ただいたずらに時間が過ぎていっただけではない。意思疎通のない夫とどうやって別れればいいのかすら分からずにいたが、三番目の子供はまだ幼く、父母がそろっている方が、子供にとっては何かと都合が良いだろうと考えていた。

四十歳を過ぎた頃、紀餘は所属する部署を代表して会議に出席する機会を得た。その会議である人物と出会い（当時、紀餘はその人のことを「中性的でカッコイイ」と思っていたのだが、後でそういう人が〝T〟なのだと知る）、紀餘は「あれこれ妄想」し始めた——直感的に「私も起業すれば、この人と一緒になれるかもしれない」という考えが脳裏に浮かんだというのだ。その当時、紀餘が同性愛を意識することはなく、「その時はその人のことを見つめていたかったのですが、できなかったんです。会議の間、その人はずっとうつむくように座っていて、ひと言もしゃべらなかったので。一方でその時の私は、自分の職場の隣にあるビルでカウンセリング事務所を開く未来を思い描いていました。その当時、私は自己啓発講座に参加して、大衆心理学の本を読み漁っていたのですが、自分にはカウンセラーか自己啓発講座のリーダー役のようなものが向いていると思っていたからです。自分でもなぜ『自分のキャリアを持ちたい』と考えるようになったのか分かりませんが、そんなふうに独立を思い描いていました」。紀餘が独立したいと思ったのはこれが初めてのことだった。

しかし、子供たちの世話に追われる日々の合間に自己啓発講座に参加する紀餘に対し、夫が不満を持ち暴力を振るうようになると（毎回大声で怒鳴られ、食って掛かられそうになると、素早く部屋に閉じこもったので打たれずに済んだが）、紀餘は自分の身を守るために家を離れては、子供のために家に戻ることを繰り返すようになり、この思いが後に紀餘が自分自身について気付く手がかりを植え付けたという。

退職後、本当の愛を模索し始める

五十歳で公務員を退職すると、紀餘は自分の好きな事に取り組むことにした。ある時、レズビアン小説を専門に扱う出版社が主催するコンテストがあることを知った彼女は、あっという間に小説を書き上げるとそれに応募した。すると自分の作品が思いがけず入賞したのだという。出版社の社長に続きを書いてみたらと言われ、紀餘はその作品をもとに長編小説を書き上げて出版社に原稿を送ると、出版されることになった。「いかにそれらしく書いたか分かるでしょ！」と、紀餘はとても嬉しそうだ。

一方、すでに修復のしようがないくらい壊れてしまった結婚生活を目の当たりにして、紀餘は「私は、そうなの？」と疑問を持ち始める。そしてこれまでの人生で女性に心を惹かれた時のことを考えてみると、思い出されたのが四十歳を過ぎた頃に参加した会議でひとりの〝T〟と出会い、あれこれ「妄想した」時のことだった――それ以前にも、明るく健康的な同僚女性に好意を抱き、仲良くしていたことがあったし、同じ部署で働いていた白い柔肌の女子学生アルバイトに対してちょっとしたいたずらでいじめてみたいという願望を抱いたこともあった……これまでに同性に欲情した時のことを思い出して考えてみると、自分でも驚くことに、同性に惹かれた回数と男性に惹かれた回数がどちらも五回ずつくらいあったのだ。紀餘は子供の頃から男性が好きではなかったし、特に結婚生活における夫とのセックスが嫌だった。夫が求めてくるからいやいや応じていただけで、そこに愉しみを見いだすことができずにいたのだ。「子供は産み終わったというのに、どうしてまだ夫の相手をしなければならないの？」とさえ思ったこともあったが、言葉にできずにいたそれらの経験を収めるべきところに収める可能性が、「同性愛」にあったのだ。

私は女性を愛しているのではないか？　紀餘はそのことを確かめ、自分の欲求を発散することにした。在職中に習得したパソコンスキルを駆使し、オンラインデートというトレンドに飛びつくと、立て続けに〈2G〉〈TO－GET－HER〉〈Carol的《の》家〉などのレズビアン専用のウェブサイトにたどり着いた。さらに電子掲示板〈PTT〉（訳注：台湾で最大規模のオンライン掲示板。日本の「5ちゃんねる」に似ているが、異なるのは投稿するのに会員登録が必要である点）のレズビアン掲示板はかなり早い時期から利用していたし、ネットラジオ番組〈Lezradio 拉子三缺一〉からも多くの情報を得た。既婚者向けのオフ会に参加し、同じような境遇にあるたくさんのネット仲間とも知り合った。セクシュアル・マイノリティ向けのウェブサイトで知り合った、既婚で子供のいるたくさんの母親たちが、自分と同じような苦境に立たされていることも分かった。彼女たちが若い頃は配偶者を選ぶ余地がなかったし、そもそも自分が心から愛せるのは同性だということを探る機会すら得られず（あるいは自覚していてもプレッシャーに押されて異性との結婚に踏み切ってしまった）、家庭や社会、それに職場の期待に応えるかたちで異性との交際を経て結婚に至り、同性との可能性について考えたこともなかったが、人生経験を重ねるうちにようやく自分が愛しているのは女性だということに気が付くのだ。でもその頃にはすでに子供を産み、家庭責任を負っており、全力で他の誰かを愛することは難しい。彼女たちにとっては、二週間に一度、同じ境遇の仲間と集まる時間ですら貴重だったのだ。

純粋なおしゃべりの会をすぐに解散させたくないと考えた紀餘は、無料の「レズビアンのためのライティング教室」を開くことにした。既婚のレズビアンたちが一時的に家庭責任から解放され、おしゃべりを楽しみ、文章を書き、食事を共にする機会を作ろうと考えたのだ。教室を始めてみると、毎回休むことなく参加する人もいれば、時々やって来る人もいた。たまにTが品定めをしにやって来ては、好みの相手がいないと分かると二度と顔を出さなくなるのは興味深い発見だった。紀餘はまたメールマガジンのコラムに既婚で母親でもあるレズビアンたちの実情を書き、中高年レズビアンの抱える問題を浮き彫りにした。インターネット上でさまざまな状況に置かれたレズビアンを見つけ出してはインタビュー記事にしたりもした。そんな中、紀餘は趣味の習い事教室で出会った、どちらかといえばT寄りのふたりのことが気になり、彼らとの距離を縮めようとしたこともあった。

この時のアプローチは最終的に相手に受け止めてもらえなかったのだが、紀餘はその経験を文章に綴るとレズビアンサイトに投稿し、文章の持つ力を借りながら当事者コミュニティ内でたくさんの友達を作った。こんな出来事もあった。その年、紀餘は自分の娘を体操教室に通わせていたのだが、そこで出会ったボディビルのインストラクターのことが好きになってしまったのだ。彼女はアメリカで博士号を取得し、夫と離婚したところだという。紀餘は本を送るという理由を見つけて彼女と再び連絡を取り合う一方で、当事者グループの友人たちに「どうすれば異性愛者の女性をTに変えることができる?」と相談していたという。紀餘の想いとは裏腹に、まだ離婚したばかりのインストラクターは内に籠る日々を送り、外に出て友達作りをする気にはなれないようだったので、紀餘は次第に彼女から手を引かざるを得なかった。

自分探しをしていた時、紀餘ははっきりと「私は行動している、私はガールフレンドが欲しい」と自覚しながらも、「投稿をしながら彼女作りをすると、何か悪いことが起こるんじゃないか?と不安を感じていました」と言う。習い事教室のメンバーにモーションをかけて振られたことの記念に、彼女は自分の日常的なエピソードをふんだんに盛り込んだストーリーを書き上げると、一篇ずつインターネット上に投稿していった。紀餘は自分のことを文章で表現し、他人に読んでもらい、それと同時にガールフレンドができることを期待しながら、自分に興味を持ってくれそうな人から連絡が来るのを待っていた。この活動を通じて自分が愛するのは女性であるということを確かめたかったのだ。全部で十篇の文章を書き上げ、そのうちの五編をネット上に投稿したところで、再び夫の暴力が始まった。今度はすぐに警察へ通報し、パトカーに乗って家を離れると、きっぱりとこう言った。「もう二度と家には戻らない。この男と一緒には暮らせない！　こういうことは繰り返すから。もうたくさん！」。紀餘は夫との結婚生活に心底絶望していたし、これまでの努力も無駄に終わってしまった。人生の責任を果たしたのだから、残りの人生は何か自分のためになることをしたいと考えた。離婚もしたかったが、すでに別居し独立した生活を送っていたし、子供たちも成長してしまったので、自分自身を成長させ、情欲を追究することを優先させた。

五十歳を過ぎてようやく同性との性愛の道を探り始めた紀餘は、自分のことを「母親にはなれても恋人になるのは苦手」と表現する。最初の同性パートナー、葉子《イエズ》との関係がまだあいまいだった頃に、彼女から「（紀餘は）レズビアンではないと思う」と言われたことがあったという。「レズビアンではない、ではなく、そもそも私は恋の仕方が分からなかったのよ」と紀餘は笑う。というのも彼女が初めて同性との性愛を追い求めた葉子との関係がセックスから始まったものだったからだ。

事の発端は、紀餘がインターネット上で三十代のレズビアンの小艾《シャオアイ》と知り合ったことで、小艾を通じて出会ったのが五十歳の葉子だった。紀餘が小艾にセックスフレンドの関係を持ちかけて断られた後、葉子が（今は亡きチャットサービスの）ＭＳＮ経由で紀餘に「小艾から聞いたけど、あなたから彼女を誘ったんだって？」と聞いてきたのだ。紀餘は葉子に非難されると身構える一方で、「なぜ小艾は自分からこのことを言いふらしたの？」と密かに驚きもしたという。というのも小艾はまだ三十代で、一方、社会が中高年者の性的欲求に対して否定的であることに慣れていた五十代の紀餘は、年輩者が若い女性に性的に迫ることについて、葉子から道徳的な理由で咎められるだろうと身構えたのだ。紀餘は少し考えて「そうよ」と返した。すると驚いたことに、葉子が「私があなたに教えてあげる」と即答してきたのだ。葉子の返事にとてもびっくりしたが、紀餘は冷静を装い「分かった、ちょっと考えてみる」と返したという。「つまり彼女は私を罵ろうとしたわけじゃなくて、私としたかったというわけ（笑）」

このセックスへの誘いの背後で、実はこの時執筆していた小説の女性同士のベッドシーンが書けずに悩み、さらに自分自身も経験してみたくてウズウズしていたのだと紀餘は言う。「ひとつは性的な欲求です。私はしょっちゅう欲情していて、女性と親密な肉体関係を持ちたいと思っていました。もうひとつは、自分がレズビアンなのかどうかということを試してみたかったんです。女性の体に触れれば分かるんじゃないかって。あとは執筆のためですね。一番大事なのは、この一歩を踏み出さなければならなかったということ。どれほど頭で考えたって、自分がレズビアンかどうかなんて分からないじゃない？もしこの機会を逃したら、次の機会がいつやって来るかなんて分からないでしょ？（笑）だから次の日には葉子に試してみたい、って伝えたんだけど、その時は彼女を好きになるなんて思ってなかった。一夜限りの情事には『相手を愛しちゃいけない』ってルールがあって、彼女にもそう伝えたんですよ」

今の自分は未来の自分のために約束する必要はない

この時の約束は、紆余曲折を経てなんとか成就したという。紀餘は恥ずかしそうに、でも興奮気味に初めて葉子と顔を合わせた日の様子を語る。「彼女は私に近づくと、そばに座ってずっとしゃべってるんです。何時間も。だから思わず、する気があるの？って思ってしまいました。向こうがリードしてくれるのを期待していたのに。ベッドのそばには丸テーブルと椅子があって、私たちはそこに座っていたのですが、私はこう思ったんです、私がベッドサイドに行って、彼女にこう（肩に腕を回すような姿勢をしながら）しなきゃだめかしら？って。おしゃべりの途中で私は二度トイレに立ちました。二度目にトイレから戻ると、入れ替わりで彼女もトイレに行きました。空はすっかり暗くなってしまったというのに、まだおしゃべりを続けるのって。そこでふと閃いて、私はベッドに横たわり、彼女が出てくるのを待つことにしたんです。やがてトイレから戻って来た彼女に、『あ〜、いっぱいお話しして疲れちゃった』と言うと、彼女は部屋の明かりを消してベッドにもぐり込んで来ました」

この時のセックス・デートに満足したふたりは、その後も関係を続けることにした。けれど紀餘は、葉子に二回目の約束を反故にされてしまう。というのも、当時、葉子には若いガールフレンドがいて、紀餘とデートするかどうかを心のどこかで悩んでいたというのだ。紀餘は後からそのことを知らされたのだが、気にはしなかった。葉子がいろいろ試してみた上で、葉子自身に選択を委ね、成り行きを見守っていたのだ。

この過程を振り返り、紀餘は「女性というものは夫と子供がいる場所に『植えられ』てしまうと、そこから動けなくなるものです」と感慨深げだが、現在台湾各地で、ライティング教室とコンサルティングの案件を抱えている彼女は、「移動の時間に自分の未来について考え、自分自身とうまくやっていけているので、外に助けを求める必要がない」と言う。もともとは、夫と子供たちと一緒に、安心して年を重ねていくことのできる終の棲家が欲しい、子供が成長して巣立っていっても、時々は帰ることのできる家を用意してあげたい、と思っていたのだが、その想いに反して、三十年間一所懸命守ってきた家は夫の冷遇と暴力にさらされ、その結果悲しいことに彼女がそこを離れることになってしまった。「残念だけど、私にはもう必要なくなってしまいました。実際、夫と一緒に居続ける理由がひとつも見当たらないんです。気力と時間は自分のために使いたい、まずは自分自身を確立することの方が重要だと思うようになりました」

インタビューを進めていく中で、家庭や夫について語るときの紀餘は自分の感情を持て余しているかのように、恋愛話をするときは得意満面な面持ちで、そしてコンサル事業での自己成長についてはさらに得々とした様子で語る。既婚女性にとって、人生は大きなギャンブルであり、紀餘は三十年以上におよぶ青春の日々を家父長制による異性との結婚生活に捧げ、それを維持するのに費やしたが、それは彼女自身が求めていた幸せではなかったことに半世紀を過ぎてから気が付いたのだ。そんな彼女にとって、より大切なのはこれから先の時間であるが、それは確固とした永遠の愛を追い求めるという主流の価値観とは異なる。異性と婚姻関係にあり母親でもありながら、クローゼットから出ることのないパートナーの葉子に対して、彼女は「計画が変化に追いつくことは永遠にないし、それゆえに（離婚して葉子と一緒になることを）約束はできない。できるのはただ今の状況を把握し、そのままでいいのであれば、お付き合いを続けるということ。今の私は未来の自分のために約束をする必要はない」と考えていた。

すでに成長した子供たちに対して、彼女は現在でも以前と同じように気にかけ、面倒を見ている。友達付き合いのような感じで約束を取り付けては一緒に食事するのだという。この年大学に進学したばかりの末の息子は、紀餘の意思を尊重し、夢を追うことを応援してくれているそうだ。紀餘に言わせれば、母親としての責任と親子間の愛情は、夫婦関係が変化したからといって手放す必要はないし、子供たちも結婚生活に苦労した母親と支え合いながら成長し、しかも紀餘が同性への愛を模索していた時も相談相手になってくれたのだという。

ここにきて、紀餘は同性との交際をとても興味深いものだと感じている。役割、立ち位置、役割分担などいずれも男性と交際する時とは違い、例えば運転や何かは男性の役割である、というようなことはなく、これといった型にはまった決まりがないからだ。実際、紀餘は結婚生活を通して「夫」というのはあたかも家に置かれる位牌のような、社会において欠かせない物のように言われているが、しかし実際には、女性はあらゆることを自分でできるのだということに気付いたという。五十五歳から五十八歳の間に、紀餘のコンサル事業とライティング教室はキャリアのピークを迎え、台湾北部に自分名義の自宅兼仕事場を取り戻しただけでなく、南部では事業と恋愛のための「仕事部屋兼密会部屋」を借りると、恋人の葉子とふたりだけの秘密の空間を確保した。葉子は保守的な職場に勤め、さらに異性と築いた家庭で子育て中だった。紀餘と葉子は服の趣味が似ていてどちらも女性的な見た目なので、ぱっと見はそこらへんによくいる〝おばさん〟であり、仲の良い女友達のように見えるため、わざわざ取り繕わなくても関係をクローゼットに隠しておけたし、世間から隔絶された、ふたりだけの愛の空間に入れば、肌を重ね愛し合う同性の恋人同士になることができた。

「私」を感じ取り、理想のライフスタイルを模索する

しかしこの期間はまだ幸せを感じられずにいたし、その上さらに三人の子供たちも問題に向き合うことを避けていることも紀餘はわかっていた。そしてもうすぐ五十八歳になろうというところで大病で入院を余儀なくされたのだが、そのおかげで自分がずっと「いい人」であろうと誰かの望みに応えることに忙しく、自分自身のことには目をつぶり続けてきたことに突然気が付いたという。入院の日々は、紀餘にこれまで自分のしてきた多くのことをじっくり考えさせ、その結果実はそれらは自分が望んでいるものではなかったという事実を自覚させたというのだ。病気から回復した後、彼女はようやく自分が散歩したいと思っていること、自分自身に向き合い、いい人であろうとすることを真剣にやめるべきだと悟った。かつて自分の青春を捧げ維持しようとした家庭も、今で

は家族五人バラバラになり、すでに家族の体《てい》を為していないのを目の当たりにして、紀餘は子供たちの将来を危惧する母親として、物事に向き合う姿勢をまず自分が示さなければと思ったという。事の始まりは夫との関係を避けるために自分が家を出たことであり、病気に罹る前には夫から離婚を切り出されてもいたが、その時は話がまとまらないまま、一方で夫はインターネット上で紀餘に彼女がいることを知ると、それ以来、紀餘のことを避け、何か言ってくることもなければ、互いに話すこともなくなってしまっていた。そこで紀餘は夫ときちんと向き合うことを心に決めると、時間のある時に夫と共有する部屋でひと晩を過ごし、返事があろうがなかろうが夫に話しかけたことで、大事なのは「言葉」ではなく「行動」だということに気付けたという。常に自分の気持ちを大切にすることで、居心地よく過ごすことができるようになったし、家事をする必要のなくなった環境を楽しめるようにもなった。家に戻る前、唯一不安だったのは、妻とのセックスは夫の権利だと考える夫が、夜になって部屋に入ってきて自分の体を求めてきたらどうすればいいのだろうか、ということだった。いくつかのパターンを考えてみたが、「その中のどれがいい？」と自分に誠心誠意問いかけた結果出てきた答えは、「夫とセックスは嫌だ」というものだった。

紀餘が鍵を開け、誰にも阻止されない、誰かに言い訳をしたり説得したりする必要のない場所へ入っていった時、夫もまた婚姻関係が続いている妻が家に戻ることを拒否することはできない、と言ったという（それゆえ紀餘は法律による同性カップルにも婚姻関係が必要だと考えている。法律による婚姻関係の保証はとても重要なのだ）。紀餘はこうも考えた。「ガールフレンドはいるけど夫とはまだ離婚していないという今の状況を、どうやって納得すればいいの？　考えてみれば、結婚の基本は生活を共にし、協力してお金のやりくりをし、親密な性的関係を結び……けれどすべての夫婦がそのすべてをクリアしているわけじゃない。なぜ『こうあるべき』に縛られ、強制されなければならないの？　私はこれまでの人生において、あらゆる規範をずっと守ってきた。でもそれは一体何のため？」。そしてこのことについてよく考えた結果導き出されたのは、「気にしない！」という方法だった。別居を始めて十年、数日に一度家に戻る生活もすでに五年になり、家族も皆変化した。現在、家族五人は二カ所に分かれて生活している。紀餘は自分のやりたいことを続けているし、夫もしょっちゅう一、二カ月間の海外旅行に出かけ、自分の夢を実現している。

自分の心を通わせる真の相手との出会いを待つ

紀餘が南部に部屋を借りて葉子との蜜月を過ごした数年間、週に一、二度新幹線で台湾南部に出向き、葉子が仕事を終えるのを待ち、一緒にご飯を食べ、散歩し、やることがない時は外に遊びに出かけ、幸せな時間を過ごした。セックスの快楽はお互いを満たし合い、時にはふたりでオーガズムに達することもあった。快楽は心をポジティブなエネルギーで満たしただけでなく、白髪は再び黒髪になり、痔核は小さくなり、体が若返った。紀餘も葉子も更年期症状に悩まされることなく、性の快楽は心身にとって本当に良いことばかりだったのだ！

その一方で、紀餘は葉子とはいくつかの話題について話が合わないということもよく分かっていたが、生活を共にしているわけではなく、また熱愛中だったこともあり、しばらくの間はそれがふたりにとって問題になることはなかった。だがしかし、やがて紀餘が南部の部屋を引き払い台北に戻り、今度は葉子が何週間かに一度、台北に通うようになると、ふたりの間にコミュニケーションの問題が浮き彫りになった。一、二年ほど考え、またオープン・リレーションシップについての読書会に参加したことで、紀餘は葉子にオープンな関係になろうと提案した。ふたりの関係がうまくいかなくなってもオープンな関係であれば別れる必要がないし、満足させてあげられない部分を他の人に補ってもらうことができる。お互いに合意の上ならば、ふたりとも複数の恋人と関係を持つことができると紀餘は考えたのだ。そのためには当然ながら、お互いの意思をしっかり確認しながら交渉を重ねる必要があったし、それにさまざまな気持ちの整理も伴う。しかし、紀餘との関係にほぼ満足していた葉子にとって、親密な関係とは当然一対一でなくてはならなかったし、彼女が紀餘の価値観の核心――つまり「物事は流動的で、将来にはさまざまな可能性がある。私はあらゆる可能性を大事にしたいし、ひとつのものに縛られたくない」――を理解し受け入れることはなかった。紀餘はじっくり時間をかけて葉子を説得しようとしたが、彼女の気持ちが動くことはなかった。葉子が感情を大爆発させ紀餘にぶつけると、紀餘は葉子の話を聞き、彼女が満足するまで最善を尽くした。だがその努力もむなしく、「彼女の話を聞くことが義務になってしまい、いつしか彼女の話を聞くことに疲れてしまったんです」。紀餘もまた精神的身体的にどう尽くせば葉子を満足させられるのかが分からずにいたのだ。それは葉子が望んでいたものではなかったし、葉子もまた紀餘の好意を受け取ることができなかったということが、後になって判明した。病気で倒れるまでに、葉子に分かってもらいたいという紀餘の気持ちはなくなってしまい、やがて別れを切り出したのだった。ふたりの熱愛期間は三年間、倦怠期が二年、そして最後の三年間は喧嘩と休戦状態で明け暮れた。

現在、紀餘は病後の休養中で、仕事も一時的に中断し、しっかり体を休めて、自分を労わっているところだという。すでに六十三歳になったが、今でも自分の未来について考え続け、インターネット上で友達を作り、さまざまな可能性のある関係を築こうとしている。将来について、紀餘は妥協の必要ないオープンなパートナーシップを実践したいが、今すぐに複数の人と関係を持ちたいというわけではなく、柔軟性とさまざまな可能性を保つことができる関係を望んでいるという。

　夫やかつての恋人との関係を振り返ると、そのどちらもが人とうまくやっていくのが難しく、感情的な欲求が少ないアスペルガー症候群（注：『精神疾患の診断・統計マニュアル第五版DSM-5』で自閉症スペクトラムの中に組み込まれた）の特質を備えていたのではないかと紀餘は考えている。感情的、精神的な欲求が高い紀餘にとっては、相手が満足しても自分が満たされない、アンバランスな状態が続いていたということなのだ。紀餘はきっと、人生の半分を苦労した自分に愛と潤いと安らぎを与えてくれるような、本気で心を通わせることのできる相手との出会いを待っているのだろう。長い年月をかけたレッスンの中で、彼女は少なくとも自分の気持ちに耳を傾け、自分を労わることや、幸せは必ずしも自分の外に求めなくてもいい、ということを学んだ。自分に残された時間と闘いながら、紀餘は現在も、さらに充実できるよう果敢に追い求めている。そしてこれらすべての出発点は愛である。それは女性への愛であり、そして自分自身への愛だ。その愛が紀餘に家父長制による束縛から逃れる勇気を与え、人生の後半戦で無限の可能性を秘めた新たな章が始まるのだ。

文／黄靖雯《ホアン・ジンウェン》
聞き手／黄靖雯、同《トン》
訪問日／二〇一八年九月二十六日

執筆者紹介

黄靖雯《ホアン・ジンウェン》

フェミニズムに傾倒するソーシャルワーカーで、同性パートナーと家庭を持ち、子供を産み育てたいと考えるレズビアン。目下のところ、職場にも家族にもカミングアウト済み。セクシュアル・マイノリティ当事者が自分自身の物語を話すことはある種のソフトパワーであり、対話の可能性を開き、クローゼットの中にいる当事者の孤独を和らげると考えている。たくさんの〝老T〟の物語を聞いた後で疑問に思ったのが、〝老P〟はどこに行ってしまったのか？ということだった。そしてその疑問が私の修士論文へと繋がり、九年前にこの物語の主人公と年の離れた友人になった。その後ようやく「小隠は山に隠れ、大隠は市に隠れる（取るに足らない隠者は山に隠れ、真の隠者は都市に隠れる）」という言葉はある意味で同性愛者の存在が可視化されずに、彼ら彼女らが社会や職場、それに家庭の片隅に身を隠していた時代を反映し、そんな彼ら彼女らの涙は自分自身の本当の気持ちと家族の間を行ったり来たりしながら悩んでいた彼ら彼女らの姿であり、また同性愛者の存在を容認しない社会における修行のようなものだったということに気が付いた。しかし愛情というものは総じて人目に付かない暗く狭い場所でぬくもりを発散し、私たちが前に進むよう導くために存在している。家というのは安心して人生を歩むことができる場所であり、愛情というのは一生涯求め続けるもの。だから中高年のセクシュアル・マイノリティは愛を求め、家庭を構築するために、社会制度による偏見や排除により苦しめられてきた。異性愛者であっても、同性愛者であっても年齢に関係なく、実は私たちは同じ期待を抱き続けているのだ。私たちと共に、私たちの目に映るものに目を向け、ひとりひとりが自分にとっての幸せの家を築けるよう、支え合おうではないか。

物語8　雲帆《ユンファン》　同志（LGBT）人生百態を謳う

いちずな愛は無情となり、年老いるまで連れ添う関係こそが真なり

四十四歳で正式にレズビアン・コミュニティへ足を踏み入れた雲帆《ユンファン》には、〝デビュー〟以前に仕事で知り合ったステディなガールフレンドがいた。そのオフィスラブに終止符が打たれてから雲帆はコミュニティの中へ入っていくのだが、オンラインデートから雑誌『女朋友』、あるいは新聞の文芸面に載っているセクシュアル・マイノリティ御用達の店に至るまで、目の前のめくるめく出会いのチャンスが彼女の視界を広げた。新たな世界と出会い、そこを探索しながら、不惑の歳を過ぎた雲帆はコミュニティ内の世界がいろんな意味でどんどん変化していること、そしてさまざまな出会いのルートを通じて繋がるのは、自分よりもだいぶ年の離れた〝年下の子〟ばかりだということに気が付く。期待と不安を胸にレズビアン・フレンドリーな店を訪ねても、コミュニティに入り込むコツを掴めずにこれといった成果を上げられないまま、雲帆は次第にそのような店からも足が遠のいてしまった。

雲帆は自身の恋愛遍歴から話してくれたが、それは恋愛の温もりよりも傷心の悲しみの方が大きなものだった。「二十三歳の時、初めて女性とお付き合いしました。四カ月の交際の後、彼女は他の男のもとに去っていき、最終的には男性と結婚してしまいました。それから七年間の恋愛のブランクがあるのですが、その間も元カノとは断続的に連絡を取っていました。私たちはせいぜい手を繋ぐくらいの仲だったのですが、相手は私をＡＴＭのように扱い、都合よく私からお金を引き出しては返してくれず……私もバカでした。尽くせばそのうち向こうの気持ちが変わるかも、と期待してたんです。彼女が連絡してきたのはお金という目的があったからで、何もかもがうわべだけだったなんて。彼女との関係において私は愚かでした」

その後、職場で出会った二番目のガールフレンドとは六年半も交際していた（後半の四年半、彼女は人妻だった）が、雲帆とは手を繋ぐだけの関係だった。バイセクシュアルのガールフレンドに始まり、セクシュアル・マイノリティのコミュニティに入ってからも、続けざまに何人かのガールフレンドと交際する。そして最終的に「人は年を重ね、お互いに面倒を見るパートナーが必要になる。愛情はやがて消えてしまうものだし、私たちみたいなどちらかと言えば中性的なＴは、コミュニティ内でＰのようにちやほやされることはない。だからひとりで生きていくためにお金や仕事を優先しなければいけない」という結論に至り、それを素直に受け入れたのだった。

時代が進むにつれ、インターネットはセクシュアル・マイノリティに属する人たちの友達作りのルートの一部を狙い始めるが、雲帆はまだパソコンの前に座りキーボードを打つことに不慣れだったし、ネットコミュニティにおける遊びのルールを理解していなかった。この頃レズビアン向けのプラットフォームは〈TO‐GET‐HER〉と〈小鎮姑娘《リトル・タウン・ガール》〉からスタートするが、全体的な親しみやすさという点において、雲帆は自分のような中高年のレズビアンたちには不利だと感じていた。そこでひょんなことから、雲帆はジェンダー・フレンドリーな店を探索し始めたのだという。コミュニティに足を踏み入れたばかりの頃はとても孤独だったが、母親の死をきっかけに家族の抵抗は和らぎ、同世代の兄弟間ではそのような話題ももはやタブーではなくなっていた。家族のプレッシャーから解放され、年齢を重ねるごとに、雲帆は本当の「自分らしさ」について考えることが増えていった。さらにその当時は紅茶カフェやTバー、〈異人館〉などのレズビアンに人気の実体店《スペース》を転々とし続けていた。お酒を飲んだり、おしゃべりを楽しむのなら、レズビアンの経営する店へ行き、売り上げに貢献した方がいい、と雲帆は言う。この頃の経験は、勤務先が倒産し、年齢的に次の仕事を探すのに苦労していた五十二歳の、お酒があまり得意ではない雲帆が起業するきっかけにもなっている。これから始まるカラオケ店開業にまつわる体験では、店内に人々が行き交い、ネオンサインが煌めくなか、雲帆の目の前でさまざまな同志たちの物語が展開していく。

セクシュアル・マイノリティのためのカラオケ店：カラオケを歌いながら、同志の人生百態を謳歌する

雲帆はカラオケ店の経営を思い立つが、それから二年近くは時間や労力、お金を費やしながら、噂に聞く表と裏、両方の社会からの圧力に対峙することになる。しかし自分の店を開くまでの二年間でレズビアンのための食事会を主催し、たくさんの経験を積んだことで分かったこともあった。それは集まりのプライバシーを守りながら、より快適に集い、語らい、飲食するためのスペースを提供するなら、貸切営業のできるカラオケ店が最適だということだ。こうしてカラオケ店を開いてからは、雲帆は店主としていろんな属性の人々から認められるようになる。店内は祝祭日に合わせて飾り付けられ、コスプレ割引きなどのサービスを実施したことで、さまざまな人々が惹きつけられたのだ。雲帆自身も大胆に脚を露出したドレスにピンヒール姿で店に立ってみたこともあったという。そして店のイベントではいつも〝T〟〝P〟〝不分《ブーフェン》〟がそれぞれのグループに分かれて、横目で互いの様子を探り合ったり、あるいは友好的に交流したりしていた。そんなあの時代の控え

めで、タブーを隠そうとする態度は、むしろ幅広い物の見方を与えてくれたのでは、と雲帆は考える。つまり、ある人は〝T〟に出会うと〝P〟になるし、ある人は〝P〟に出会うと〝T〟になるし、またある人は自分の本能の赴くままに振る舞う、というように。このプロセスを経て、雲帆はむしろ「私は私、だから私の性的指向は私のもの。私の人格はまったくの正常で、私の恋愛対象がただ女性だというだけのこと！」というふうに考えられるようになったのだった。

厳しくしつけられた外省人二世として、親の期待を背負った者として

雲帆は小学生の頃、自分は周りと違うと感じ始めたという。思いを寄せていた同級生の女の子のことを守りたいと思っていたし、そのように行動していた。外省人二世として、幼い頃から父親の暴力を伴うスパルタ教育を受けて育ち、兄からも事あるごとに殴られ罵られたので、異性に対しては子供の頃から良いイメージよりも嫌悪感の方が強かった。幼い頃はおもちゃの武器で遊んだり、戦いごっこをしたり、女の子を守ることが好きだということに自分でも気が付いていた。中学に進み思春期に差しかかっても、社会はまだ保守的な雰囲気に包まれていたし、短大に入学するまでは

常に日陰に身を潜めていた。家族からはずっと結婚するようプレッシャーを掛けられていた。母親がまだ健在だった頃は雲帆にしつこく結婚を迫り、なぜ結婚しないのかと疑いの目を向けられ、家にガールフレンドを連れて帰れば敵意に似た感情を剥き出しにしてきたが、その母親が亡くなると、家族からのプレッシャーはずいぶん減った。それから長い時間が経ち、八十代になった父親は故意にか知らずか、「相手が男だろうが女だろうが、年老いた時に一緒にいてくれる相手がいてくれさえすればいい」と言っている。職場恋愛していた当時のガールフレンドが異性と結婚してからも、雲帆は彼女のことが諦めきれず、ひと目会おうと彼女の働くオフィスの階下に身をひそめる日々を二年も過ごした。その彼女からは「異性が最良の選択かは分からないけど、一度同性を選んでしまったら、それは破滅への道だし、お先真っ暗よ」と言われていた。

赤面しながらも興味津々に臨んだ女性同士の初体験：当時の恋愛体験を事細かに

雲帆の話は女性とのセックス体験に及ぶ。手を繋ぎ、抱き合い、口づけをし、それから最終段階のベッドインまで、雲帆も手探りだった上に、当時はまだその種の情報も手に入らなかったので、どうすればガールフレンドが自分とのセックスに満足してくれるのかがよく分からずにいたという。「お互い初めてだったからね！ 彼女の体中を愛撫しながら、時間をかけてまさぐりましたよ。こうしてセックスに関しては相手に尽くす側になりました」と雲帆は笑う。雲帆は今でもロマンチックでひたむきな部分を持ち続けているようだ。その当時、レズビアンの中には独身の〝T〟がとても多いことに気付いていたし、また当時の雰囲気や条件から、雲帆は「熟年の〝P〟か、あるいは既婚者や離婚経験者と付き合うことを好んだ」と語る。なぜなら、彼女たちは選択を経て、自分の心が何を望んでいるのかを理解しているからだ。あの時代、社会の風潮に従って異性婚した人はコミュニティの中にも多かったが、マイノリティグループにはその場に居合わせた少数の既婚者に対して排他的な態度をとる雰囲気があったので、セクシュアル・マイノリティの既婚者は二重に傷つけられていたのだ。雲帆はさらに話を続ける。コミュニティ内を頻繁に行き来する人は、当時一番人気だった女プレスリーこと黄暁寧《ホアン・シャオニン》や、芸能界のジェンダーにまつわるあらゆるゴシップについても噂話に花を咲かせていた。有名人もまた自分らしくいることができず、コミュニティの中も外もプレッシャーだらけだったんです、と雲帆はため息を吐く。

フェイスブックが普及し始めるまで、雲帆もさまざまなオンラインコミュニティを通して人と出会うというトレンドに乗っていた。雲帆に言わせると、若い女の子にモテるらしい。相手は常に一九八〇年代、一九九〇年代生まれで、これまで一番歳の離れた相手は三十五歳年下だったという。やがて出会いの場はＭＳＮからフェイスブックへと移り、ネット上のさまざまなコミュニティやライブ配信によっても雲帆は見識を広げていく。そんな雲帆の心にあるのは、最終的には自分にぴったりの伴侶と出会い、安定した終の棲家を得たいという思いだ。歳を重ねるにつれ、同性パートナーと籍を入れることが必ずしもふたりの絆を強くするわけではない、と考えるようになったが、同性婚の法制化は医療制度や教育、社会福祉、それに相続などにおいて効力を発揮することは理解しており、同性婚の法制化には賛成している。（編注：インタビュー当時はまだ同性婚が法制化する前だった）

自分らしく生きるため：来るべき老後に備え、最低ラインの保障を

将来を見つめ、自分の加齢と身体機能の衰えを直視する。人は皆、生まれた時から死に向かい、あなたも私も年老いる。時間は皆にとって平等に過ぎていき、それは貧富や貴賤、あるいは性的指向には関係ない。余裕をもって適切かつ計画的に年金を運用し、自分が生活するのに充分な資金をしっかり貯めて基本的な支出を心配しなくて済むようになったら、今度は生活の質を高めていけば

いい、というのが雲帆の考え方だ。軍人の家に生まれた雲帆は、父親の職業に付随する手厚い福利厚生のおかげで、さまざまな面で経済的な負担がかからずに済んでいる。母親は雲帆にとって結婚のプレッシャーと口煩さの根源であったが、同時に一番大切な、最愛の家族でもあった。実家では生まれた順番や性別によって子供の接し方に差があったため、雲帆は家の中での自分の扱いを不公平だと感じていた。やがてきょうだいたちが子を持つと、(父母から見た)孫世代が家族内の人間関係における潤滑油になり、雲帆も時々は家族が集う場で安らぎや幸せを感じられるようになったという。父親亡きあとの相続争いや遺産分配のことを考えると、孤立無援の雲帆は自分の生活の最低ラインは自分で守っておかなければと思っているし、晩年を一緒に過ごすパートナーに恵まれることも望んでいる。

雲帆が自分の選択を後悔したり回避したりすることはない。外界から自分に向けられる異様な視線を避けることなく、精神を常に健康かつ明るく保ち、セクシュアル・マイノリティ・コミュニティの一員であることを恥じたりはしない。そして心の中では、自分とは逆に陰に隠れ、あるいは自分のアイデンティティと向き合おうとしない友人たちが仮面をかぶったまま生き続けることを心苦しく思っている。本当の自分を真っすぐ見つめ、乗り越えるべき試練を受け入れることは、必ずしも良いことばかりではない。物事には二面性があり、自分らしくあるためには払わなければならない代償と行うべきプロセスがある。そしてそれらはすべて、本来の自分であるために経験し、直視する必要があるものなのだ。他人からの理解が得られなかった時、恋人に振られた時、自分の思い通りにならず落ち込んでしまった時……等々、それらの一切合切は、私たちが自分の力でクリアしなければならない課題なのである。

［後期］

一度も会ったことのない雲帆

出版グループのミーティングで、一万字を超える逐語録の束を手にした時のことを覚えている。それは私がお会いしたことのない雲帆についての物語を、できるだけ細部まで記したインタビューの書き起こし原稿だった。人間の記憶は脆弱なので、その瞬間だけに集中して時間と戦うように書き留めることはできるが、出来たてほやほやのテキストが公開されることでインタビュー対象者の物語は人々に読まれ、あらゆる読者の目と心に影響を与えることになるだろう。過去から現在に至るまでを考えてみても、ジェンダー・フレンドリーへの道はいったいどれほどのものだったのだろうか。そこに参加するにも、道を正すにも遅すぎた。現在と未来のひとつひとつの声、ひとつひとつの連帯責任とサポートが、共に歴史を作り上げる。台湾同志ホットライン協会に出会えたことを光栄に思う。中高年LGBTワーキンググループと共に過ごし、諸先輩方と一緒にあの時代の勇気について、あの時代の選択について語り合った。あなた方は人生の最優秀主演俳優であり、私たちにあなたたちの世代の多重性を理解できるよう、明かりを照らしてくれた。

文／陳婉寧《チェン・ワンニン》
聞き手／同、荘蕙綺《トン》、小小《シャオシャオ》
訪問日／二〇一二年九月十三日

執筆者紹介

陳婉寧《チェン・ワンニン》

一九八一年生まれ、台湾で学んだのは政治学、国際関係および建築、都市／地方。二〇〇九年に同志コミュニティに入り、二〇一六年にパートナーと結婚登記を行い、正式に家族になるための第一歩を踏み出した。現在は環境保護団体のメンバーとして五年ほど北京に滞在。北京のセクシュアル・マイノリティセンターでボランティアをしながら、その間に台湾と中国のジェンダー多様性のシーンとその発展を観察する機会に恵まれる。二〇一四年、台湾同志ホットライン協会の中高年LGBTワーキンググループのボランティアに参加し、台湾のジェンダー問題に熱心に取り組む愛すべき勤勉な仲間たちと出会う。ワーキンググループではさらに人が一生のうちで遭遇するあらゆる困難やチャレンジ、そして物語を見聞きしてきた。歳を重ねた先輩方それぞれの背景にある時間や、空間と環境が、私たちのような彼女らの後輩にあたる者たちに、彼女らの人生における選択や答えを理解させてくれる。先輩方ひとりひとりが信頼してくださり、腹を割って接してくださったことに感謝する。この物語を執筆しながら繋ぐのは、世代を超えたイメージであり、人の一生を通じて、完全で、友好的で、尊厳のあるジェンダーの視点について、私たちが考える助けとなった。

物語9　飛《フェイ》　新しい春への飛翔を期待して

飛《フェイ》は一九六〇年代から七〇年代に、保守的な台南で子供時代を過ごし、大学生の時に台南を離れるが、それ以外の人生の各ステージはずっと故郷の台南で過ごしてきた。現在は小学校で教鞭を執り、同じく教職に就く夫と二人の子供と暮らしている。五十八歳。安定した職業に就き家庭も円満、と順調な人生を歩んでいるかのような飛であるが、実は人知れず、セクシュアル・マイノリティという一面を持ち続けてきた。

子供の頃から女性が好きだったが、それがセクシュアル・マイノリティだとは知らなかった

「小さい頃から女の子が好きでしたが、そうだとは知らずにいました」。小学生の頃、飛は好きな女の子に対して自分から積極的にハグやキスをしていたというが、それを教師や同級生が気にすることはほとんどなかった。男女別学が当たり前だった当時、同級生の女の子同士が親密な行動をとるのはよくあることだった。中学生になると、女子校の中では誰が誰を好き、といった類の、愛情とも友情ともつかない曖昧な話題がそこら中にあふれていたし、小学生、中学生そして高校生になるまで、ずっと同性と親密な触れ合いをしてきたが、それこそがレズビアンであるということを飛は知らずにいた。当時の社会にはセクシュアル・マイノリティに関する情報はほとんどなかったため、大多数の人がそれらに接する機会はなく、当然のことながら、自分がセクシュアル・マイノリティかどうかを考えることもなかったし、同性に対する情欲の種が早くも子供時代に芽生えるものだなんてどうして知ることができただろうか。

高校時代に、飛は同じクラスの女子生徒と特別な関係で、ふたりは、とても親密だったという。彼女の自宅が学校のすぐ近くだったので、飛は一時期、彼女の家に住まわせてもらっていたこともあった。その後、飛は大学に合格し、彼女は落ちるが、飛が大学の近くに部屋を借りると、彼女の方から飛の部屋に一緒に住みたいと言ってきた。昼も夜も仲良く過ごすうちに、彼女が父親から性的虐待を受けていたこと、飛が彼女にとって実家から離れた安全な避難場所になっていることを知った。彼女は男縁が強いのか、高校時代も何人もの男性から言い寄られていたし、常にボーイフレンドがいる状態で、飛は気まずさを感じながらその中に加わっていた。ふたりが同居していた時に彼女も働き始めたのだが、職場の社長から性的な関係を強要され、最終的には社長と〝デキ婚〟

することになった。彼女が社長と結婚した後も飛はふたりと一緒に暮らし、坐月子《ズォユエズ》と呼ばれる産後の回復期には彼女の世話をしたので、後にその子供からは第二の母親を意味する「乾媽《ガンマー》」と呼ばれていた。

飛に言わせると、女性同士のカップルのどちらかが男性と交際するか結婚するとそれがカモフラージュになり、ふたりの関係が他人にバレにくくなるという。しかしその一方で、そんなふうにあやふやな関係だと、どうやら相手に何かを要求する資格をも失ってしまうようなのだ。彼女が男性と付き合っている時、飛はそのことに怒りを感じつつも黙って受け入れるしかなかったが、その後飛が男性と結婚することになると、今度は相手が飛が感じたのと同じような、嫌な気持ちになったのだという。ガールフレンドが怒りの反応を示したことについて、飛は「わけが分からない」と表現していた。やがてその彼女は離婚し別の相手と再婚するのだが、飛もまた長い時間をかけて、ようやく彼女との関係を完全に終わらせたのだった。その当時の飛と彼女との関係性を正確に言い表すのは難しいのかもしれないが、過去について飛が語った言葉から、その気持ちと経験は飛にとって忘れることのできない思い出であることは確かなようだ。

結婚・出産は好都合なカモフラージュ

飛と同世代のゲイやレズビアンが異性との結婚の道を選ぶことは少なくない。当時、男性は大人になれば嫁を取り、女性は大人になれば嫁に行くというのは当然のことと考えられていたので、飛も若い頃は、彼氏がいないから女性を好きなのかもしれないと思っていたし、結婚しさえすれば、女性を好きだという問題が自然と解決するかもしれないとすら考えていた、と明かす。

結婚してからの五年間、子供の世話に明け暮れる飛には自分の性的指向について考える時間などなかったのだが、その後次第に、自分が無意識のうちに女性を求めていることに気付いていく。夫とのセックスの最中にも、夫が女性ならと想像せずにいられないどころか、頭の中が女性とのセックスでいっぱいになってしまうのだ。こうして飛はようやく自分の情欲の対象が女性だということを自覚したのだった。

時間が経つにつれ、夫との関係は次第に冷めていったにもかかわらず、飛はそのまま婚姻関係を続ける方を選んだ。というのも小学校の教師として、飛は結婚というカモフラージュを必要としていたからだ。一般的な職場に比べて学校というのはとても保守的な場所で、職場の同僚たちには自分がセクシュアル・マイノリティだということは打ち明けていなかったので、女性パートナーと親密な行動を取っていても、既婚者でいることが最高の保護色になり、他人はふたりが同性カップルだと思わないからだ。「子供も夫も家庭もある。だから私がガールフレンドと連れ立っていても（レズビアンカップルには）見られないんですよ。相手も既婚で、子供もいる。だから、他人の目には、私たちはどこにでもいる友達同士のように映るんです」

しかし飛は「異性婚を選択したセクシュアル・マイノリティ」という問題について、若いレズビアンと言い争いになったことがあった。というのも、若いレズビアンの中には自己決定ができない理由について思いを馳せることができずに「レズビアンなのにどうして異性と結婚するのですか？結婚しているのなら、女性の恋人を作るのはいかがなものか！」と考える人がいるのだ。しかし当時の社会的風潮の下、飛は結婚するしかなかったのだ。つまり選択したわけではなく、社会的規範に従って異性と結婚することを余儀なくされたのである。だが、若い世代のレズビアンは、結婚を選んだのなら、家族を裏切ってはいけないと言う。世代間のこうしたギャップを埋めるには、コミュニケーションを図り、互いの置かれた立場を少しずつ理解していかなければならないのだ。

ジェンダー平等教育に接して、少しずつ自分を理解する

台湾では一九九七年に両性平等教育委員会が設立されると両性平等教育が推進されるようになり、性的指向、性別特性、性自認などの問題についても徐々に重要視されるようになった。二〇〇四年に「ジェンダー平等教育法」（訳注：当初、教育領域における女性の人権保障を実現するために「両性平等教育法」の制定を目指したが、二〇〇〇年に屏東県の中学で発生した葉永鋕事件を受け、両性＝男女という概念では性的指向や性自認を含む多様なジェンダーをカバーしきれないということで、名称が「ジェンダー平等教育法」になった経緯がある。これについては福永玄弥「性的少数者の制度への包摂をめぐるポリティクス―台湾のジェンダー平等教育法を事例に―」（『日本台湾学会報』第十九号、二〇一七年）に詳しい。）が公布・施行されると、小・中学校ではジェンダー平等関連科目の実施が義務化され、それに伴い学校もジェンダー平等教育に力を入れ、また関連する教員養成コースが実施されるようになる。

こうして飛がセクシュアル・マイノリティに関する情報やリソースに接する機会を持ち始めたそんなある時、学校が教員向けにジェンダー平等教育のための研修コースを実施し、その時に講師として招聘されたのが台湾同志ホットライン協会のソーシャルワーカーだった。自分は正常ではないのかもしれないと疑念を抱き続けていた飛は、この時の講演でようやく〝同志〟について理解し始めた。「私にとって大きな助けになりました。ようやく自分について理解し始めたのです。というのも、どうして自分は生きづらいのか？ どうして自分は同性が好きなのか？ 自分は普通ではないんじゃないか？ など、自分の中にたくさんの疑問符があったんです」

その講演では、講師がセクシュアル・マイノリティについて書かれた本を賞品として提供し、幸運なことに飛がそれを受け取ることになった。こうして飛は本を読み、セクシュアル・マイノリティに関するさまざまな問題について理解し始めた。またその本ではセクシュアル・マイノリティのためのウェブサイトも紹介されていた。飛はそこから新たな人生の旅に一歩踏み出し、それらのサイトを通してレズビアンのグループに接触すると、そこから立て続けにいろんな女性と交際してみた。こうして飛は少しずつ自分を知り、自分を理解し、そして自分のセクシュアル・マイノリティとしてのアイデンティティを受け入れていったのだった。

異性婚の中の同志、色あせた保護色

異性と婚姻関係にあるセクシュアル・マイノリティは、イメージされるほど素晴らしいものではないし、異性婚は外界に対する保護色ではあるかもしれないが、その保護色の中にはまた別の、心に秘めた憂いが隠れている。つまりセクシュアル・マイノリティというアイデンティティが確立していくにつれ、保護色も次第に色あせていくのだ。飛がインターネットでレズビアンと連絡を取り始めたばかりの頃は、夜中にしょっちゅう若い女子と電話でのおしゃべりやチャットを楽しんでいたのだが、夫にその場面を何度も目撃され、浮気しているのではないかと疑われてしまったのだ。当初、夫は妻の相手が女性だということを知らなかったが、夫婦喧嘩の際に飛が電話の相手は女性で、自分と彼女との間には何もないと説明し、さらに次男がふたりの前に姿を現すと、「父さんは同性愛を差別している！」と言った。飛の夫は息子が（母親のことを）受け入れられると聞くと、妥協して夫婦関係を現状維持したいと言ってきた。息子が果敢に自分を庇ってくれたことが飛にとって大きな力になったのは確かだろう。

その一方で、義理の父親は飛の事情を知ると、飛を拒絶するようになった。それ以来、旧正月や祝祭日は飛にとって義実家にも自分の実家にも帰省することのできない、一家団らんの食卓を囲むことができずに独りぼっちで過ごさなければならない寂しい時期になってしまった。「大晦日（訳注：旧暦の大晦日）は皆、家族と団らんするじゃないですか。そんな時に家があっても、自分ひとりだけ帰れないような感じです。自分の実家にすら帰ることができません。実家は（嫁に行った）私が大晦日に帰省するのを許すわけにはいかないのです（訳注：台湾の伝統では、既婚女性は旧暦の大晦日から一日まで自分の実家に帰ってはいけないという風習がある）。元旦でさえも私は帰ることができません……世の中に一家団らんの楽しげな雰囲気があふれる一方で、この時期を過ごすのが一番の恐怖だという人たちがいることに、私もようやく気が付きました」と飛は寂しそうに語る。

この状態は義父が脳卒中で倒れ、義母が飛に「年末の食事をしにいらっしゃい」と言えるようになるまで続いたのだった。

家族の中の同性愛者は、自分を受け入れるパワーとなる

飛は自分が生まれ育った家族にはカミングアウトしていないのだが、偶然自分の弟がゲイであることに気付き、現在ではその弟とだけ、互いにセクシュアル・マイノリティであることを分かち合っている。「弟のエピソードがこれまた面白くて。私がレズビアン専用サイト〈Ｃａｒｏｌ〉でとあるレズビアンと知り合ったのですが、その人が私の弟のことを知っていたのです。というのも、弟が偽装結婚してくれる相手を公に募集していて、それがきっかけで知り合ったというのです。その女性と弟が雑談していた時に、彼（飛の弟）がその人に『あなたのそのお友達はもしかして○○小学校に勤めている、××って名前の人じゃないですか？』と聞いたらしいんです。そんな感じで、私は強制的にカミングアウトさせられることになり、同時に弟もそう（ゲイ）だということが判明しました（笑）」

インタビュー中、飛は従姉もレズビアンなのだと打ち明けてくれた。従姉は四人姉妹の末っ子で、子供の頃から男の子のような格好をしていたのだが、それは息子が欲しかった伯父と伯母が、一番下の娘に男の子のような格好をさせれば、次に生まれる子が男児になるという民間の風習に倣ったためだった。「私が最後にその従姉に会ったのは、祖母が危篤状態の時でした。従姉をひと目見た時、私は従兄かと思ったのですが、少し話すと（やっぱり女性だということが）分かりました。カッコいいんですよ、本当にイケメンで。従姉は今、ショベルカーや大型トラックなんかの運転手をしているそうで、従姉が現在どんなふうなのか、とても気になります」。現在は飛の従姉とそのガールフレンドが伯父と同居しているという。伯父の息子たちは皆家を出て行ってしまい、代わりに娘が父親の面倒を見ているんですよ、という言葉から、従姉のことを誇りに思う飛の気持ちが伝わってきた。

弟と従姉の存在は、少なくとも飛が家族の中でただひとりのセクシュアル・マイノリティではないことを意味し、飛の心の支えになっている。さらに飛は教職という安定した職に就き、経済的にも自立しているし、比較的多くのリソースも持っている。その話しぶりからは、飛がかなり自分に自信を持っていることがうかがえるし、セクシュアル・マイノリティに関する情報や当事者のグループと接するようになってからは、それほど苦労することなく、すんなりと自分のセクシュアリティを受け入れて人生の別の側面を押し広げていくための努力も始めている。

もうひとつの第二の春の到来、そして未来に多くの期待を寄せる

飛の現在のガールフレンドは、飛と似たようなバックグラウンドを持ち、また既婚者で子供もいる上に年齢も近いので、ふたりはいろんなことについて話し合うことができるという。ふたりは二、三週間に一度の割合で会い、ガールフレンドが飛を訪ねて南部にやって来ることもあるそうだ。セックスにおいても「お互いにぴったりとハマる」のだと、嬉しそうだ。どちらもセクシュアル・マイノリティのコミュニティ内では友人付き合いが少なく、特定の相手と交際している間は積極的にコミュニティでの出会いを求めたり活動に参加したりはしないことにしているそうだ。友達はたくさんいる必要はないし、同じ考え方を持ち、話し合いができる相手かどうかということの方が重要だと語る。

飛は、自分は〝T〟寄りで、かつ、性別二元的な考え方を踏襲してガールフレンドとの関係においては〝T〟が責任を負うべきだと考えている。「私のような〝T〟寄りの人間はね、男が負う責

任のようなものを持つべきだと思うのです。だから例えばデートする時は男がすべてを負って相手を守る役割を担うじゃないですか。私の同僚の場合もそうですが、旦那さんと外出する時には財布を持たず、一銭たりともお金を出すことはないそうです。旦那さんがそばにいる時は、支払いをするのは旦那さん役割だと言うんですよ」。これもまた飛なりの、ガールフレンドとの交際のスタイルなのだ。

飛はあと数年働いてから定年退職の準備をするつもりで、引退後の夢は自分が思い描く生活を送ることだという。例えばレズビアンの友人たちとお金を出し合い土地を買って建物を建て、人数が多ければレズビアン・ヴィレッジを作ることもできるだろう。あるいは台湾各地を一カ月ごとに転々と生活するのも充実していて楽しいかもしれない。インタビューの最後に、飛が若者に向けてアドバイスをしてくれた。それは、経済的に自立することが一番重要だというもので、経済的に自立できると自分に自信を持てるし、また退職後の生活資金が十分にあることであらゆる可能性について具体的に思い描くことができるのだという。飛は、いつの日か夫にパートナーができ、お互いにそれぞれの幸せを追い求めることを受け入れられるようになることを望んでいると語った。

文／佩紋《ペイウェン》

聞き手／可樂、宜婷、心宜《シンイー》
訪問日／二〇一五年四月十五日

執筆者紹介

佩紋《ペイウェン》

四十歳になった年の夏に台湾同志ホットライン協会の中高年ＬＧＢＴワーキンググループに参加。当時は仕事中心の生活を送りながら仕事を辞めたいと思っていたため、どんよりとした重苦しい日々を送っていた。ワーキンググループに参加したのは、そこが笑顔にあふれている場で、パートナーも勧めてくれたからである。参加して分かったのは、ワーキンググループは異次元世界のような場所だということ。そこでたくさんのおもしろい人たちと出会い、斬新なものの見方に触れたことで、私がこのコミュニティに与えられる以上のことを、ここから得ることができた。思い返せばまだ右も左も分からなかった頃、何かできないかと本書の出版グループに参加したのだが、執筆の間中、自分の文章力のなさに、飛の人生の物語を上手く伝えられないんじゃないかと悩んでいた。飛の物語はものすごく波乱に富んだものでも、何か特別なものではないかもしれないが、私にとって最も現実味のある、共感できる内容だ。ホットライン協会の仲間たちの多大なる支援、温かな励まし、そして継続的なけん引のおかげで、当初無邪気に「私にもやれる」と思えた任務を最後まで遂行することができた。

物語10　梧桐《ウートン》　法で認められなくても、私とパートナーが堅持してきたこと

二〇一六年十一月二十八日は湿度が高く底冷えのする、台湾北部の典型的な冬の日だった。朝九時半、新竹《シンジュー》で台湾新幹線に乗り込んだ梧桐《ウートン》から台湾同志ホットライン協会中高年ＬＧＢＴワーキンググループの同《トン》に電話がかかってきた。「今日は立法院（訳注：台湾の最高立法機関）の街頭デモに行きますか？　私は新幹線に乗ったところです！」。同はちょうどこの日、翌月に行われる女性映画祭の開催前記者会見に呼ばれ、そこで上映される高齢セクシュアル・マイノリティの介護がテーマの映画についてコメントするために、早朝からクタクタになりながら台北から映画祭の行われる宜蘭《イーラン》に向かっていた。記者会見は正午に終わる予定だったので、同は「終わり次第すぐに立法院に行けるよう頑張ります！」と梧桐に伝えた。同性婚法制化の公聴会が行われる立法院の外では、同性婚を支持する数万もの人々が集まり、「差別的な特別法に反対！　民法を改正し、婚姻平権に賛成！」のシュプレヒコールを上げていた。あまりにも多くの人が集まって来たため、立法院の横を通る青島東路《チンタオトンルー》までが封鎖されていた。平日だったので、多くの人が自発的に二時間の休暇許可願を出して、この場に集

まっていたのだ。同の返事に対し、すでに仕事をリタイアしていた梧桐からは「急がなくても大丈夫ですよ。私は暇つぶしで様子を見に行くだけですから……」と遠慮がちな答えが返ってきた。

宜蘭で記者会見を終えた同が急いで青島東路へやって来ると、立法院の公聴会はまだ続いており、デモ現場は見渡す限り〝人の波〟で埋め尽くされていたので、同は梧桐に会えるか分からなかった。あちらこちらを探し回り、やがて遠目に野球帽をかぶりタータンチェックのシャツを着た、カジュアルかつエネルギッシュで上品な外観の梧桐が、道端にもたれながら立法院の様子を中継するステージの声に耳を傾けているのが見えた。梧桐の友人が大きな魔法瓶に詰めて持ってきた熱々のハンドドリップコーヒーを皆に振る舞っていたので、同もそれを一杯もらうと、その場で自分と同世代と思しき中高年レズビアンたちと友達になった。やがて夕方になり、旧知の友人たちと立法院の近くの店で夕飯を食べ、次は十二月十日に凱達格蘭《ケタガラン》大道で会おう！と約束して別れた。

二〇一六年十二月十日、世界人権デー。この日は午後一時から夜八時まで台湾総督府前の凱達格蘭《ケタガラン》大道で「もう誰の命も失わせない　婚姻平権のために立ち上がろう」音楽会が開かれ、総統府周辺全体の至る所に大小さまざまなレインボーがきらめいていた。二十五万人もの人が総督府広場に集まり、思い思いに座り込み、あるいは立ったままで、ステージ上で繰り広げられるライブ演奏や演説に耳を傾けていて、その両側に連なる同志運動団体のブースも訪れる人が絶えることなく賑わっていた。夜七時過ぎまでホットライン協会のブースを手伝っていた同が電話を掛けた時には、梧桐はすでに台北駅で新竹に戻る列車に乗り込むところだったが、予定を変更して同とその友人と三人で会うことになった。三人は台北駅駅舎の二階にある店に腰を落ち着けると、食事をしながら同性婚の問題、婚姻権の意義、それに婚姻平等権が高齢の同性カップルに与える影響について話し合った。パートナーと同居して二十三年になる梧桐の同性婚に対する深い考察は、世間知らずで愛情だけを求める同の友人にとってはまるで特別講義のようだっただろう。話は尽きることなく、気が付けば夜十時を回っていた。三人が台北駅構内の大ホールを通りがかると、外国籍の労働者たちが離れ難い様子でホールのあちらこちらに小さなグループを作って集まっていた。ホールに飾りつけられた大きなクリスマスツリーはきらきらと光を放ち、楽しげなクリスマスムードを盛り立てている。同は小さなレインボーフラッグを掲げて三人の記念写真を撮った。

二〇一六年十二月二十六日、立法院による婚姻平等の権利法案審議当日。同性婚支持派の団体は「婚姻平権を勝ち取り　愛の力で立法院を守ろう」キャンペーンを立ち上げ、皆に立法院の街頭デモに参加するよう呼び掛けていた。正午近くになって現場にやって来た同は、ホットライン協会のブースからそれほど離れていない場所にいる梧桐を見つけて声をかけると、一緒に地面に座り込んだ。冷たい風が吹く中、その場に居合わせた数万の人々が一緒になり、結論が出るのを一心不乱に待ち望んでいる。程なくして、立法院の中継を流していた大画面から法案が予備審査を通過したとの吉報が届いた。梧桐と同は立ち上がり、心の底からの歓びを分かち合う人々の群れと一緒に移動しその場を離れた。友人から電話があり、近くの香港式レストランで落ち合うことになった。店に集まった五十歳くらいの中年レズビアン七名は、婚姻平等権について話し始めた。この七人（カップル一組に単身で来ていた五人）のほぼ全員に長年連れ添ったパートナーがいて（中でも梧桐とパートナーは二十三年間、もうひとりはパートナーと三十二年間一緒である）、彼女たちは今回の法改正によってパートナーとの間の合理的な保障が得られるようになることを願っていた。そうでなければ、どちらか一方がこの世を去った時に、もう片方が「他人」として扱われてしまうからだ。そのことを考え、皆がやきもきする姿はまさに「情何以堪《どうして耐えられようか》」の四文字がピッタリだった。

心は体を凌駕する

この物語の主人公・梧桐は一九六〇年に高雄の平凡な台湾人家庭に生まれ育った。梧桐の父親はサラリーマン、そして母親は専業主婦、子供は六人。きょうだいの中で女の子は梧桐だけで、上に五人の兄がいた。この物語の冒頭部分から、梧桐は積極的な社会運動家タイプのレズビアンであるように思われたかもしれないが、そうではない。子供の頃は両親から突き付けられた「女の子はきちんとした立ち居振る舞いをしなければならない」「兄たちみたいに木登りしたり壁を越えたりしてはいけない」等の男女に対する教育の違いに直面し、反抗しなければならなかった。大きくなってからも「結婚後に離縁を言い渡されても体裁が悪いから実家には戻って来るな」「未婚の娘が亡くなっても実家では供養してもらえないし先祖代々の墓に入れるかさえ問題だ、位牌もなければ誰も手を合わせてはくれない……」等といった旧式の社会文化における男女不平等を不公平だと感じ、「つまり、女は人間じゃない、男だけが人間だってことでしょ!」というような極論に走り、それを嘆いた。しかし、そんな梧桐がセクシュアル・マイノリティに関する情報や組織に触れ、それらを探し求めるようになったのは、それからずいぶん時間が経った更年期前後のことである。

「変わりたいと思った、熟考の末」のことだった。

梧桐にとって五十歳は人生の転換点である。この年にホットライン協会に加入しただけでなく、電話相談ボランティアの訓練を受けると、丸一年間、ほぼ毎週のように台北にやって来ては電話相談業務にあたり、それが終わると管理職とディスカッションを行っていたので、帰宅時間が真夜中近くになることもあったが、当時はまだ会社勤めもしていた。固い意志と粘り強さがなければ、こんなふうに苦労をいとうことなく活動し続けることはできないだろう。このような意志の強さは梧桐のセクシュアル・マイノリティというアイデンティティや、これまでの人生に対する考え方と密接に関係している。そして梧桐にはこの一年で成し遂げた大切なことがもうひとつあった。五人いる兄ひとりひとりにカミングアウトをしたというのだ！「とても面倒でしたよ、兄が五人もいますからね！でもこれは兄たちにきちんと伝えておかなければならないことでしたから」

さて梧桐のこれまでの人生に話を戻すことにしよう。女性が好きだということについて、梧桐はためらうことなく「幼稚園の頃には自覚していたと思う」と話す。そして他の女性と同じように「小学六年から中学一年くらいの時に恋に目覚めましたが、中一の時には、もしかしたら自分は……と疑い始めていました」。一九七〇年代初頭、男女別学が一般的で、女子生徒が「男性に手紙を書いて渡しただけで校則で処罰され、男性を一瞥することすらしてはいけない」ような時代に、「自分が女の子に対してドキドキしていることに気付き、ある同級生のことが好きになり、それからその子のことを誰よりも気に掛けるようになり、その子の個性に惹かれた」のだという。それにもかかわらず「同性愛」については「ぼんやりと知っていましたが、でも自分のこととなると、それを口に出すのははばかられました」。梧桐は医学部に通う兄の持っていた『性心理学』の教科書で「同性愛」について書かれた章を読んだことがあったのだ。「少数派であること、それに医療による治療は必要ないことは知っていたし、自分に対する罪悪感もなかったのですが、それでも本能的に他人に話してはいけないと思ったんです」。中学、高校、そして大学と、好きな女の子や親しくしていた女の子はいたが、あくまで「ただの友達か同級生」であり、いずれも恋人関係あるいはその定義に当てはまるまでには至らなかった。「行為まで至ったのは、私が二十二歳直前の、大学をもうすぐで卒業するという時のことでした」。相手とは学校の寮で知り合った。「寮はとてもこぢんまりしていて、相手から好意を持たれていることが分かっていたし、相手も私が好意を抱いていることを知っていました。お互いにひと目で分かったんです」。今時の若者のような直接的な愛の告白とは違い、その当時の愛情表現は奥ゆかしくも心が激しく揺さぶられるような、圧倒的なものだったという。梧桐は朱天文《チュー・ティエンウェン》の小説『荒人手記』（訳注：女性作家による男性同性愛者の物語。朱天文は映画監督ホウ・シャオシェンの脚本家としてもよく知られる）の中の、男性同士が互いに惹かれ合うシーンを例に挙げた。「まるで阿堯《アーヤオ》と彼の意中の人を描いたシーン――水辺の岩の上を飛び跳ねながら行き来する中で、すれ違う瞬間にふたりが触れ合い、互いの体を感じた、あのシーンを思い出します」

しかし、その当時、女性同士の恋愛は、肉体的な欲求よりも、はるかに精神的なものを求めるものだったという。「私たちがどのように恋愛していたかって？ 文字を使うんですよ。詩賦《しふ》に頼り、言葉で行き来するうちに愛が高ぶっていくのです」。女子クラスの世界では「中学、高校の時は、誰もが小さな紙きれに詩をしたためて好意を伝えたと思うのですが違いますか？ きっとそうでしょう！ 実は性別なんて逆に一番どうでもよかったのです」。一方、肉体的なことになると「本当に服を脱ごうものなら、恥ずかしくて自分の体さえまともに見れませんよ！」という状態だったので、自分のエロチックな欲求をイメージするために梧桐が思いついたのは、林鳳嬌《リン・フォンジャオ》や他のお気に入りの歌仔戯《コアヒ》（台湾オペラ）スターの写真を買うことだった。「自分を重ねたい時には葉青《イエ・チン》（訳注：男役の役者）に投影しましたが、私が好きなのは小旦（訳注：歌仔戯における娘役）の許秀年《シュー・シウニエン》や林美照《リン・メイジャオ》です」。演劇の話になると、黄梅調と呼ばれる伝統演劇形式を取る歌劇映画『梁山泊と祝英台』について触れないわけにはいかないだろう。梧桐は高校生の時にテレビで『梁山泊と祝英台』を見て、「なんて素晴らしいんだろう、誰もが自分を投影できるキャラクターを見つけることができるし、それにふたりの主人公――凌波《リン・ボー》も樂蒂《ロー・ティ》もふたりともなんて美しいのだろう！」と深く感銘を受けた。言うまでもなく、梧桐のお気に入りは祝英台を演じた樂蒂だ。「見た目は至って伝統的な女の子だけど、個性的で反骨精神旺盛。男装して入学してしまうのですから！」

梧桐が初めて本格的に女性と肉体的な関係を持ったのは、大学を卒業する前の、一九八〇年代初めのことだった。「その当時のレズビアンたちにはひとつの考えがありました。それは、相手のことを好きでも、相手が将来男性と結婚する可能性をお互いに邪魔してはいけない、というものです。だから私は相手の処女膜を傷つけないようにしました。あの当時、処女膜はとても重要視されていたのです」。セックスの概念が当時に比べてオープンな若い世代には、当時の〝処女膜神話〟がどれほど根強いものだったか、想像できないかもしれない！これ以外にも、今の若い世代のセクシュアル・マイノリティは、異性愛者中心の体制に対して怒りを覚えたり、あるいは無視したり、もしくは正面から向き合い、正々堂々と戦ったりするかもしれないが、二、三十年前はそうではなかった。「たとえ付き合っていても、相手にボーイフレンドができれば、何も言わずに彼女から手を引く。当時の社会的な雰囲気と私たちの認識はそんな感じでした。お互いに相手のことを思うなら、諦めることを学ばなければなりません。私たちは同性同士が一緒になって生きていくのは大変だということを知っていたし、異性婚に踏み切ればすべてが楽になると考えていたからです。仮に異性婚で上手くいかず涙を流すことになっても、たくさんの人が同情して一緒に泣いてくれるでしょうし、少なくとも異性婚した人には泣く権利があります。異性との結婚が幸せなことかどうかは分かりませんが、外からの圧力が違うのです。社会におけるあらゆる制度、人や物は何もかもが異性との結婚に踏み切るための助けになり、同性間の愛情を引き裂くようになっていることを、私たちはよく理解しています」。梧桐は言葉を続ける。「異性と結婚するということは、流れに乗って泳ぐようなものです。大海原をひとりぼっちで泳ぐ必要はありません。だって、あらゆる力が異性婚者を助けてくれるから。結婚相手の男性の家族だけが唯一の障害であり、社会には妨げになるものがないのです」

梧桐自身、十代の頃から足掻《あが》き続けてきたので、自分を変えることはできないということをよく知っている。「でも相手が変われるものなら、相手の代わりに喜ぶでしょう。あるいは少なくとも『いいよ！　あなたが変われるのなら、それであなたがより楽な道を進めるのならそうして！』って思います」。人間とは幸せを求めて生きるものだと梧桐は言う。「私はそっち（異性との結婚）で幸せを見つけられないし、つらくて苦しいと思うだろうから、私はそっちには行かないでしょう。でも相手がそうできるのなら、そうすればいいのです」

人生のある段階を共にするパートナー

最初の正式なパートナー関係は数年続いたという。生活を共にし、共通の友人もいたし、ふたりとも頑強な性格で、引け目を感じたり逃げ出したりするようなことはなかったが、友人たちとのコミュニティにおいては自分たちから進んで何かを話すことはなかった。その関係が終わったのは、

「とても単純な理由です。相手が別の人に心変わりしてしまったんです。というか、向こうは男性と付き合っていたのです。それまで私に男性とは交際しないと言ったことはなかったし、それに私も男性との交際を禁止したことがなかったで、むしろ彼女が向こう側に行ってしまったのは当然のことだと思いました。当時はその男性と共存することも、その男性から彼女を取り戻すことや、どうやって取り戻そうかと想像したこともありませんでした」と振り返る。ずいぶん後になって梧桐には気付いたことがあった。それは「実は彼女に私とその男性のどっちを選ぶか、と聞いたことがなかったんです。それは自分に引け目を感じていたからか、それとも独りよがりだったのかは分かりませんが、私は彼女に一切質問しなかったんです。あなたが今、そちら側にいられるのなら、そこにいてくださいって率直に思っていました。その方が便利だし、争いたいと思わないし。そう、そちら側とは一般人、多数派の世界です。そちら側に行けばいいんですよ!」

そのガールフレンドとの関係が終わった後にも、梧桐は自分の生活圏内で何人かと交際している。まだセクシュアル・マイノリティのグループがなかった時代には、他の当事者の存在が可視化されていなかったので、「身の周りで試してみるしかなかった」のだ。梧桐がかつて付き合った中には、明らかに異性愛者と言える相手もいた。その人が肉体関係を持った女性は梧桐だけだった。「その人にとって私は行きずりの相手に過ぎなかったのですが、私たちはその時は人生を共にしたのです。お互いにとても幸せだった。私たちの人生が分岐する時が来て、その人は別のパートナーを、私も自分のパートナーをそれぞれ探しました。それだけのことです。その人は試すことを恐れていなかったのです。その後に出会ったガールフレンドもまた、恐れていませんでした」。梧桐は何人かのガールフレンドとの関係について語ってくれたが、その相手はいずれも生活圏内で知り合った人で、「関係を解消した後は生活圏の中の友人です。このように、お互いに基本的な分別を守って行動できていれば、たとえパートナーでいられなくなっても、友達にはなれるのです」。ただその当時のレズビアンにとって失恋がとてもつらいことだったのは確かなようだ。なぜなら自分と同じように女性を愛する女性がどこにいるのか分からず、精神的な苦痛に加え、強烈な孤独感にも襲われることになるからだ。

異性間恋愛の意識が形作る世界において、梧桐もまた結婚のプレッシャーから逃れられず、何度かお見合いをセッティングされたことがあった。コーヒーを飲み、食事をし、映画を見に行くお見合いはもちろんのこと、梧桐が笑いながら「フルセットが来た！」と呼ぶ、レストランを予約して、両家の家長が同席するお見合いも体験したことがあるという。中でも特筆すべきは、梧桐が地元を離れて仕事をしていた時に経験したお見合いだろう。父親に騙されて高雄の実家に戻ってみると、自宅でこれからお見合いが始まることを知らされたという。「当然のことながら、私はすべてのお見合いの席でスカートを穿くことを要求された上に、化粧までさせられたんですよ!」。その時は、見合い相手の男性が台湾にいなかったので、代わりに彼の母親がやって来た。「お茶を出したら、私のことを品定めしてきたんです。終わった後で(もちろん父親には直接言えないので)母親に、今度同じようなことがあったら、二度と家には帰らない、と言ったのを覚えています」。梧桐はまるで自分が倉庫の中で誰かに選ばれるのを待つ商品になったような気がして、不愉快だったという。

二十六、七歳の、まさに〝結婚適齢期〟の頃、梧桐は見合いだけでなく、男性と交際してみたこともあった。「正確には三名の方と、それぞれ三カ月から半年ほど交際しました」。自分は女性が好きだということがはっきり分かっていながら、それでも試してみたのは「男性と付き合ってみて、あるいは話して確かめてみれば、自分が変わるきっかけになるのでは、良い人に出会えれば自分を変えることができるかも、と考えたからです。親が娘に見合いをさせるのは、言うまでもなく両親にとっては当然のことだからで、私自身もやってみなければ分からなかったのです」。梧桐はこうも喩える。「課題のようなものですよ。まず取り組んで努力をして初めて、できなかった、と言えるのです。そうでなければ両親も兄たちもきっとこう言うでしょう、『試してもいないのに、どうして分かるの?』と」。他人から結婚しない理由を聞かれれば、「台湾や華人社会における婚姻の、男女双方の権利や義務が公平になった時に考えてみる」と答えていたという。婚姻関係において、男女が平等ではないことはよく分かっていたので、「この点については、レズビアンとして、あるいはフェミニストとして、やはり私は受け入れられないんです」と言う。梧桐はビジネスにおけるパートナーシップになぞらえる。「仕事のパートナーを探す時は、ただ単に人を探すのではなく対等な関係になれる相手を探すでしょう。でも結婚は二項関係なので、その中で公平で互恵的な関係を築くのは難しいのです。ふたつの見方があるでしょう。そもそも不公平な関係なら、私は結婚を考えることすらしません。もし公平な関係性が築けるのであれば、その人との相性の良し悪し次第です」。たとえよい結婚であったとしても、男女の間には依然として不平等な要素が残ったままだと梧桐は考える。「万が一不幸な結婚だったなら、不平等な要素については言うまでもありません」

連れ添う、とはロマンチックな事ばかりではない

梧桐と五歳年下のパートナー、斉平《チーピン》が一緒になってから二十三年が過ぎた。ハイテク工業団地の宿舎で出会い、相思相愛になってからそれほど時間が経たないうちに、ふたりは共同で家を購

入し、一緒に暮らし始めたそうだ。「一緒に家を買うというのは、愛があるからというだけではありません。時には現実的な経済上の理由で買うこともあります」。家を買った当時、梧桐と斉平は共に三十代だった。これ以上宿舎暮らしはしたくなかったし、より快適で自由な空間が欲しかったが、自分ひとりでは家を買うことができなかったのだ。「家も土地も売買契約書は二通ありますし、(お金のことは)すべて記帳して、家具についてもふたりでよく話し合いました。もし別れるようなことになったら、減価償却期間を五年で計算して、分配することにしています。それぞれの家族にも話して、いつかどちらかが心変わりして、万一住宅ローンを払えなくなった時には、家族から援助してもらい、支払えるように備えています」

その当時、女性の友人同士が共同で不動産を買うのは一般的なことではなかったので、「まったくロマンチックな感情抜きで、理性的かつ現実的に考えて決めました」という。一緒に家を買ったことで、カミングアウトできなくても、ふたりはお互いを友人としてそれぞれの家族に受け入れてもらうことができたという。

子供の頃から自分の性的指向について考えてきた梧桐とは対照的に、斉平は梧桐と長年共に暮らしながらも、自分がセクシュアル・マイノリティであるとは考えていない。だがふたりは互いに寄り添いながら助け合っているのが現実である。嫉妬心や独占欲も少なくはない。「誰かに特別に良くしてあげたり、その人をきれいだな、良いなって思ったりしてはいけない。他の人を気に入ってもダメ。男だろうが女だろうがダメ！」

長年連れ添ってきたが、ふたりはいまだにうまくやっていくための擦り合わせをし続けている最中だという。梧桐はふたりの生活がとてもシンプルで安定していることを繰り返し強調するが、いつも友人と一緒にスポーツを楽しみ、登山や旅行に出かけている彼女たちは、他の友人たちの羨望の的である。最初から不平等な関係にある異性婚カップルに対し、女性同士のパートナーシップでは、お互いが社会的にも体力的にも比較的対等である。「何か不平等や不公平なことがあっても、それは自分たちが納得したものであって、社会から押し付けられたものではありません。私たちの間には、子供には自分の姓を名乗らせる、とか、我が家の嫁なのだから、年中行事の時は私の実家に行かなければならないなどといった話はありません。ただ純粋に、私が斉平の家族と、あるいは斉平が私の家族と交流するだけです。それならふたりの関係は完全に公平なのかと言われれば、それは難しくないですか？ 私が一歩前にでれば斉平が一歩下がるし、斉平が一歩前に出れば私が一歩下がるものなのです」。パートナーとの付き合いについては「ひとつだけ決めていることがあります。それは喧嘩をしても、本気で別れたいと思う場合を除いて、別れを口に出さない、ということです。喧嘩は喧嘩に過ぎないので、喧嘩して問題を解決すればいいのです。別れを脅し文句に使ってはいけません」

ふたりが付き合い始めて十五、六年が経った頃、梧桐は兄たちにカミングアウトした。当時五十歳近くだった梧桐は「多くの異性愛者が、十五、六年の間でどれほど離婚してきたことか。男と女なら結婚期間が短くても結婚式の招待状を送り、祝儀袋をもらえるのに、私たちはこんなにも長い間一緒だというのに、周りに対しては私たちの間には何もないフリをしなければならないのだろうか？」と考えたのだ。自分は屈強な妹だと自認する梧桐は、兄たちに向かって「私たちは実はこういう関係です。もし兄さんたちに言わなかったら、不貞行為でもしているような後ろめたい気持ちになってしまう。兄さんたちに宣言したということは、ふたりの関係をオープンにしたということ。法律上は認めてもらえなくても、私たちは関係を続けます」と言って打ち明けたという。

これからの人生について、「私たちはこれまでと変わることなく日々を過ごすでしょう。いつか自立した生活が送れなくなったら、高齢者施設を探します。施設に収容してもらえなくなったら、安楽死を求めます」と話す。生と死について、梧桐はとてもおおらかに構えている。自分が生きているうちに同性婚が法制化されたら、相手が望むのであれば、パートナーと結婚したいと思っているそうだ。（編注：インタビュー時は婚姻平権法案の採択に向けて台湾がラストスパートしていた時期だった。本文には、その取材後に行われた婚姻平権運動に梧桐が参加した際の様子についても書き加えている）

文／同、魚玄《ユーシュエン》
聞き手／同、阿Sir、魚玄、Oreo
訪問日／二〇一六年八月十二日

執筆者紹介

同《トン》

一九六一年生まれ。子供の頃に自分の恋愛対象が女性であること知り、一生を孤独に過ごすことが分かっていたため、精力的に社会運動や旅行、および教会活動を行っている。

他の人が優秀な学業で賞を受賞した時、私は愛国献金と公益活動への熱心な取り組みによって、何枚かの賞状をもらった。

二十数年にわたる教会での活動で、ひとりの女性と交際したが、彼女が結婚することになり、私はセクシュアル・マイノリティのコミュニティに足を踏み入れ、四十二歳の時（二〇〇三年）に正式に同志運動に参加するようになった。

二〇一〇年、ホットライン協会に加入。この年に同協会の中高年ＬＧＢＴワーキンググループが中高年ゲイのライフヒストリーを記録した書籍『レインボーバス』を出版したが、この時、同志はゲイだけではないので中高年レズビアンのヒストリーも記録したいと考え、現在までに七回のインタビューに参与した。人生の終わりに、最も有意義な賞を手にできることを希望している。

（同の詳細なストーリーについては、本書「物語14」を参照）

魚《ユー》　玄《シュエン》

一九六〇年代半ば生まれ、ライター。一九九〇年から台湾初のレズビアン団体「我們之間《わたしたちのあいだ》」の創設に関わり、一九九四年には隔月誌『女朋友』の創刊に携わる。一九九五年「ＡＬＮ（アジア・レズビアン・ネットワーク）台湾大会」の国別報告会に台湾代表として参加。一九九八年、齊天小勝《チーティエンシャオシェン》と共に「我們之間」を代表して米ロサンゼルスで開催された華人レズビアン大会とアジアレズビアン会議に出席。活動では一九九〇年代に同志運動に参加後に同志運動コミュニティからフェードアウトし、その後はさまざまな方法で人と人との対立や障壁を打破していきたいと考えている。

フェミニストで、文学、創作、思考そして自由をこよなく愛する。歳を重ねるにつれ、恋愛とはとても個人的なものだと思うようになり、人に話そうとしなくなった。社会構造による抑圧があることを理解しつつも、「クローゼット」はどこにでも、特に人の心の中にあると感じている。「個人的なことは政治的なことである」だけでは十分ではないと深く考えている。私は自分にもっと忠実になって、世界により多くの愛をもたらしたい。その愛の名前が何であれ。

「ホットライン協会」の尽力には大変敬服している。この度は同《トン》さんの熱意に感動し、インタビュー採録並びに執筆を微力ながらお引き受けさせていただいた。

物語11　藍天《ランティエン》　最高の自分になるために最善を尽くす

「人生は芝居のごとし」と言う。ユーモラスで笑いを誘う芝居もあれば、気迫が漲り、人を震撼させるような芝居もあるし、爽やかで見た人に心地良さを与えてくれる芝居もある。もちろんあなたが好む好まない、望む望まないにかかわらず、実際の人生においては誰もが必ず舞台に立ち、自分の芝居を演じ続けなければならない。しかし、その芝居の設定、つまり時代背景や家庭環境を自分で選ぶことは不可能であり、時が来て銅鑼や太鼓が鳴り響けば、我々すべての人間は舞台化粧をしてステージに上り、限られた条件の下で最高の自分を見せられるように尽力しなければならない。

藍天《ランティエン》は、この物語に間もなく登場する主人公である。この主人公が台湾東部で生まれ育った一九六〇年代初頭の社会はまだ物資が不足していた時代ではあるが、藍天の置かれた環境は輪をかけて苦労の多いものだった。藍天の生家は本人が生涯知る中で最も困窮した家庭だった。藍天が二歳の時に、港湾労働者として働いていた父親が突然この世を去ると、不幸なことは続くもので、藍天の母親はその年に息子をひとり亡くすのだが、それでもなお八人の子供を食べさせていかなければならなかった。母親は女手ひとつで子供たちを養うため、外で他人の洗濯を引き受けて金を稼ぐしかなく、家に戻れば食事の支度や家事を行い、その苦労がどれほどのものであったかは言うまでもないだろう。大勢いる家族のひとりひとりに口がついているので、藍天の記憶では、青菜料理の載った皿が食卓にのぼると、いつもあっという間に空っぽになっていたという。というのも子供のうち五人が男の子だったからだ。物はなかったが、母親の愛情は今でも感じている。ただ、家族全員が母親の収入に頼って生活していたので、母親はほぼ「男になって」いたし、家にいる時間もほんのわずかだった。自分の性格に優しさが欠けていると藍天が感じていたのは、今にして思えば、母親がそんな一面を見せてくれなかったことに関係しているのかもしれない。

あるいはそれが、心優しい女の子に惹かれる理由なのだろうか。中学、高校と、藍天は優しくて面倒見のいい同級生の女子生徒とばかり付き合っていた。「高校時代のガールフレンドとは、時々彼女の家に泊まって次の日はそのまま一緒に学校に通いました」。同志運動も「同性愛」という言葉すらも聞いたことのない時代だったが、女子生徒同士が互いに親愛の情を抱くことはとても自然なことだった。「同級生。ほとんどが同級生でしたね……」。一九七〇年代から八〇年代にはまだオンラインデートはなかったし、藍天が中学から大学にかけてのそれぞれの段階で恋に落ちた相手は全員同級生で、藍天の属していたコミュニティもとても狭いものだった。

高校時代のガールフレンドは順調に台湾師範大学に合格すると、進学のために台北へ旅立ってしまった。一方、藍天の家は母親が突然病気で倒れてしまったため、きょうだいたちは自活するためにそれぞれが奔走を余儀なくされたし、医学的な知識がなくて母親の看病の仕方も分からずにいた。ちょうど再受験の準備をしていた藍天は、働き詰めでようやく子供たちが大きくなったと思ったら病気に罹ってしまった母親のことを可哀想に思い、地元に留まって看病に当たることにしたが、残念なことに母親が回復することはなく、五十代で苦労しどおしだった一生を終えたのだった。母親を看取った後、藍天は台湾北部の大学に進学した。根っからの美しいもの好きな藍天は美術系の道を選び、そして高校時代の後輩の女の子と一緒に家を借りることにした。同じく花蓮出身の後輩は藍天のパートナーになり、ふたりで同居しながらお互いに助け合った。この時のパートナーについて、藍天は「あの子は明るい性格で、歌が上手く、とても魅力的でした。家庭も健全で、経済的にも恵まれていました」と言う。

女性同士の愛の合法性のために闘う方法がなかった時代

藍天は学生生活を送りながら恋愛にも勤しんだ。甘い過去の思い出には、藍天が姉の家にしばらく居候していた時の出来事がある。遊びに来たパートナーと藍天が部屋に籠っていちゃついていると、ふたりの立てる物音を聞きつけた姉の夫に高窓からこっそりと部屋を覗き込まれ、ふたりの秘密を知られてしまったのだ。義兄は後で「その様子だと君たちはレズビアンなの?」と藍天に聞いてきたが、それ以上は何も言わなかったという。「姉夫婦もきっとどうすればいいのか分からなかったんでしょうね」。この時の交際は三年続き、パートナーが男性と付き合い始めたことで関係に終止符が打たれた。しかし、元パートナーと男性の関係は上手くいかず、ふたりはあっという間に別れてしまったのだが、藍天が復縁を迫ることはなかった。「あの子は伝統的な家庭に育った女の子だから、きっと『彼氏が欲しい、結婚したい!』って思っていたんじゃないかな。だから私は無理に引き留めなかったし、私から解放されてもっと幸せになってほしいと思ったんです」。藍天は喪失と痛みを受け止めるしかなかった。「あの子は正常な道にたどり着いたんですよ。私たちには何も言うことはありません。なぜなら私たちは人に与えられるものが何もないからです」

一九九〇年代、台湾の同志運動は正式に幕を開け、二〇〇〇年にはまだ同性婚はその運動の議題に上っていなかったが、二〇一五年にセクシュアル・マイノリティの婚姻平等権運動が本格化し、議論が活発化すると、翌年には立法院外での攻防と集会を経てついに婚姻平等権法案が審議に掛けられることになる。だが、藍天の青春時代には、お互いがどんなに離れがたく、ふたりが不動の愛を誓い合っていたとしても、それはふたりの世界だけのものに過ぎず、現実社会ではまるでラドクリフ・ホールの小説『さびしさの泉』（注1）の主人公スティーブンの嘆きのように、闘うすべを知らず、闘うための武器もなければ、愛する人の守り方も、女性同士の愛の合法性を勝ち取る方法も分からなかった。藍天のシンプルな言葉の中に映し出されるのは、一九八〇年代までまだ普遍的に存在していた〝T〟の心情と無力感だ。「感情面で、ガールフレンドは私にたくさんのものを与えてくれたし、私のことを気に掛けてくれてもいましたが、私たちにはいかなる未来もなかったのですよ」

ガールフレンドが自分のもとを去り、男性と恋愛したり結婚したりしても、藍天はただ黙って受け入れるしかなかった。「私は自分の考えや気持ちを口に出したくはなかったし、彼女がそうやって幸せになりたいなら、彼女のことを手放そうと考えました」。自分の苦しみを相手に伝えなかったのだろうか？「はい、伝えませんでした。もし相手が自分を愛してくれているなら、（こちらの苦しみに）気付いていたと思いますし、もし相手がすでにパートナーを変えたいと思っていたなら、それはそれでいいんですよ。私ひとりが、ゆっくりと元の生活に戻るだけですから」

藍天にとって、人生とは本来無常なもので、変化に直面したならそれを甘んじて受け入れるしかないのだという。だから、結婚して子供に恵まれたかつてのガールフレンドたちに、藍天は連絡を取っていないという。「私はただ元カノたちの邪魔をしたくないだけ。彼女たちの家族は私との関係を知っていたでしょうし、彼女たちには結婚して普通の人生を送ってほしいと考え、それを良いことだと思っているんです。お話ししてきたように、私は彼女たちに何を与えればいいのかが分からないのです……」

結婚するというのは、この時代を生きるほとんどの女性の宿命だったし、それは多くの〝T〟にとっても例外ではなく、お見合いに至っては誰もが経験する普遍的なことだった。藍天のお見合いエピソードはちょっぴり間抜けで、笑えるものだ。地元で知り合ったおばさんが、藍天に自分の息子を紹介してくれたのがきっかけなのだが、当時大学を卒業して一、二年目だった藍天は、地元の花蓮に帰った時に見合い相手と会う約束をしていた。そしてお見合いの当日、相手はバイクに乗って姿を現すと、太魯閣《タロコ》に行こうと言う。「多分、ものすごく緊張していたのでしょうね。私がまだバイクの後ろに乗っていないのに、なんとひとりで走り去ってしまったんです。大真面目な顔で真っすぐ行ってしまったので、私も呼び止め続けるのが申し訳なくて」。その後男性は藍天が後ろに乗っていないことに気付いて戻って来ると、「ひたすらゴメン、ゴメンと謝るんです。第一印象はあまり良くなかったです。うっかり屋なのかなあ、と。私は体重が軽い方ではないので、軽やかにぴょんと乗れるわけないのに、乗ってないことに気付かないなんて。私にも抜けてるところはあるけど、ここまでひどくないので、自分よりも不注意な人に出会ったら、どうしようもないですよ」。もともと「とにかく適齢期なんだし、とりあえず会ってみよう」ぐらいな軽い気持ちで臨んだ見合いは、お互いにビビっと来るものがなかったのでご破算になったのだった。

別の見合いでは、お互いに手紙でやりとりするところまで進展したという。相手は養豚業を営んでいた。「彼は……何というか、南部の男の人ってオレ様なところがあるじゃないですか。私はそれも好きじゃなかったんです」。しかし、結婚について藍天が良いイメージを持てずにいたのは、結婚において女性が非常につらく苦しい立場に立たされる姿を目の当たりにしていたからだ。「私の姉も妹も、どちらも結婚生活がうまくいっていなかったんです。女性は結婚生活において支配される側。例えば夫に要求されればセックスの相手をしなければならないじゃないですか。『お前はオレの嫁だろ!』って。オレは外で女と遊びたい、オレはすごいんだと偉ぶられたら、それに対して何ができますか? 離婚しますか? だから私は結婚後の女性は可哀そうだと思うんです」と藍天は言う。

運命の恩人との出会い

藍天が次の恋に落ちたのは、大学時代のパートナーと別れてから十年後のことだった。一九九四年に雑誌『女朋友』が創刊されると、インターネットが普及してネット上での交際相手探しが盛んになるまでの数年間、『女朋友』のペンフレンド欄「放電小站《ステーション》」が隆盛を極めた。ボランティアが手紙の転送をしてくれるので、安全とプライバシーが守られる上に手数料もとても安かったので（毎期、たったの百元（訳注：約三八〇円））、多くのレズビアンが友達作りの手段として利用していたのだ。そして藍天がそこで出会ったのが、レズビアン・コミュニティに足を踏み入れたばかりの莉莉《リリ》だった。莉莉はやることなすこと細やかで秩序立っている上に注意深くきれい好きだったので、もともと脳天気だけれどもきれい好きな藍天はそんな莉莉のことを好きになった。ふたりはそれから三年付き合うのだが、やがて莉莉が〝鐵《ティエ》T〟（訳注：より男性的なT）の阿力《アリ》を好きになって二股状態に陥り、台中に引っ越したことで、ふたりの関係は破綻した。その後、莉莉は阿力から暴力を振るわれ、藍天に助けを求めてきたが、藍天の莉莉への怒りは収まっていなかった。そこで藍天に同行して莉莉に救いの手を差し伸べたのが、藍天の次のガールフレンド・阿芬《アフェン》だ。カウンセラーでもある阿芬は莉莉に、家庭内暴力の陰から抜け出し、生活を立て直すよう勧めたという。このことから、〝P〟と〝P〟がお互いに支え繋がり合うこともできるということが分かるだろう。

間もなく藍天の人生劇に登場する阿芬は、藍天のその後の人生において、なくてはならない恩人の役を演じることになる。藍天は人生の最盛期に阿芬と恋に落ちた。当時、藍天はグラフィックデザインの仕事用にスタジオを構え、車も家も所有していた。もつれた恋愛関係の渦中にいた阿芬は浮き木を見つけるように藍天と出会い、精神的な安らぎを得ると、ふたりはそれから八年近く交際するのだが、その間も阿芬は元の恋人との関係を維持したままで、藍天もそのことを受け入れていたという。ふたりには共通の趣味が多く、一日中将棋を指し、バドミントンで遊び、映画を見て、アウトドアを楽しみ、旅行に出でかけて美味しいものを食べ歩くことができるほど、相性はぴったりだった。阿芬はさまざまなことに関心を持ち、知性の面でも藍天を惹きつけたが、ふたりの性格は大きく違っていた。阿芬は簡単に腹を立て、荒れ狂った後はあっさりと機嫌を直したが、藍天は怒りを消化させ落ち着くのに時間がかかるタイプだった。藍天は阿芬の以前からの関係を受け入れていたのだが、阿芬が別の女性に惹かれ、その人に乗り換えようとしたので、藍天は阿芬との関係を終わらせることにした。それでも藍天と阿芬の友情はますます強くなり、藍天が故郷の花蓮へ戻ることを決意した時には、阿芬が財務の処理と計画設計に協力し、生活に関するたくさんの大切なアドバイスをしてくれたおかげで、藍天は部屋の売買で利益を上げ老後の資金を貯めることができた。しかし、そのお金を気前よく三番目の兄にあげ、さらに家族支援センター（訳注：家扶中心 Taiwan Fund for Children and Families、児童福祉を目的とした財団）にも（子供の頃にセンターが支援してくれたことへの感謝のしるしとして）お金を寄付してしまったので、手元に残ったお金はわずかだった。後になって藍天の世話にあたる一番下の妹も、この件には腹を立てていた。

花蓮への帰郷、人生の大きな分かれ目

さて、藍天は大学を卒業した後、長い間雑誌のアートディレクターとして働いていたのだが、デジタル化が進むにつれて技術もどんどん進化していき、この業界で仕事を続けていくのが難しくなった。また自由を好み、束縛されることを好まない性格も、藍天がアートディレクターの仕事を辞めてタクシー運転手の道を選んだ理由のひとつだ。「海外に行きたくなったら行けばいいし、休暇の申請も不要、ノルマも気にしなくていい。お金を稼ぐことだってできます。だからタクシー運転手の仕事は好きですよ」と藍天は言う。タクシー運転手を始めてから十数年が経ち、その間も藍

天は常にセクシュアル・マイノリティの団体が主催する活動や講座に参加し続けているという。それ以前の一九九六年に「アジア系レズビアン・ネットワーク会議（ＡＬＮ：Asian Lesbian Network）」（注2）が台湾で開催された時には、藍天はその盛り上がりを体験しており、「〝ＡＬＮ―台北〟はね……」と、今でも当時の熱気が忘れられないかのように「あの時は、烏來《ウーライ》の山荘で……」と話し始める。そう、それは台湾レズビアン運動が急速に発展し始めた、まさにその頃である。楽天的で穏やかで正義感の強い藍天は素晴らしい時間を過ごし、閉ざされたコミュニティを飛び出して台北で同志運動の熱気あふれる雰囲気に参加したことで、仲間たちと出会ったのだった。

一九九〇年代の台北では、同志運動が湧き起こっただけではなく、早い時期からＴバーが出現し盛り上がりを見せていた。林森北路《リンセンペイルー》のカラオケ式Ｔバーのほか、時期を前後して東区《トンチュウ》、台北駅エリア、公館《ゴングァン》などにもパブやディスコなどさまざまな業態のレズビアンが集まることのできる店がオープンした。藍天にとって印象深いのは、台北駅近く（博愛通り）にあった〈Ｂｏｎ〉という店である。カラオケ式Ｔバーのこの店は、雑誌『女朋友』が創刊して数年後に開業し、ずっと『女朋友』に広告を載せていたし、紹介制を取り入れ、店の呼び鈴を鳴らして合言葉を言うような、林森北路に以前からあるＴバーとは一線を画していた。〈Ｂｏｎ〉では〝Ｔ〟〝Ｐ〟といった区別はもはやそれほど絶対的なものではなかったが、それでも藍天はこの店でスーツを着てネクタイを締めた、男性のような〝鐵Ｔ〟に何度か遭遇している。藍天はレズビアン・コミュニティの生態について、現在の純粋なＴバーは「年齢層が低く、店に入るとうるさく感じる！」し、Ｕｎｃｌｅ（訳注：年齢層の高いＴ）に適したバーに至っては、そのほとんどの業態が多様化していてコミュニティの外にも開けているので、純粋なＴバーとは言い難いと語る。

　年齢を重ねるにつれて恋のしがらみがなくなると、藍天の中に故郷へ戻りたいという気持ちが湧いてきた。生活費を考えても（故郷に戻った方が）もっと倹約できるはずと考えた藍天は、八年前、故郷の花蓮に戻り定住することにした。故郷に戻って最初の二年間はタクシーの運転手をしていたという。ある時浴室で転倒し、病院で精密検査を受けたところ、小脳に委縮の兆候が見られた。足の力が入らず、しばらくは車椅子での生活を余儀なくされたが、幸いなことに妹が仕事を引退して病院でのリハビリに付き添ってくれて症状は改善したという。小脳の委縮は遺伝的なもので、タクシーを運転するには危険だということで藍天は早めに引退生活に入ることにした。「毎日たっぷり寝て、規則正しいストレスのない生活を送り」ながら、時々は妹が藍天を有名な山寺や人里離れた寺院の集会に連れて行ってくれるそうだ。インタビュー後の二〇一四年に、藍天は体調を崩し、それからは阿芬が看病にあたっている。一、二年の間に病状はずいぶん進行し、藍天の記憶もあやふやになってしまったので、インタビューには阿芬が代わりに答えてくれることになった。

「花蓮への帰郷が藍天にとってのターニングポイントで、体調はあっという間に悪化していきました。台北を離れた後、人付き合いもずいぶん減って、サポートネットワークは頼りにならないし、インターネットもパソコンもない上に衰えのせいで新しいことを習得するのが難しくてスマートフォンも使えないし、ＬＩＮＥもちんぷんかんぷん」なのだと阿芬。「藍天は、台北と花蓮の二つの世界で落ち着きたいとよく言っていましたが、実際には糸の切れた凧のように成り果ててしまいました。ひとりぼっちで仲間もいなくて、グループでボランティア活動する明るく陽気だった以前の藍天とはまるで別人です」と嘆く。

二〇一六年十月、阿芬は藍天の誕生日を祝うために古い友人を何人か招いて、台北のレストランで食事会を開くことにしたのだが、藍天が台北駅で迷子になり、スマホも繋がらない事態になってしまった。「藍天はケータイを使うのが苦手だから」と不安になった阿芬は急いで家に戻ることにした。すると、路地裏のコンビニに藍天がいたのだ。「その場所を覚えていたんです。かつて私たちがよく待ち合わせをしていた店でした」。四苦八苦しながらようやくレストランにたどり着き皆と落ち合うと、藍天はまるで子供のような満面の笑みを見せ、旧友たちに会えたことをとても喜んでいるようだった。現在、藍天の認知症は中程度まで進んでおり、普段外出する時には必ず妹が付き添っているのだが、長期間介護をしている妹のストレスは大きく、姉妹間の緊張はどうしても高まってしまう。台北往復には、「送迎」が必要だと阿芬は冗談めかして言うが、ひと駅ひと駅しっかり手を打っておかないと、何か手違いがあった場合に誕生日の時のように合流しそびれるような事態が起こらないとも限らない。友人たちの前で、藍天がかつての親密な恋人だった阿芬に「あなたはとても親切で寛大な人。私の大切な友達です」と心の内を打ち明けると、阿芬もすぐに藍天の多才多芸を数え上げる。中学の合唱団の指揮者とクラスリーダー、それにしょっちゅう同級生に漫画を描いてあげたり、同級生に取り囲まれて絵を描いてとねだられていたんだっけ。「二十年前、藍天の書く字は力強く、ガリ版を切るように非常に整っていましたが、転倒してからは書けなくなってしまいました。長い間やりとりをしている文通相手は、藍天の書く文字と文字が重なり合っていることに気付いて原稿用紙を送ってくれたのですが、マス目があっても藍天の書く文字は不安定なままです」

この数年、藍天は絶えず、「寂しい、たくさんいた友達がみなバラバラになってしまった」と言っているそうだ。藍天は台北へ行き阿芬に会うのを楽しみにしているが、阿芬は藍天に付き添うことに段々と苦痛を感じるようになってきたという。阿芬は悔やみながら、しかし無力感に打ちひしがれてもいる。「昔はとても仲の良い友人でした。今はコミュニケーションを取ることができなくなり、連絡は一方的だし、人生に接点もなくて、できることが限られているのです」

「ハッピーバースデー！　お誕生日おめでとう！」。二〇一六年秋、旧友たちに囲まれ五十五歳の誕生日を楽しく過ごす藍天のあどけない笑顔には、何の悩みもないようだ。心を痛めていたのは藍天を取り囲む友人たちの方である。彼らはこのほんのささやかな蝋燭のぬくもりがいつまで続くのか、人生の秋の日のうすら寒さをどれだけ追い払うことができるのか、分からずにいた。

文章／魚玄《ユエシュエン》
聞き手／同、莊蕙綺、小小
訪問日／二〇一三年八月二十三日

1.『さびしさの泉』は一九二八年出版のレズビアン小説の名作。原題は『The Well of Loneliness』、著者はイギリスの作家、ラドクリフ・ホール（Radclyffe Hall）。台湾では二〇〇〇年に女書文化から、二〇一三年に麥田出版から繁体字中国語翻訳版が出版されている。

2. ALN（アジア系レズビアン・ネットワーク、Asian Lesbian Network）。一九九〇年六月に「我們之間」がALNに加盟し、十月にタイのバンコクで開催された第一回ALN会議に参加した。一九九五年八月、第三回ALN会議が台北で開かれ、九か国から百四十名あまりのレズビアンが参加し盛会となる。これが、台湾で初めて開催された国際的な性的マイノリティに関する研究討論活動及び懇親会だった。

物語12　邑《イー》　家は巨大なクローゼットではない：自分らしく生きるまで

「家族に自分の性的指向を受け入れてもらえると、他人が自分をどう思おうが気にならなくなるものです」と邑《イー》は言う。

邑。女性。一九六一年生まれ、嘉義《ジャーイー》出身。すっきりと整えられたスポーツ刈りと白い肌からは、日頃ケアを欠かさず行っていることがうかがえる。インタビュー当日、私たちは西門町《シーメンディン》にある若者に人気の飲料店で待ち合わせをしていた。人々の声はガヤガヤとやかましく、鳴り響く音楽のドンツードンツーというドラム音が鼓膜を震わせ、どのテーブルからも談笑する大きな声が聞こえてくるが、そんな中でも邑がとてもリラックスしているように見えるのは、彼女にとって西門町が、ずっと以前から仕事をしている〝庭〟だからだろう。邑は西門町でレンタル衣装店を営んでおり、台北にある持ち家でガールフレンドと同居している。より正確には、ガールフレンドとその家族と一緒に暮らしている。邑自身は未婚だが、彼女のことを婆婆《ポーポー》（訳注：尊敬の念を込めて高齢女性を呼ぶ呼称、あるいは妻が夫の母親を呼ぶときの呼称、あるいは客家系ならお婆さんを意味する）と呼ぶ人がいるのは、ガールフレンドが既婚者で子供がいる上に、孫までいるからだ。親子三世代、あたり前に幸せな日々を送っているように見える邑だが、若い頃に経験した恋愛は想像を絶するほど苦しみに満ちたものだった。

邑には過去に付き合ったガールフレンドが四人いて、それぞれとの交際期間は七、八年だ。今、この瞬間に立って過去を振り返ると、人の縁とはかくも不思議なものかと驚かずにいられない。というのも、現在のガールフレンドは邑が高校一年の時に密かに思いを寄せていた相手で、つまり邑はいくつかの恋愛経験を経て、最終的に運命の相手と結ばれたというわけだ。現在のガールフレンドは邑に、好きになる相手が同性だということを気付かせてくれた人であり、彼女に夢中になるまでは、邑はただ単純に女の子と一緒に過ごすのが好きなだけで、付き合いたいという特別な感情を抱くことはなかった。

それでも当時の邑がその特別な感情を相手に伝えることはなく、ただ自分の胸の内にそっとしまい続けていた。三、四十年前に時間を戻すと、当時のレズビアンたちは特別に親密な関係だと意識することなく、仲が良いというだけで付き合い始めるのが普通だったし、一度連絡が取れなくなると、たいていの場合は元の鞘に収まることはなかった。縁結びの神様のいたずらで、転校によって失ってしまった赤い糸が今、邑のもとに戻ってきたのだ。

しかしこの恋物語についてはいったん置いておこう。邑が最初に付き合った相手は現在のガールフレンドとは別の人物であり、その彼女こそ邑がカミングアウトするきっかけを作った人物だったという。

彼らは一度も私に話さなかった

その時、邑は高校二年生で、見た目もまだ女の子っぽかった。両親の知り合いが経営する舞台衣装のレンタル店でアルバイトをしながら夜間学校に通い、そこでガールフレンドと知り合った。その頃の学校では、現在のようなジェンダー平等教育や人権教育は行われておらず、邑もまた自分がレズビアンだという意識はなかった。そのためか邑はインタビューの最中、自分のパートナーのことを「ガールフレンド」ではなく「私の友達」と呼んでいた。彼女たちのどちらかが付き合おうと言いだしたわけではなく、ただ自然に手を繋ぐようになったというが、時間が経つにつれ、学校で仲の良かった同級生でさえもふたりの関係に気付き始めた。

昼間の仕事がない時は、ガールフレンドが邑に会いに学校の寮を訪ねてきた。寮は八人部屋だったが、その時部屋を使っていたのは邑ひとりだったので、自然とふたりで過ごすのに最高の世界となり、それ以上のことは読者の皆さんのご想像にお任せすることにして、手短に言うと、ある日、ふたりがひとつのベッドにもぐり込んでいたところを、部屋の点検をしに来た教官（訳注：軍から派遣された軍訓教官）に見つかってしまったのだ。その時の教官もどう対処すればいいのか分からなかったのか、ただ「外部の者は寮に立ち入ってはいけない」という理由でガールフレンドの来訪を禁止するにとどまった。学校の先生もふたりの浅からぬ関係に気が付き、「勉強に影響が出る」というだけの理由でふたりの交際に反対したが、恋愛感情について邑と真剣に話し合うようなことはなかった。

交際を禁じられたにもかかわらず、愛し合うふたりは付き合い続けたが、それを隠そうなんて無理な話である。ガールフレンドは邑の職場をしょっちゅう訪ねてきていたし、邑もまた彼女の相手ばかりしていたので、昼間の仕事にまで支障が出始めた。邑が頻繁に休暇を申請するようになったので、店のオーナーは邑の両親に連絡を取り、邑が女性と交際していることを報告した。だがオーナーから話を聞いた邑の両親の反応は教官や先生と同じで、ふたりの関係に触れることなく、ただ「しっかり働きなさい」と注意するだけだった。

その頃邑は、深夜勤していたガールフレンドの送り迎えを引き受けていたのだが、そのまま思い切って彼女の家に転がり込むことにした。彼女の両親はふたりを単に同級生のようなものだと考えていたのか、邑が居候することに反対することなく、邑にもよくしてくれていた。こうして幸せな時間は卒業まで続いたのだが、ある時、お金が必要になり邑が実家に借りに行くと、ついに両親が沈黙を破り、ガールフレンドとの交際を止めるように言ってきた。気の強い邑が両親の言うことを聞き入れることなく拒むと、別れに同意するどころかガールフレンドの実家が営むレストランで働きだす始末だった。

娘を経済的に追い詰めて主導権を握る両親の計画は失敗に終わり、それからしばらくの間は何の問題もなかったが、しばらくすると邑は現実に屈せざるを得ない状況に陥る。というのも住み込みのアルバイトには給料が出なかったのだ。無収入の邑はガールフレンドに生活費をすべて出してもらわなければならなかった。その後、ガールフレンドが外のアルバイト先の社長と付き合い始めると、ふたりの関係にも強制的に終止符が打たれた。こうして彼女の家にとどまる理由がなくなってしまい、邑は嘉義の実家に戻るしかなかった。

この当時、独身女性は男性に比べて仕事に就く機会が少なかったし、伝統的な考え方では、女性の心配事が「間違った相手と結婚すること」であるのに対し、男性は「間違ったキャリアを選ぶこと」を心配しなければならなかった。女性はある一定の年齢になっても交際相手がいなければ、家族によって見合いがセッティングされたものだ。そして男女の関係が行きつく先はどう考えても結婚だったし、誰もが有無を言わさずこの予定された構造にねじ込まれ、そこから逸脱できる者はごくわずかだった。女性がパートナーを養うためにお金を稼ぐなんてことは言うまでもなく、今日でもそれを受け入れられる人は多くない。

再びセクシュアル・マイノリティ同士の関係に目を向けると、当時はそのような仲を説明するためのいかなる意識もアイデンティティもなく、ふたりの女性が一緒にいてもカップルとは呼ばれることはなかったし、互いに相手に未来を約束できなければ、約束できるかどうかも分からないというのに、どうして婚姻関係と権利について想像をめぐらせることができたというのだろう。邑は「相手が結婚を望むなら、私は手を放すでしょう」とだけ言った。

邑と結婚の距離が最も近くなったのは、彼女が例外なく両親に見合いするように言われた三十歳の時だ。邑は、真っ向から見合いに対抗する道を選び、〝街頭で適当に相手を探して結婚することもできるけど、私の幸せに責任を負えるのか？〟と両親を問いただしたという。「彼ら（両親）は私と（同性愛について）話したことはなかったのですが、私がガールフレンドと別れたことは知っていました。母は別れられてよかった、あの子はよくない、と言ってました。その後新しいガールフレンドができましたが、また別れてしまいました」。両親が邑に恋愛関係についてそれ以上問い詰めることはなかったが、その理由は邑が経済的に自立し、男性に頼らなくても生活していけることを証明したからだろうということが、以下に続くストーリーから示唆される。

自分を自分の会社に閉じ込める

邑の二人目のガールフレンドは香港人で、台湾の友人を頼って来台した養母についてやって来台したのだが、養母に打たれた傷痕を隠すためにずっとサングラスをかけていなければならず、それだけでも十分に可哀そうな境遇だった。邑とは職場で出会い、ふたりの縁もそこから始まったという。そのガールフレンドが店のシフトに入っていたある日のこと、たまたま党外（注1）による激しい抗争が起き、店の外の道路が封鎖されて辺り一帯が混乱状態に陥ってしまった。まだ土地に不慣れだった彼女は邑に電話で助けを求め、邑は彼女を道案内するためにわざわざ店に戻ると、ヒーローが美女を助け出すというお決まりの筋書きによりふたりの間に恋が芽生えたのだった。

その当時、邑は嘉義で一年過ごしたのち再び台北に戻ると、以前にお世話になったオーナーのもとで再びアルバイトをしていた。邑はそのガールフレンドと彼女の養母と同居することで新しい生活をスタートさせた。やがて七年が経ち、邑はアルバイトから起業家へと転身を遂げる。この頃にはさらに多くのセクシュアル・マイノリティの友人とも知り合い、いつもグループで遊びに出かけていたという。当時、邑がどのような環境で遊んでいたかというと、友人らと一緒にしょっちゅう

Tバーに出入りし、中でも足繁く通っていたのが林森北路《リンセンベイルー》の〈新世代閣楼〉という紹介制の店だった。興味深いことに、当時のTバーで接客していたのは〝T〟やゲイであり、そこに〝P〟の姿はなかった。経営形態は主にカラオケとアルコール類の提供だった。

グループでカラオケをしていた時のこと、邑が帰ろうとするとガールフレンドが邑の友人と残りたいと言い出したことで、彼女とその友人との浮気が発覚した。邑は驚愕した。というのもその友人とは旧知の仲で、さらに邑の事業に出資してくれてもいたのだ。同じ志を持つ者同士が目標のために一緒に頑張るという理想的なビジョンは、友人の失恋後に始まった邑のガールフレンドとの浮気により試練に直面することになったのだ。最終的には友人が出資金を引き揚げ、ガールフレンドも邑のもとを去っていってしまったので、邑の恋愛はゼロの状態に戻ってしまった。

ガールフレンドに浮気されるという挫折を味わった邑は、〝T〟の友人たちと酒を飲みに行くのではなく、仕事に没頭することで失恋の痛手を克服する道を選ぶ。インタビュー中、私たちは邑にどうやって感情を消化するのか尋ね続けたが、邑の答えは理性的なものだった。ふたりの年齢は十二歳離れており、出会った頃は邑が二十五歳、ガールフレンドが十三歳とお互いにかなり若かったこと、それに交際期間も十年以上と長かった。そのため別れてもふたりの間には家族のような愛情が残ったのだという。時は過ぎ、現在では三人の間にわだかまりはない。ガールフレンドは早くに結婚出産し、今では自分の家庭を持っているという。

失恋から立ち直るのは簡単なことではない。〝T〟たちの多くは周りに自分の弱さを見せられず、声を上げて泣くこともできず、自分の味わった挫折を誤魔化して隠すという男性的な感情の処理の仕方を選ぶのだが、それは実は強がっているだけである（だって男性にだって泣く権利はありますよね）。私たちは〝T〟たちにこう言葉を掛けてあげるべきだろう。思う存分お泣きなさい！（性別に関係なく）誰もが弱くて脆い一面を外に見せることは許されるのだから。ひたすら泣いて吐き出すことで、つらい心が軽くなるのではないだろうか？

この人こそが、自分が一生添い遂げられる人

すべての別れが次の出会いのためにあるのであれば、私たちも時間を少し進めて、邑の三人目のガールフレンドのエピソードを見てみることにしよう。前述のとおり、当時Tバーでは〝P〟を見かけることは滅多になかった（あるとすればそれは〝T〟の連れとして来店している場合だった）。なので、新しいガールフレンドが欲しければ、Tバーにせっせと通っても意味はない。邑と三人目

のガールフレンドが出会ったのもゲイバーでのことだった。

ふたりが初めて出会った時、邑はすでに三十五歳、そして相手は結婚経験があり子供もいたが、夫の不貞行為が原因ですでに離婚していた。彼女が離婚経験者と知り、邑はふたりの関係が進展することはないだろうと考えたが、相手が積極的に邑を客人として家に迎え入れると、ふたりはやがて肉体関係を持つようになり、付き合い始めた。邑にとって、性格の相性が最も良かったのはこの三番目のガールフレンドだという。きれい好きで家の中はきちんと整理整頓されており、その上ふたりには共通の話題も多かったので、邑はこの人となら一生添い遂げてもいいと思っていた。

ふたりの交際期間は十数年に及ぶ。これは今のレズビアンカップルにとっては一生涯の付き合いに相当するような長さではないだろうか。かつて、人との出会いは人間関係を介してゆっくりと確立されていったものだが、やがてインターネット時代になり、スピーディーかつ情熱的にずかずかと敷居をまたいでテリトリーに入ってくるかのようなオンライン上の出会いは、邑の恋愛にも影響を与えたようだ。ふたりがその後徐々に距離を取るようになったいきさつを、邑はあまり詳しく語ってはくれなかったが、ガールフレンドがインターネットで若い男性と出会ったことがきっかけで、ふたりの関係に亀裂が入ってしまったとだけ明かしてくれた。

私たちが理解に苦しむのは、日常生活の細々としたことは私たちの感情的な直感をすべて封印してしまえるものなのか、ということだ。邑とガールフレンドは板橋（訳注・台北市郊外の町）の家で一緒に暮らしていて、日がな一日仲良くしていたのに、何の異常にも気付かなかったとは。邑によると、ガールフレンドの浮気相手がノーギャラで店の手伝いを買って出てくれ、邑もそれを受け入れてあげたのだが、最終的にはガールフレンドと浮気相手の情事がばれ、十数年培った愛情は別れという結末へ至ったのだという。

この時邑はすでに四十歳を過ぎていて、Tバーやゲイバーに行くこともなくなっていた。店の年下の〝T〟の中には、邑を夜の店に誘ってくれる人もいたが、自分には場違いな気がしていたのだ。人に教えてもらい、ネット上での新しい出会いを試そうとしたこともあったが、チャットルームのスタイルに馴染めず、しょっちゅう年齢を聞かれることにも戸惑いを感じていた。新たな社交場は、邑にとって暇つぶし以上のものにはならなかったのだ。これは何も邑に限ったことではない。レズビアンというのは恋人とふたりっきりの世界にのめり込み、その関係が壊れると再びコミュニティに戻って来るが、その時にはそこは以前のような馴染みの場所ではなくなってしまっているものなのだ。

家族ぐるみで付き合う

若者世代のコミュニティに馴染めない邑が現在のガールフレンドと出会ったのは、当然のことながらコミュニティの中でも仕事場でもなかった。かつて邑からガールフレンドを略奪した例の〝T〟の仲介で、高校一年生の時に密かに思いを寄せていた相手との再会を果たしたのだ。もともとが同窓のよしみにおいては、一通の電話が交流アプリよりも力を発揮することがある。人生を大きくひと回りし、お互いの身の上に異なるシワと記憶を刻んできた、ただそれだけのこと。再会した時、邑は半世紀近い年齢になっていたし、相手は夫と死別後、三人の子供を育てていて、一番下の娘はまだ中学生だった。

付き合い始めたばかりの頃は、ガールフレンドの二番目の姉がふたりの交際に反対していたという。そこで家族会議を開き、ふたりの関係の是非を家族で決めることになった。しかし邑はその話し合いが行われるよりも前にガールフレンドの子供たちとも仲良くなり、両親の家に招いて一緒に食事をしたりもしていたので、その甲斐あって最終的にはガールフレンドの家族もふたりの仲を認めてくれるようになった。付き合い始めて五、六年になるが、中秋節のバーベキューではふた家族が集まるほどで、よその家庭と何ら変わりなく過ごしている。

現在、邑の両親はすでに高齢となり、子供たちの世話を必要としているため、邑ときょうだいたちは半月ごとに交代で嘉義の家を訪れることにしている。ガールフレンドの子供たちが彼女のもともとの住居である基隆《キールン》の家に引っ越したので、邑は常に三つの地点を行き来し、板橋の家に家族全員がそろうのは週末だけだ。中年の抱える問題に直面する邑の姿は、同世代の人たちと何ら変わりはない。

老後はリバースモーゲージで生活資金を確保し、それ以上のことについてはあまり考えないようにしている、と邑は言う。もし本当に何か遺せるものがあれば、邑に良くしてくれた人にちょっとした財産を残し、それ以外はすべて寄付するつもり、と自分のエンディングについてはとてもおおらかに構えている。ガールフレンドの子供たちに対しては年長者として振る舞うのではなく、笑って一緒に過ごせるような、リラックスした関係を築いている。老後は子供がいてもいなくても構わないし、死後の火葬も遺された者が適当にしてくれればそれで十分で、落ち葉が木の根元にかえるように死んだら故郷に戻るという「落葉帰根」の考え方に特別な執着もない。家族の触れ合いを大切にするのは老後の面倒を見てもらうためではなく、家族が腹を割った実直な関係でいるためなのだという。家族の同意を得られると、他人の視線が気にならなくなるものだと邑は語る。

邑は率直に、たくさんの人と出会ってみたいし、いろんなところに行ってみたいとも話す。台湾同志ホットライン協会の中高年向けの活動は、その世代のセクシュアル・マイノリティに交流の場を提供してくれるのではないかと期待を寄せる。今の邑が必要としているのはより多くのコミュニケーションの機会である。彼女はクローゼットの中に閉じこもるのではなく、人々と交わる方を選ぶのだ。

実際、邑が自分の感情の在り方を堂々と堅持し、家族や他人の面前でそれを見せることができるのは、時間をかけて、たゆむことなく経済的な基盤と自己アイデンティティを築き、自分らしく呼吸するための空間を努力して開拓し続けたからにほかならない。現在の社会環境であっても、カミングアウトする自由をすべてのセクシュアル・マイノリティがたやすく実行できるわけではないし、人間関係における排除と弱者への偏見もまた決して是正されることはない。おそらく邑の物語が私たちに教えてくれたのは、自由を追求するとともに、社会に婚姻平等の権利と恋愛関係の保障を求めるだけでなく、生活において真の自立と自分らしく生きるアイデンティティの力を見つけるべきである、ということだ。

文／凱《カイ》
聞き手／凱、莊蕙綺、喬伊、阿毛

訪問日／二〇一六年六月五日

執筆者紹介

凱《カイ》

中高年レズビアンのライフヒストリーの聞き取りに参加することは長年の願いだった。執筆し始めたのは、同志たちの喜びや悲しみを記録しておきかったからだ。本書を開くたびに、私たちの歴史と実在する人々のことを振り返り、私たちが苦労して手に入れた一切を大切にしていきたい。

1. 台湾が戒厳令を解除したのは一九八七年のことで、戒厳令下では政党を組織することが禁じられていた。民進党が正式に結党したのは一九八六年のことだが、それまで彼らは反対勢力から「党外」(唯一の与党以外の人)と呼ばれていた。

物語13　老骨頭《ラオグートウ》〈ハンサムT×美人P〉神話からの脱却

本の壁に囲まれたリビングルームは、まるでこの家の主の物語をかすかに暗示しているようだ。私たちインタビューグループは、そこに円を描くように腰を下ろしていた。やわらかな明かりの下、痩せて小柄ではあるがとても意志の強そうな女性が「どうぞ」と私たちに水とクラッカーをすすめる。「本の中での名前はどうしましょうか？」と尋ねると、彼女はちょっと考えてから笑顔で「それじゃ老骨頭《ラオグートウ》（訳注：老いぼれの意味）としてください！」と答えた。私たちがボイスレコーダーの録音ボタンを押すのを確認すると、老骨頭は準備万端とばかりに、自分の過去を臆することなく力強い声で堂々と語り始めた。

始まり：中国『性史』とアメリカ映画

老骨頭は一九六一年、大稲埕《ダーダオチェン》の茶商一家に生まれた。父親は商売人で、しょっちゅう海外に出かけていて、母親は裁縫の先生をしていた。当時の大稲埕は最盛期だったと言えるだろう。比較的整備されたインフラと政策計画により、定住人口が密集し、商業開発が盛んなだけでなく、すでに確立されていた茶葉の貿易は言うまでもなく、軌道に乗り始めたばかりの紡織業もこの地から栄えていった。台湾の経済が順調に成長していたちょうどその時代、老骨頭の家庭環境は社会的条件に恵まれていただけでなく、後に老骨頭が自分のアイデンティティを見つけるための基礎を与え、育んでくれた。

当時の男尊女卑な社会的雰囲気の中、伝統を重んじる母親は老骨頭の自由奔放な性格をよく非難したが、商売人の父親はちょっと変わり者で、積極的に知識を追求するよう娘に勧めてくれていたという。知識への欲求から、書店巡りを日々の楽しみにしていた老骨頭を惹きつけたのが、棚に並んでいた張競生《チャンジンシェン》による『性史』という本だった。『性史』はマスターベーションから不倫、覗き、同性愛などを含む、当時のありとあらゆる性欲にまつわる話を集めた本で、アメリカの研究者が執筆した『キンゼイ報告』よりさかのぼること二十年前の一九二六年の中国で出版されている。かつては海賊版の製造が最も盛んに行われた発禁本であり、老骨頭が手にしたのは国民党が台湾にやって来た時に一緒に持ち込まれたものだと考えられる。当時まだ十三歳だった老骨頭がこの本を家に持ち帰りじっくり読むことはなかったが、本の中のセックスにまつわるたくさんの物語は、今なお老骨頭の心に深く刻まれている。

本との出会に前後して、老骨頭のピュアな恋が始まった——若い恋人同士のふたりは離れられない関係になり、同級生たちの噂になりながら五年間続いた。老骨頭がしょっちゅうその子を家に連れて来たことで、母親もまたふたりの関係をいぶかしんでいたし、周りに陰口を言われたことで、老骨頭は次第にふたりの関係に疑問を持ち始めた。一九八〇年代には、その前の美援助時代（訳注：物語2の注1を参照のこと）にもたらされた西洋文化が台湾社会で新たな側面を持ち始める。映画はかつて主流だったニュース映画やプロパガンダ映画に取って代わり、多様な映像体験と意味を持つようになっていた。ふたりの青春真っただ中の女子高生が映画館デートに行くと、スクリーンには「同性戀（同性愛）」や「雞姦（男色）」といった類の言葉が登場した。「帰ってから私はその子に『私たちってこれなのかな？』みたいなことを言いました」と老骨頭は言う。この疑問は、実際の生活でも徐々に現実味を帯びていく。周囲の女の子たちにボーイフレンドができ始めると、やがて老骨頭のガールフレンドも男性と交際を始め、こうしてふたりの関係も終わりを迎えてしまったのだ。老骨頭はこれ以上何も考えたくないと思い、読書に没頭することにした。

啓蒙：「搓角度」と『中国人の同性愛』

大学卒業時にインターンシップの機会を得て、その後、高等専門学校のカウンセラーの職を得たものの、答えのないその疑問はますます切迫したものになっていった。というのも身近な女性の同僚たちは既婚者か、あるいは結婚について具体的に話が進みつつある人ばかりだったのだ。そこで老骨頭も試しに男性と付き合ってみることにした。誠実な交際だったが、性的な関係となると葛藤が生じたという。「本当に無理だったんですよ。その時、初めて、自分が好きなのは女性だけだと分かりました」。三年後にその男性と別れた時、老骨頭は三十歳、時は一九九二年、台湾社会は戒厳令を解除したばかりの、それまで地下に追いやられていた社会運動組織がまさに雨後の筍のごとく次から次へと表に出始めた頃で、一九八〇年代初めに登場した「婦女新知」(注1)もまた、この時期に出版社から財団法人へと転身し、後に続く一連のフェミニズム革命の潮流の先駆けとなると、さまざまなジェンダー意識や女性の権利獲得のための闘争が、街頭で、出版物で、新聞で、次から次へと果敢に実践されていった。

カウンセリングの仕事を通じて知ったのか、あるいは新聞で婦女新知の情報を見かけたのか、当時の老骨頭はそのような社会環境の中で知識への渇求と自己へのためらいを心に抱きながら、フェミニズムに没頭する知識分子たちと知り合うと、一九八九年には婦女新知の編集ボランティアたちが立ち上げた「捶角度読書会」（注2）に参加し始める。読書会を組織するメンバーの大半が高学歴の女性で、彼女たちは戒厳令解除とともに出現した大学の女性研究サークルと連携しただけでなく、次世代のフェミニストをも育んだ。読書会の読書リストの中の一冊は一九九一年に張老師出版から出版された『中國人的同性戀（中国人の同性愛）』（注3）で、この本は台湾で初となるセクシュアル・マイノリティのライフヒストリーが書かれた書籍である。この本と出会えたことで、老骨頭は、長年抱いてきた疑問の答えをようやく得られたようだった。

カミングアウト：「我們之間」と雑誌『女朋友』

老骨頭はやがて、読書会の代わりに、一九九〇年に台湾で初めて正式に設立されたレズビアン団体の「我們之間《わたしたちのあいだ》」（注4）に参加し始める。当時の老骨頭はそれまでの恋愛経験や自分の性格から〝T〟を自認し、それを手がかりに林森北路《リンセンペイルー》にある有名なTバーを探し出してひとりで乗り込んでみたのだが、そこで「あなたはちっとも〝T〟っぽくない」と言われてしまったというのだ。「〝T〟っぽさって何だろうね？」」。話を聞いていた私たちは爆笑し、老骨頭も笑いながらこう続ける。「その時アプローチしていた〝P〟にも同じ反応をされてたんです。その人は私の女物の革製のハンドバッグとフレアスカートをポンと叩きながら、からかうようにこう言ったんです。『あなたが私を追いかけるって？　私たち同じ側の人間よ！』って」。自身のこの経験から、一九九四年に「我們之間」が隔月で雑誌『女朋友』を発行し始めると、老骨頭はボランティアライターとしてすぐに「〈ハンサムT×美人P〉神話からの脱却」という文章（注5）を寄稿した。当時は熱狂的な反響があったのだと老骨頭は誇らしげだ。実際にこの文章は多かれ少なかれ、その当時のフェミニズムによるTバーにおける〝T／P〟区分に対する批判に受け継がれ、さらに「知識人」と「Tバーに入り浸る人」それぞれが自分の在り方を模索し、激しくぶつかり合いながら成長するきっかけになった。同じ年、老骨頭は自分自身と向き合い、「Tの中にもPがいて、Pの中にもTがいる」というレズビアンとしての情欲についての文章を書き上げた。そしてさらにコミュニティ内で出会った初のガールフレンドと正式に交際を始めると、とうとう家族へのカミングアウトも果たすことになる。

雑誌『女朋友』は単に定期刊行されていただけでなく、さまざまな活動も主催していた。老骨頭はその頃、読者窓口係として、手紙をくれた読者に返事を出す役割も担っていた。その当時はまだ兄夫婦の家で暮らしていたのだが、老骨頭に宛てた署名入りの手紙を姪に見られてしまい、長い間娘に対し不信感を持っていた母親が、すぐさまその手紙を物的証拠に老骨頭を問いただしてきたので、老骨頭は意を決して真相を打ち明けた、というわけだ。すると両親は老骨頭の性的指向を受け入れることなく、息子夫婦（老骨頭の兄夫婦）を代わる代わる説得役に回しては老骨頭を説き伏せようとしたり、プレッシャーを与えたりしてきた。またその間には何度かお見合いがセッティングされた。ある時は婚約と結婚の日取りまで決められそうになったのだが、見合い相手の母親が依頼した生辰八字占い（訳注：生年月日と干支を組み合わせた占い）で、思いがけず老骨頭が夫に禍をもたらす剋夫の運の持ち主だという結果が出たことでこの縁談は中止になり、老骨頭はホッと胸をなでおろしたのだった。ただしそんな境遇にあっても「それでもまだ男性と付き合ってみようという考えが自分の中に芽生えたし、結婚してくれるゲイ男性を探そうとも思いました」と老骨頭は明かす。だがそのたびに「愛せるのは女性だけ」「愛情のない相手と一生を共にするなんて無理」ということを確信するだけだった。娘に対し、常に知識を追求するよう奨励してきたあの父親は、自分にはどうすることもできないと思ったのだろう、老骨頭がすべてを振り切って家を飛び出すと、程なくして、娘の生き方を祝福する手紙を送ってきたという。

カミングアウト後の数年で立て続けに付き合った二人目、三人目のガールフレンドは、どちらも『女朋友』の文通欄や活動を通して知り合った相手で、さらにそれぞれとの関係は七年近く重なっていた。この複雑な恋愛関係について話し始めた老骨頭は、この時期は自分にとっての「暗黒期」だと率直に言う。二人目のガールフレンドとの相性はかなり良く、「彼女こそが私が最も愛した、でも私を最も傷つけた」相手だった。というのも彼女は前の恋人と長期にわたって別れたりくっついたりを繰り返し、老骨頭を落ち込ませていたから――そのため三人目のガールフレンドと出会った時、老骨頭は自分も二つの恋愛に身を捧げる方が、気持ちが救われるのではないかと考えた。「それに二人目と三人目のガールフレンドはお互いの存在を知っていたので、私が病気の時には、一方が付き添えないと、もう一方に看病するように頼んでくれました」。「こうして私はふたりとオープンな関係だったのですが、彼女（二人目のガールフレンド）は私に対してそうではなかったのです」と老骨頭は言う。結局一九九七年に二人目のガールフレンドとの関係を手放すと、その四年後には三人目のガールフレンドとの恋も突然終わりを告げたのだった。

老年：現在と将来

恋愛関係は終わってしまったが、二人目、三人目のガールフレンドとの友情が壊れてしまったわけではなかった。彼女たちとは相変わらず互いに関心を寄せ、連絡を取り合っていたのだが、二人目のガールフレンドが今年になってこの世を去ってしまった。老骨頭には彼女の葬儀に参列する理由がなかっただけでなく、彼女の入院中も見舞いに行くことすら断られていたという。というのも「元カノ」というのはものすごくセンシティブな存在で、病の床に伏してからも彼女はその当時付き合っていた同性の恋人に昔の恋人と今も連絡を取り続けているという事実を隠していたのだ。このことに話が及ぶと、元気いっぱいだった老骨頭の声はすっかり沈んでしまい、そしてテーブルの中央を見つめながら「実は、私の一番の親友も今年この世を去ってしまってね……」と悲しそうに言葉を続けた。この一番の親友というのは大学時代に出会った異性愛者の女友達だという。ふたりは三十年来の仲で、老骨頭がコミュニティに足を踏み入れる前から歴代のガールフレンドとの恋愛に至るまで、すべての悩みをこの親友には打ち明けてきた。しかし最近、彼女が病気をきっかけにキリスト教に改宗してからというもの、老骨頭がセクシュアル・マイノリティであることを受け入れられなくなったというのだ。老骨頭は表情を曇らせながら淡々と話を続ける。親友を見舞ったある時、老骨頭は彼女に「入信する前の方がよほどキリスト教徒っぽかった。あなたがかつて私を愛してくれたように、キリスト教徒は愛情深いとずっと思っていたけど、あなたは入信してから、逆に愛情が無くなってしまった」と言ったのだという。それ以来、ふたりがそのことについて二度と話すことはなかった。

腹を割って話すことのできる相手はおらず、さらに今年になって、かつて最も親密だった友達と元恋人の両方と永遠の別れを迎えた。しかしたとえ彼女たちと老骨頭の間を生死の境が引き裂かなかったとしても、世俗のあらゆることが、彼女たちを老骨頭から遠ざけただろう――そのひとつは宗教心であり、もうひとつは関係性を安定させる手立てがないことだ。

現在の老骨頭は、相変わらず自分の興味の赴くままに好きなことを続けている――球技に歌、そして読書と、充実した日々を送っている。私たちが老後の生活のイメージについて質問すると、老骨頭は経済的には何とか自立できるが、「怖いのは孤独ですね」と答えた。シングルになって五年になるが、老骨頭は今なお誰かにそばにいてほしいと思っている。だがしかし年齢がパートナー探しに影響を及ぼしているようで、オンラインデートのグループは自分には場違いな気がするし、「相手に調子を合わせることにますます耐えられなくなってきている気がする」と言うと、老骨頭は口をつぐんだ。その視線はリビングルームにある本格的なオーディオ機器に向けられている。彼女は少し落ち着いた様子で言葉を続けた。「だからね、最近はコミュニティ内のお付き合いは控えめにして、同世代の異性愛者を家に招いて歌を歌っているんです。話題も比較的近いし、気晴らしも悪くないですよ」。老骨頭は再び間を置くと、何かを思いついたように、元の活気に満ちた笑顔を浮かべながらこう言った。「ほら、今度あなたたちも歌いに来なさいよ。ね？　必ず来てよ！」。はい、分かりました、そうします、と、私たちは口々に明るく返事をした。

帰り際、私たちは老骨頭の背後に並ぶ、人生の大半の時間をかけて収集された書棚いっぱいの本を見せてもらった。数々のフェミニズム思想に生命の息吹をもたらしたこれらの言葉たちは、老骨頭の人生にも影響を与え、彼女を動かし続けてきた。老骨頭の小さな体は莫大な知識の前に立ち、その一切を顧みない心からの愛を抱きながら、きっと、立ち止まることはないのだろう。

文／韋樺《ウェイフア》、柚子《ヨウズ》
聞き手／韋樺、柚子、同、荘蕙綺
訪問日／二〇一六年十月十五日

執筆者紹介

韋樺《ウェイフア》

話すよりも書くことの方が得意な大学院生。あの時代やさまざまな人間関係の築き方を理解したいという思いを抱えて中高年ＬＧＢＴワーキンググループに参加してみたら、模索の途上で、私は決して孤独ではないということを知った。

柚子《ヨウズ》

大学一年生になってから、自分のセクシュアル・アイデンティティに気付き始めると、かなりスムーズに自分のことを受け入れ、さらに家族や友人へのカミングアウトに至る。大学一年の時に同志サークルに参加し、その一環でＮＵＬＡ（北區大專院校女同志社團聯盟, North University Lesbian Association、北部レズビアン大学サークル連盟）、ＧＬＡＤ（校園同志甦醒日, Gay & Lesbian Awakening Days、学生同志の覚醒日）、同玩節（訳注：二〇〇〇年に台北市の主宰で始まったＬＧＢＴイベント）、台湾プライド、熱線晩會（ホットライン・イベント）などのソーシャルコミュニティ内のさまざまな活動に参加し続けている。活動の場を東京レインボープライドやソウル・クイア・カルチャー・フェスティバルなど、国外にも広げ始めた。あらゆる国のセクシュアル・マイノリティ・コミュニティの活動に参加し、全世界のセクシュアル・マイノリティと連帯して、すべての人に同じ権利が与えられるようになることを願っている。

1. 「婦女新知」は台湾で初めてのフェミニズムを推進する民間団体で、高学歴の女性知識人らより一九八二年に設立された。創設メンバーは李元貞《リー・ユエンチェン》、劉毓秀《リュウ・ユウシウ》、尤美女《ヨウ・メイニュウ》ら。定期刊行物を出版するほか、さまざまな活動を主催する。台湾が国民党政権による戒厳令下に置かれていた時期には反動的な色彩があまり見られなかったため、全体主義政権の中で生き残ることができた。戒厳令が解除されるまで、財団法人として設立されていた。

2. 「揑角度讀書会」は婦女新知の編集ボランティアたちが独立して立ち上げた読書会。雑誌『婦女新知』一九九一年三月号に掲載されたコラム「一個女人組織的成長――回顧揑角度」が根拠となる、女性の視座は常に「歪んでいる」と認識されていることが多いという事実と、何春蕤《ホー・チュンルイ》ら（訳注：何春蕤は台湾におけるセクシュアリティ／ジェンダー研究の指導的研究者）による論文「近年台灣重大性／別事件」で、漢字「歪」の横に手偏「扌」が付くと、「誤って歪められた」意味になるとの記述が由来となり、固定観念にとらわれずに思考してみようという意図が読書会の名前に込められている。参画者は丁乃非《ディン・ナイフェイ》、王蘋《ワン・ピン》、鄭美里《チェン・メイリー》らで、当時まだ学生だった張娟芬《チャン・ジュエンフェン》なども読書会の出身である。彼女らは定期的に集会を開き、フェミニズムに関する名著を読み、エロチシズムの持つさまざまな側面のプレゼンスを重要視した。

3. 『中國人的同性戀（中国人の同性愛）』は台湾で初めて同性愛について書かれた専門書であり、当時はまた「同性愛バイブル」としてももてはやされた。タイトルにある「中国人」は当時の社会の雰囲気による産物（訳注：戒厳令期には、台湾の独立を唱えるのが禁止なので、「台湾」という言葉を使用すること自体も難しい）であり、「台湾」という言葉は政治的に非常に敏感なもので、関連する政策もまた枚挙にいとまがなかった（例えば台湾語やその他の方言でしゃべることが禁止されていた）。

4. 「我們之間《わたしたちのあいだ》」は一九九〇年に設立された台湾で初めての正式なレズビアン団体である。魚玄《ユイ・シュエン》「社会運動団体から成長の道に至るまで」（二〇〇二年）によると、参加していたレズビアンは四千人を超えていたという。雑誌『女朋友』は「我們之間」による隔月刊の雑誌で、一九九四年に創刊され、全部で三十五期、出版された。

5.

蔡雨辰《ツァイ・ユーチェン》による「レズビアンの集合創作――雑誌『女朋友』を再び訪ねて」（二〇一七年）によれば、三十五期の間、『女朋友』はボランティアが中心となり編集され、組織に固定メンバーは存在しなかったという。

「〈ハンサムT×美人P〉神話からの脱却」

「最初はやっと自分と同一のアイデンティティを手に入れたと思ったのだが、かえってあてが外れ、アイデンティティが混乱し、自分の面貌がぼやけ始め、合っていたと思っていたカメラのピントが突然ズレ始めたように、自分の目の中に映る自分と他人のそれとは、これほどまでに大きな隔たりがあることが分かったのだが、果たしてそのギャップは一体何なのか？ 本当の自分は一体どこに位置付ければいいのか？（中略）今、もしも誰かが私に『あなたは〝T〟それとも〝P〟？』と質問してきたなら、私は『あなたはどう思う？』と返すことで自分自身の『私』の位置から能動的に攻撃し、相手が私を〝T〟〝P〟のどちらかに位置づけようと、他の人が私をどのように見ているかについて、それを考える。（中略）現在の私は、強さと柔らかさの両方を兼ね備え、内側は丸く外側は四角く、両性の特性を完全に融合させたニュートラルな人間になるよう成長することを期待している。厳格なジェンダーパターンとその枠組みを打破することができるのだ。（中略）ここは男女の境のない、豊かで完全な世界であり、そこでは男性の中には女性が、女性の中には男性が、そしてTの中にはPが、Pの中にはTが存在しており、それぞれの特徴が円融することで、互いに完全で豊かな人間へと成長するのだ。」（老骨頭の過去の著作「〈ハンサムT×美人P〉神話からの脱却」より一部を抜粋）

物語14　同《トン》　これからの人たちが苦労しないように

「さあ、写真を撮ろう！」。台湾同志ホットライン協会の活動だけでなく、仕事の会議や食事会、それにプライベートでも、率先して記念写真を撮ろうと熱心に動き回る同《トン》の姿を見かける。将来もし筆者が回顧録を書くことになったら、自分のここ十年間の写真は同の写真データの中からきっと探し出せるだろう。筆者に限らず、ホットライン協会の同の仲間や各方面の友人についても言えることだ。デジタル時代、誰もがスマートフォンを持ち、写真を撮ることは息をするようなもので、別に珍しいことではない。大部分の人は自分の姿を見せるために、あるいは仕事の記録として写真を撮るかもしれないが、同は被写体が彼女にとってかけがえのない友人であること、そして友情の証しとして、写真を撮る。その愛されキャラぶりは、同のフェイスブックのタイムラインを見れば一目瞭然である。

一九六一年生まれの同は四人きょうだいの長女で、弟が三人いる。同の記憶では女性に好意を持つようになったのは幼稚園の時。その頃は同級生の女の子をからかって、わざとシーソーから落としていたという。子供はこのような馬鹿げたやり方で、好きな相手の気を引こうとするものだ。小学三年生の時には同じクラスに一緒に登下校したいと思わせる女の子がいたが、同は細心の注意を払ってその子に自分の好意がバレないよう隠していたし、他の人に知られて嘲笑されるのを恐れていた。

子供の頃は活発で普段遊ぶ相手も男の子ばかりで、伝統的な物静かで女の子らしい格好はしていなかったという。これらの記憶の舞台は一九七〇年代、半世紀近く前の台湾社会であり、当時は同性愛がまだ社会的にタブー視されていた時代だった。

恋は慎重に

職業高等学校では軍事訓練の時間にスカートを着用しなければならなかったが（訳注：高等学校の特別課程である軍訓課（軍事訓練）時に着る〈軍訓服〉、女子用はスカートだった）、それ以外の時間は極力ズボンを穿くようにしていた。自分がクラスメートとは違うことを隠すための努力を怠らず、普段から聞き分けの良い生徒として振る舞っていたので、教師からとても可愛がられていたし、クラスの皆と仲良くしていたので、仲間外れにされるようなこともなかった。同は冗談めかして、あの子が正妻で、あの子が第二夫人、あの子が第三夫人、というようなことを言っては同級生と騒いていたが、同性が好きなことを知られまいと、誤魔化しながらこの遊びを楽しむしかなかった。一度、ある同級生がブラジャーの中に何かを隠すと、それを同に取らせようと挑発してきたことがあった。同はあまりの恥ずかしくていたたまれなかったという。

やがて「第二夫人」が末期の白血病で入院した。彼女の家族はまだ若くて結婚もしていないから、往生しても祖先の墓に入れてあげることもできないし、姑娘廟《グーニャンミャオ》に祀るしかない（訳注：女性は結婚し家を出るものとする伝統的な考えに基づき、若くして未婚のままこの世を去った女性の位牌が生家の祭壇に置かれることはなく、姑娘廟と呼ばれる廟に祀り供養を執り行う）とため息を漏らしていた。すると「第二夫人」は家族を慰めようと「してるよ、私、結婚したの」と言ったという。彼女の姉からそのことを知らされ、同はとても驚いた。同がふざけて言った冗談を、彼女は真に受けていたのだ。この出来事がきっかけで、同は「人間関係」でふざけてはいけない、確信を持ってから言う、言った後には責任が生じると考えるようになった。そして人間関係に対し慎重になった同は、自分から関係を終わらせるようなことはしないのだという。

三十二歳の時、同に初めてガールフレンドができた。相手はある団体で知り合ったずいぶん年下の女性だった。彼女とは引っ越しを手伝ったり、仕事探しを手伝ったりと一緒に何かしているうちに好感を抱くようになり、だんだんと彼女に対して愛情が芽生えていった。その彼女と泊まりがけの活動に一緒に参加した時のこと、女性グループは全員で大部屋に泊まることになり、同は彼女の隣の布団で眠りについたのだが、なかなか寝付けず何度も寝返りを打っていた。というのも同はある衝動——彼女の唇を奪いたくてたまらない衝動に駆られ、どうしようもなかったのだ。キスしたいけど、彼女が気付いて目を覚ましたらどうしよう。同の心の中では衝動と恐怖が激しくせめぎ合っていたが、結局はこらえきれずに彼女にキスしてしまった。翌朝、彼女がどんな反応をするのか、自分を受け入れてくれるかどうかを心配しながら同が目を覚ますと、彼女は眠っている間に見たという夢の話をし始めた。同はそれを聞きながら、心臓はバクバクしっぱなしだった。「夢の中で海に落ちたんだけど、あなたが助けてくれた!」。それからふたりは付き合い始め、一時期は一緒に暮らしていたという。関係は十年ほど続いたが、ふたりの出会った団体がとても保守的だったので、排斥されることを恐れて、「交際」はふたりだけの秘密にしていた。

道徳的な抑圧から、セックスに関してはふたりとも禁欲的な日々を過ごしていたし、愛を語らい合うことも、ふたりの関係について話し合うこともなかった。やがてガールフレンドは社会的なプレッシャーに押され異性との結婚を選ぶと、同の元を去っていった。同もまた、長い時間を過ごしたその団体を離れることにした。それから十年後、同が当時団体で一緒に活動していた何人かの仲間に当時のことをカミングアウトすると、仲間たちはあっさりとふたりの関係に気付いていたことを認めた。ただ団体の保守的な雰囲気が、同性愛を「言えない秘密」にしてしまっていたのだった。

その彼女と出会う前、同には同志コミュニティとの繋がりはなかった。ガールフレンドを除くと、セクシュアル・マイノリティの友人は、同じ職場で働く自分より十歳年上のゲイ男性だけだった。二十代の時（一九八八年前後）、そのゲイの同僚が台北の民権東路《ミンチュエントンルー》と新生北路《シンシェンペイルー》の交差点にあるTバーや、中山北路《チョンシャンペイルー》と南京東路《ナンジントンルー》の交差点の地下にあるゲイバーに連れて行ってくれた。当時のセクシュアル・マイノリティ向けの飲み屋はどこも酒をグラスに注がず瓶や缶を口に付けて飲む直飲み形式で（注1）、ビールやワイン、ウイスキーもあれば、カラオケも楽しめた。それらの、当時わずかにあったセクシュアル・マイノリティ向けの空間が無口な同の生活の一部にはなることはなかった。

四十二歳でガールフレンドと別れた後、同はインターネットにアクセスする方法を学び、他のレズビアンの痕跡を探すことにした。パソコンに詳しくない同は、弟が仕事で使っていたＭａｃを借りると、インターネットで「女同志（レズビアン）」という言葉を検索した。すると、「維維小窩《ウェイウェイの小さな巣》」「湯姆女孩《トムボーイ女子》」といったレズビアン向けのサイトがヒットした。同は黙々とサイトの文章を読み、同志コミュニティの文化を研究し、時々はサイトにコメントを書き込んだ。やがてインターネットを介して友達作りも始めた。

初めのうちは、インターネットで友達を作るのが怖かったのだという。臆病で内向的だったし、インターネット上の友達が悪い人かどうかが分らなかったからだ。「台北駅で会う約束をするのですが、待ち合わせ場所から離れた歩道橋の上から電話をかけて、電話に出る人をそこから観察し、相手が変人でないことを確認してから声を掛けるようにしていました」。ある時は友達に付き添ってもらい、意を決し相手に会ったこともあった。今にして思えば、「悪い人」に出会ったことはない。当時知り合った友達の中には話の合う人たちもいて、彼女たちとは十年以上経った今でも連絡を取り合っている。

同志運動に参加し始める

二〇〇五年、台湾性別人権協会主催のアジア・レズビアン映画祭が台北で開催されると、同は当時付き合っていた二人目のガールフレンドに連れられて一緒にチャリティグッズを買いに映画祭会場を訪れた。そこで王蘋《ワン・ピン》、江嘉雯《ジャン・ジアウェン》、陳俞容《チェン・ユーロン》ら性別人権協会のメンバーと知り合い、意気投合して友達になった。この出会いがきっかけで、同は同志運動と密接に関わることになる。

性別人権協会は同が初めてボランティア参加した社会運動団体だ。同はそこで活動やディスカッション、それにレズビアン映画祭のオープニング映像にも出演を果たした。それが自分にとっての社会運動デビューでした！と同は笑う。協会に参加しながら社会運動について学んだ当時の感動を今も覚えているという。「記者会見の前の晩、真夜中になっても彼ら彼女らはまだ道具を作ったり、原稿を書いたりしていたんです。私は献身的に社会運動に取り組む人たちの姿を目にしました。行動力があり、何か事が起こると、自分たちとは異なるテーマの社会運動であっても、電話一本で応援に駆けつけるのです」

セクシュアル・マイノリティの友人がひとりもおらず、コミュニティについて何も知らなかった同は、さらにその後、ホットライン協会の中高年ＬＧＢＴ、トランスジェンダー、エイズなどさまざまなワーキンググループへの参加を経て、現在では協会の常務理事を務める。反核や楽生（訳注：ハンセン病療養施設の名称）入所者への支援、売春婦の人権支持はもちろんのこと、障害者の人権、外国人労働者の休暇支持など、ほとんどの社会運動に参与しているので、同の姿は常にホットライン協会の社会運動サポートチームで見ることができる。

実直で義理人情に厚い同は「それからさらに多くの同志運動や社会運動に参加するためのパワーを得たのは、性別人権協会のボランティア研修を受けたおかげです」と言う。

十年前、ガールフレンドと別れた時に同は一度だけ「もしも自分が男だったら彼女とそのまま付き合い続けることができただろうか？」と考えたことがあった。この時、生まれて初めて性別適合手術が頭をよぎったというが、ほんの一瞬のことだった。同は中性的な容姿に中性的な服を着て、いわゆるステレオタイプな「女性」ではない。十年前、何度目かの中高年ゲイのための日帰りバスツアーで、ある年上のゲイが昼食を食べながら、「あの『ハンサムくん』（同のこと）と一緒にお食事したい」、と言っていたらしいが、あとで同が男性ではないことを知り、大いに驚いていたという。

　トランスジェンダーについて、まだきちんと理解していなかった当時、同は性別を変えて初めてトランスジェンダーなのだと考えていた。その後、同が自分の性別移行について考えることはなかったが、台湾初のトランスジェンダー支援グループ「TG Butterfly Garden（ＴＧ蝶園）」の旭寛《シュー・クアン》にＴＧ蝶園への加入を勧められた時、同は反射的に「私はトランスジェンダーじゃない！」と反応してしまったという。その後、トランスジェンダーについて正しい知識を得て、またＴＧ蝶園の活動やホットライン協会のトランスジェンダーワーキンググループでたくさんの当事者と知り合ったことで、その多様性について学び、性別移行したい人だけでなく、性別移行したくない人もまたトランスジェンダーであることを理解したという。

　二〇一〇年初め、同は友人の招きでホットライン協会の中でも最も責任の重い電話相談ボランティアの研修に参加すると、半年間にわたり毎週火曜日の夜間に三時間の集中講義と試験、それに実技訓練を受けた。二十年前にホットライン協会が設立されてから現在に至るまで引き継がれることの制度において、研修に参加するということは、電話相談ボランティア業務を引き受けることの本気度を証明することにほかならない。研修に参加する前、同は母親と台北から台湾中部の田舎町に引っ越し、足を骨折して人生のどん底にいた。

「子供の頃、母が構ってくれたことはなく、いつも父が私たちの面倒を見てくれました。その後父が突然亡くなると母は十一年もの間遠く離れた日本へ出稼ぎに行ってしまったので、私たちはずっと離れ離れで暮らしていたのですが、母が台湾中部に戻ってくることになり、一緒に暮らしたいと思ったんです。ちょうどその頃、十年以上勤めた工場の中国大陸移転が決まり、中国に行きたくなかった私はそれを機に仕事を辞めました」

田舎暮らしの数年間は、仲間と会えない孤独な日々だった。そんな時に足に重傷を負ったのだ。同は石膏ギプスで動けず、独りではトイレにも行けないような生活を三カ月間余儀なくされると、続く回復のための一年間の休養ですっかり活力を奪われてしまっていた。そんな状態だったので、ボランティア研修のために台北に戻ることは同にとって救いだった。研修期間の半年間は仲の良い友人が気前よく自宅のリビングに居候させてくれたので、同は週末になると母の住む中部に戻る生活を送っていたという。それは冷静さと人並外れた忍耐強さがなければ、到底乗り越えることができない日々だった。

渋くて格好いい〝T〟の母

同が同志コミュニティに足を踏み入れるよりも前に知り合ったセクシュアル・マイノリティの友人は、前述のゲイの同僚だけだった、と言いたいところだが、それは完全には正しくはない。正確には、同には幼い頃から大人になるまで、母親の友人たち——同じく女性を愛するおばさんたちと知り合いだったのだ。しかし同は「おばさんたちは目上の人なので、私とセクシュアル・マイノリティについて話し合ったり情報交換をしたりすることはあり得ないんです」と言う。

母親が〝T〟だったことで、同は他人とは異なる人生を歩んできた。(注2)

まだ子供だった同は、自分の母親が他のお母さんとは違うことは気付いていたという。よそのお母さんは女性物のスーツやロングスカートを着ていたが、自分の母親がそんな格好をすることはなく、どう見ても他の母親たちと同じではなかった。子供の頃は母親に連れられて、いろんなおばさんの家を訪ねたものだが、思えばとあるおばさんと母親との関係は他のおばさんのとは違っていたし、母親はしばらくの間その人の家で暮らしていたこともあったという。その頃の同の頭の中には、まだ同性愛という考え方はなく、それに単純だったので深く考えることもなかった。中学生になり、少しずつ同性愛について分かり始めると、母親が一部のおばさんたちと一緒にいる時の様子が普段とは違うことに気付き、初めてその人が母親のガールフレンドであることに気が付いた。母親が風変わりだということで同がいじめられるようなことはなかったが、ただ時々近所の人が変なことを言っていたのは覚えている。

「当時、私たちの家の周りには田畑があり、そこで作業していた女性たちがぞんざいな口ぶりでありもしない噂話をしていました。女性たちは、私の母の下腹部にはイチモツ（男性器）が付いているというのです。当時はそれが母を嘲り罵る言葉だとは気付かず、ただそれはあり得ないし、おかしなことを言ってると思っていました。大きくなってようやく、それが私の母を非難する言葉だったことを理解しました」。何が正しく何が間違っているのかが分からなかった純粋な同は、ただただ「非難されるのは良くないこと、私たちが間違ったことをしているなら恥ずかしい」と考えていた。

軍を退役した父親は、家族を養うために飲食業を営んでいたが、母親は結婚後もその当時〝ズボン女〟と呼ばれた〝T〟たちとの放蕩の日々を送り、既婚者の身でありながら何人ものガールフレンドと付き合っていた。「母のそんな一面を父が知っていたのか私は分かりませんが、たぶん父の郷里では女性がズボンを穿くのが当たり前だったので、気にしていなかったのかもしれません。父と母は私から見て特に仲が良かったわけではありませんが、ふたりの関係は悪くもありませんでした。父はいつも子供たちのことを第一に考えていたので、母がたくさんの友人たちと遊び歩くのを見ても、そのことについてほとんど口出ししてなかったですね」

記憶の中の父親はとても面倒見が良かった、と同は話す。以前は家の経済状況も良く、毎年新年になると新しい服を着せてもらえたし、弟は布袋劇（台湾の伝統的な人形劇）の人形も欲しいと大騒ぎしていた。台湾では一九六〇年代から七〇年代にテレビ放送が始まるのだが(注3)、当時テレビは大人にとっても子供にとっても目新しいものだった。同の家にはテレビがなかったので、弟を連れて近所の友達の家に見せてもらいに行っていたのだが、そのことで近所の人に陰口をたたかれてしまった。家に帰りそのことを父親に泣きながら訴えると、翌日、父親がテレビを抱えて帰ってきた。その後家の経済状況が傾いてからも、子供たちが誰ひとりとして人の道を外れずに済んだのは、人としての在り方を父親が行動で示してくれたからだと同は考えている。

とてつもなく大きな経済的プレッシャーに追われる

やがて父親が友人に借金を踏み倒されると、家の経済状況が悪化し始める。同が職業高等学校を卒業した年に父親が突然交通事故でこの世を去り、お金のやりくりに追われる日々が始まった。父親が亡くなった翌年、よりたくさんの金を稼ぐために母親は友人の勧めで遠く日本へ出稼ぎに行くことを決め、台湾に残された十九歳の同は、当時十八歳、十六歳、十一歳の三人の弟の面倒を見なければならなくなった。

母親は日本に出稼ぎに行っていた十一年間のうち、二年目に一度だけ台湾に帰って来たが、その後の九年間は一度たりとも戻って来ることはなかった。あれは一九八〇年代初めのことで、台湾がちょうど一般市民に海外旅行を開放し始めた頃のことである（注4）。飛行機に乗って海外に行くことは、ほんのひと握りの裕福な人たちに許された贅沢だった。当時の台湾では家庭用の電話がまだ普及しておらず（注5）、おまけに国際電話の通話料がとても高かったので連絡を取ることもままならず、それは母娘間の関係に影響を及ぼし、心理的なすれ違いの原因になった。

セラミック工場で働き始めた同は、月初に給料をもらうとまず母親が日本に行くために金を借りた標会（注6）に五千元を納め、それから家賃を払うと、手元にはいくらも残らなかった。月中はいつも金欠だったので、同僚に金を借りてやり過ごすしかなかった。恥ずかしがり屋だった同は、お金を貸してほしいとなかなか言い出せず、同僚にどう伝えようかと二日間かけて繰り返し言い訳を考えたが、最終的には必要に迫られ、思い切って同僚に借金を相談することにした。そして翌月に給料をもらうと真っ先にその借金を返し、さらに普段の同僚との信頼関係も相まって、同僚に金を借りることは同にとってさほど難しいことではなくなった。

標会の代表者が金を回収しに自宅にやって来ても返せる金がない時は、呼び鈴が鳴っても部屋の電気を消し弟たちと一緒に息をひそめて居留守を使った。借金苦は、当時の同にとって何よりも怖かった。そんな綱渡りの日々が一年半続いたが、やがて二番目の弟が高校を卒業し働き始めると、同にのしかかっていた巨大な経済的プレッシャーは、少しずつ軽くなっていった。

その頃、母親は日本と台湾を頻繁に行き来するひとりの女性に、日本で稼いだ金を同に渡すよう頼んでいた。だが、その女性は母親のお金を横領した上に、母親が日本で賭博の借金を抱えていると同に言ったのだ。その話を聞き、同はそれ以上母親の状況を確認する勇気さえなく、ただ母親が異国の地で危険な目に遭っていないかを心配するだけでなく、その女性に対しては極めて丁寧な態度で接するようになり、心の中では彼女が母親を台湾に連れて帰ってくれないかとすら願っていた。「私と弟たちはその人が台湾に戻って来たのを知ると家を訪ねましたが、その人は私たちに日本から持ち帰ったチョコレートをくれるだけで、現金を渡してくれることはありませんでした。その当時、彼女の家が舶来品であふれているのを見て、お金がある人はいいなあと羨ましく思っていました。まさか母が苦労して稼いだ金で買ったものだなんて思いもせずに」。母親はその女性のことをすっかり信頼していた上に、当時は連絡を取り合うのも容易ではなく、同たちには実状を確認するすべがなかったので、この大胆な詐欺行為は何年も続いたのだった。

このことは、数年後に母親が台湾に戻ってきてようやく発覚する。怒り心頭の母親がその女性の家に乗り込むと、「その女性が私に電話をよこしてきて、アンタの母親が発狂しているからすぐに連れ帰って、と言ってきたんです」と同は当時を振り返る。最も信頼していた人に騙され、自分の子供たちを生活苦に陥れたことへの母親の怒りは想像に難くない。

ホットライン協会の中で最も長く務めた電話相談ボランティア

二〇一〇年に電話相談ボランティアの研修を終えた同は、それから現在に至るまで九年間も粘り強く電話相談を続け、今では協会の中で最もボランティア歴が長い。この年の十月に、同はエイズワーキンググループの新人ボランティア研修にも参加している。レズビアンの多くにとって、エイズは自分から少し縁遠い病気であるが、同にとってはある時期、自分にとって身近な病だったのだ。

筆者は同がエイズワーキンググループに参加したのは、二番目の弟が亡くなったことがきっかけだと考えていたのだが、同はそうではないと言う。「電話相談でエイズについて質問された時に、間違った情報を伝えたくなくて、研修に参加したんです」

言い終えて間もなく、同は何かを思い出したようだった。「でも、エイズワーキンググループに参加したことで、弟の当時の状況をようやく理解できたのでした」

同の二番目の弟にＨＩＶ陽性反応が出てからこの世を去るまでの前後約一、二年というのは、カクテル療法がまだ確立される以前のことである。「私と弟はお互いがセクシュアル・マイノリティだということについて話したことはなかったし、エイズは死に至る病とだけ理解していて、それ以外のことはほとんど知りませんでした。私は彼に体を大事にしてとしか言ってあげられず、弟を性病予防治療所（注7）に連れて行き治療を受けさせました。弟には一度に十数錠の薬が処方され、それを飲むと気分が悪くなってしまうようでした。最初に症状が現れた時、弟は職場で失神しました。二回目に症状が出た後は仕事を続けられなくなり、自宅で休養するしかありませんでした。三回目は台湾大学付属病院に搬送され、その直後に亡くなりました。

現在、エイズに対して恐怖心を抱くのは、病気に対する理解に乏しく、知識が二、三十年前で止まっている人だ。だが二十数年前にエイズが人々を恐怖に陥れたのは、その当時の医療がまだエイズに対し何の手立てもなく、ＨＩＶ感染は死刑判決を宣告されたのとほぼ同義だったからである。同は母親と交代で弟の身の周りの世話をしに病院に通っていたのだが、心の中は恐怖よりも困惑でいっぱいだったという。「弟の病室は古い建物の中の、人目につかない日の当たらない場所にあって、弟はどうしてこんなところに〝幽閉〟されなければならないのかが分からなかったんです。毎日のように髄液を採取されていた弟は日に日に活気がなくなっていき、最後にはまったく動けなくなってしまいました。車いすに座る時も前面にあるフットサポートに自力で足を置くことすらできなかった。最期の方は、意識はあっても話すことができず、痛みが弟から生きる気力をも奪ってしまっていたのです」

同は三歳年下の二番目の弟と、家計が苦しかった日々を一緒に乗り越えた。昔のことを思い出す同が感情的になることはほとんどない。穏やかにさえ感じられる同の言葉の中からは、共に育ち、三十年間一緒に暮らした二番目の弟に対するきょうだい愛と、運命に弄ばれなすすべのない無力さが伝わってくる。

「弟はとても性格のいい人間でした。楽観的で、愛嬌があって、自ら他人に分け与える人でした」。一九六四年にこの世に生を受けてから三十年余りでこの世を去った。「職業高校卒業後は信用組合で働き始め、その後チェーン系スーパーに勤めてチームリーダーにまで上り詰めました。弟が任されていたのは台北郊外の新店《シンディエン》や板橋《バンチャオ》にある八つの店で、時々私は弟に頼まれて、夜の巡回のために車を出しました。弟がまだ健在なら、シニアマネージャーになっていたと思います」

「彼は末の弟のことをとても可愛がっていて、彼の要求には何でも応えていました。大学で勉強していた頃の末の弟はとても倹約家で、ある時、ひと目見て気に入った靴があったのに、靴代の五百〜六百元を出せずにいました。するとそのことを知った次弟は翌日すぐに千〜二千元の靴を末の弟に買ってあげたのです」

「弟が亡くなってから病院を離れる前に私と母ができたのは、簡単にお経を上げることくらいでした。母は落ち込んでいるのに、それを表に出さずにいるように感じました。葬儀屋との段取りはすべて一番目と末の弟に任せ、私と母は参加しませんでした。翌日、次弟を火葬したのですが、それはとても静かで穏やかなものでした。親類や友人にも知らせていません」

試練と使命に果敢に取り組む

自らの経験を話してくれる中高年セクシュアル・マイノリティを探してほしいという要請が中高年LGBTワーキンググループに届くたびに、真っ先にライフヒストリーの語り部という重い役割を割り当てられるのは同である。そんな同のことをホットライン協会の元理事長・鄭智偉《ジェン・ジーウェイ》は「中高年LGBTワーキンググループのマスコット」と呼んでいる。仕事や母親に付き添う傍ら、同はステージの上に立ち「人前に顔をさらして」話をする任務を避けたり、そこから逃げたりしない。同にとって本書の出版は最大の願いであり、彼女はその立役者でもある。インタビューを受けてくれる人を積極的に探し、誰かに会うたびに取材を引き受けてもらえないかと頼み込んでいた。計画がなかなか前に進まず、一年、また一年と時間だけがいたずらに過ぎていくと、同は少しだけ無力感を覚えながらも、自ら皆を励まし、原稿を書くように促した。

試練と使命に果敢に取り組む。これはホットライン協会に入ったことで同の人生に生じた、最大の変化だという。「昔の私を知る古い友人や同僚に聞けば、私が内向的で、恥ずかしがり屋で、自分の身に何かが降りかかってくることをとても恐れる、肝っ玉の小さい人間だったことが分かると思います。以前の私はいろんなことから逃げ、〝危険〟を察知しても、それを解決しようと立ち向かうことはせずに、とりあえずそこから逃げ出していました」

同志運動に参加するきっかけを振り返り、王蘋、陳俞容、鄭智偉それに喀飛《カーフェイ》が自分に大きな影響を与えてくれたと同は言う。以前は台湾性別人権協会で黙々と勉強し、後方から旗を振って誰かのサポートをするくらいしかできなかったが、ホットライン協会に入ったことで、同は自分を前面に押し出し、自分自身と向き合い、自分の殻を打ち破ることができた。鄭智偉は同にこう言ったという。「私たちは他人より優れているわけじゃないけど、私たちより優れている人たちは立ち上がることができない。彼らのために立ち上がれる私たちは幸運だ。彼ら彼女らがもし自分たちで立ち上がれるなら、私たちにそのお鉢が回ってくることはないのだから」

人生は自分にきっかけが巡ってきた際の選択で変わることがある、と同は考える。「以前の孤独だった時なら、活動するモチベーションはなかったでしょう。今は機会があれば、進んでつかみ取ることを選びます。誰かが一歩前に進むだけで、私たちの後から来る人たちは必要以上のパワーを費やさずに済むようになると、私は信じています」

インタビュー・文／喀飛《カーフェイ》
聞き手／二〇一九年四月四日

1. 原文では「tshài 罐」。飲み物をグラスに注がず、缶や瓶のまま提供する消費形式を指す。

2. 同の母親、阿寶のストーリーは本書五五ページの「物語1」を参照のこと。

3. 台湾では一九六〇年代から七〇年代に立て続けに台湾省が経営していた「台灣電視公司」、中国国民党が経営していた「中國電視公司」、国防部（国防省に相当）が経営していた「中華電視公司」の三つのテレビ局が開局し、これを「老三台」と呼ぶ。開局はそれぞれ一九六二年十月十日、一九六九年十月三十一日、一九七一年十月三十一日。

4. 一九七九年、台湾では正式に一般市民の海外旅行が解禁された。

5. 台湾における家庭用固定電話の普及率は、一九八〇年51・09％、一九八一年60・93％、一九八二年67・65％（参考資料：中華民國統計資訊網，家庭主要設備普及率表格）

6. 「標会」とは台湾でかつて盛んに行われていた互助会組織。多くの家庭の主婦は子供たちの学費や家族の大きな出費でお金が必要な時に標会を利用していた。標会の運営に通じているリーダーが参加メンバーを集めて会を立ち上げて会費を集め、期ごとにお金を必要とするメンバーが必要額を提示し、額が一番大きかったメンバーに集めたお金を渡す。金を受け取ったメンバーは以降毎期お金を納付するのだが、これを「死会」と呼ぶ。この手の民間の金の貸し借りは信頼関係のある人の間で成り立っていた。金を受け取ったメンバーが金を借り逃げし、当初の約束どおりに金を納付できなくなった場合は他のメンバーがその損失をかぶることになり、そのような状態を「倒会」と呼ぶ。以前は新聞で「倒会」のニュースをしょっちゅう見かけたものだ。

7. 「性病予防治療所」は、現在の台北市立総合病院昆明予防管理センターの前身。当時は台北市長安西路にあり、初期のエイズ治療の根幹施設だった。

物語15　小月《シャオユエ》　異性恋愛結婚の中の〝P〟

何を隠そう、私たちインタビュアーは小月《シャオユエ》をひと目見た瞬間に、心の中でこう叫んでいた——「めっちゃ若い！」「ギャルみたい！」「お手入れが行き届いている！」。そして目の前にいる小月が、私たちがずっと探し続けていた、同志コミュニティ内で滅多にお目にかかれない「五十五歳以上の、どちらかと言えば〝P〟を自認する」インタビュー対象者であることが信じられずにいた。小月は参加しているレズビアンのLINEグループで友人がシェアしていた〝P〟へのインタビュー協力者募集のお知らせを見て私たちに連絡をくれたのだ。ちょうど五十五歳（インタビュー当時）の小月は、このグループで友人たちとまめに連絡を取り合い、一緒に登山やスポーツを楽しんでいるという。日頃からトレーニングに熱心な小月の筋肉は引き締まり、体型も崩れておらず、同い年の人と比べるとずいぶん若々しい。

小月が「尋ね人」の情報を知り、自らホットライン協会に電話を掛けてインタビューに協力したいと申し出てくれたおかげで、レズビアンのオーラルヒストリー計画にまたひとつ、〝P〟の視点による物語が加わることになり、私たちは大いに喜んでいた。「夫と別居して十年以上、ひとり暮らしをしてますが、夫との関係は良好です。息子は二十五歳で夫と同居しているので、私はひとり、自由気ままでいられるのです」。今なお現役の既婚者である小月は情熱的に、そして率直に、自らが辿ってきた人生を語り始める。

成長と初恋

小月は、一九六二年、台北の外省人家庭に生まれた。父親は元行政職員、母親は専業主婦で、両親は共に一九五〇年代に中国大陸から台湾に渡り根を下ろした。きょうだいは姉と弟の三人。小月が育った一九七〇年代から八〇年代はまさに台湾の経済が急速に発展していた時期で、専業主婦だった母親も外国企業の電子部品工場でオペレーターの仕事に就くことができた。こうして小月の家は経済状況も良く、生活にはゆとりがあったという。

小月が最初に同性に恋愛感情を抱くのは高校時代だが、後で思い返すと、中学生の頃にはすでに同性に対する思いが秘かに芽生えていたという。当時通っていた中学は女子校で、毛量を調整し軽くしたショートボブの小月のことを、クラスの中には男子に見立て、率先して思わせぶりな態度でからかう同級生がいたし、何人かの女子生徒が小月を巡って争ったこともあった。小月にも同じクラスにお気に入りの同級生がいたが、その子はあまり相手をしてくれず、小月も女子同士の関係について心の中でぼんやりと「奇妙なものだな」と感じていたという。

中学生の時、父親が職場から持ち帰った当時創刊されたばかりのゴシップ誌『時報周刊』のバックナンバーで、小月は郭良蕙《グオ・リャンフイ》の連載小説『両種以外的』（訳注：「二種類以外の」という意味）と出会う。この小説の初出は一九七八年で（後に『第三性』（訳注：「第三の性」という意味）に改題され出版）、当時のレズビアン・コミュニティにおける〝湯包《トムボーイ》〟（後に〝T〟と呼ばれる）と〝P〟の恋愛模様を描いていた。「公序良俗を乱す」出版物が依然として発行禁止だった戒厳令時代では極めて珍しいテーマを扱った、台湾レズビアン文学の先駆的作品と言える。同級生の女の子に曖昧な感情を抱いていたせいかもしれないが、小月は読んだ瞬間に衝撃を受け、そこに描かれる女性同士のラブストーリーに深く引き込まれていった。

「宝物を手にした気分です！毎週毎週、続きが楽しみでした」

本格的に女の子と恋仲になったのは高校二年の時のことである。台北市立第一女子高校（北一女）（訳注：台湾でトップクラスの公立の女子校）に合格した小月の初恋相手は羅敏《ルオミン》という同級生で、陸上競技チームに所属していた。一年生の時はあまり関わりのなかったふたりが仲良くなり始めたのは、小月が台北市立建国高校（訳注：第一女子高校の近くにある有名な名門男子校）の男子生徒に片思いの末、振られて落ち込むという失恋劇を自作自演してからのことで、クラスの中で単独行動を好む小月に、当時学級委員長だった羅敏が興味を持ったのがきっかけだった。羅敏の方から小月に声をかけ、宿題を教えてくれるようになり、やがてふたりの距離はどんどん縮まっていった。放課後はいつも一緒に過ごすための口実を探していたし、家に帰るのが惜しくてバスに乗る時にも大げさな別れのワンシーンを繰り広げるのがお決まりだった。高二のある水曜の午後、ふたりは小月の家で本を読んでいた。ひと休みしていた時に、小月はついにさっと羅敏の唇を奪うと、大慌てで「深い意味はないから」と言った。すると彼女は、真っ赤な顔でドキドキしている小月に向かってこう言った。「あなたがしてくれなかったら、私からキスしてたわ」

高校二年の後期はふたりにとっての蜜月だった。ふたりの間で明確な役割はあったのか、という質問に、小月は当時を思い出しながら「私が意識的に羅敏に甘えていました」と答える。羅敏のクローゼットには小月よりもたくさんのスカートが仕舞われていることを知っていたが、小月が「ふたりでいる時はスカートを穿かないで」と言ったので、放課後になると羅敏はわざわざ長ズボンに着替え、それからふたりで西門町をぶらぶらしてアイスクリームを食べたりしていたそうだ。クラスには〝妙に親しすぎる〟カップルが三、四組いたので、自分たちだけではなかったようだと小月は言う。しかし甘い時間を過ごすうちに、ふたりの成績も悪くなっていった。しかし北一女に入ったからには、大学に行くことがほぼ唯一の目標である。一九八〇年前後、大学連招考試（大学連合試験）（訳注：一九五一年から二〇〇一年まで続いたいわゆる統一大学入学試験。すべての合否がこの一度の試験の結果で判定されていた）の合格率はわずか二十九％しかなく、高校三年に進学する直前の夏休み（訳注：台湾の学校教育は二学期制。第一学期は八月一日から翌年の一月三十一日、第二学期は二月一日から七月三十一日）になると、大学受験のプレッシャーが間近に迫ってきた。そこで遅れを取り戻すために、小月は「三つの約束」を提案すると、ふたりで過ごす時間を減らすルールを設けた。一週間のうち電話で話すのは一度だけ、授業中は手紙を回さない、休日も一緒に図書館に行かない、というものだ。

羅敏がルールを順守したので、ふたりが一緒に過ごす時間は大幅に減ったが、教室で羅敏が他のクラスメートと楽しそうに話すのを見ると、小月はすごく嫌な気持ちになった。それが原因で最初のうちは口論になったが、そのうち羅敏が小月を避けるようになり、小月はそれがとてもつらかった。高校三年の後期になり、小月は再び羅敏に話しかけ、同じ大学に願書を出して、これからも付き合い続けよう、と伝えたが、羅敏からは「将来は結婚して子供も欲しいから、あなたとそんなふうにはなれない」という予想外の答えが返ってきた。さらには「あなたと一緒にいた時のことを考えると、気持ち悪くて吐きそうになる」とまで言われてしまったという。

甘い初恋の成れの果てに、小月の心はすっかり折れてしまった。一方で両親の夫婦仲にも問題が起こり、さらに大学受験が目の前に迫ると、小月はそのすべてと向き合うことができずに、入試の前夜、手首を切って自らの人生を終わらせようとした。小月の両親は娘が家庭の問題や入試のプレッシャーに苦悩して自殺を図ろうとしたと考え、小月が失恋して大きなショックを受けていたことには気付いていなかった。当事者でさえ「異常」とみなす同性間の恋愛は、苦い初恋の記憶となった。小月は深刻な影響を受けながらも、それを心の奥深くに葬り去らなければならなかった。それから小月が結婚し、子供にも恵まれた十数年後のこと。小月は高校時代の日記を読み返し、思い出に浸ったがために、どうしても羅敏に会って話をしたくなってしまった。そこで電話を掛けてみたのだが、その頃第三子を妊娠中だった羅敏は自分の「黒歴史」を直視したくなかったのか、小月の誘いを拒絶したのだった。

結婚後、コミュニティに足を踏み入れる

結局小月は大学連合試験を受けなかったのだが、やがて夜間大学に進学すると、他の学生と同じように新歓コンパに参加し、ダンスパーティーで踊り、ボーイフレンドと交際するという、主流社会にあらかじめ敷かれたレールの上を自然と歩いていた。一九八九年、二十七歳の小月は交際していた二人目のボーイフレンドと結婚する。この時は高校時代の自分の経験をどのように考えていた

のだろうか？　小月は「高校時代のことはたまたまそうなっただけで、大学ではそのような相手に出会わなかったので、自分は全然レズビアンじゃないと思っていました」と言い、同性愛に対しては「完全に免疫ができた」と考えていた。大学の同級生に頭を剃り、男性のような格好をした女子学生がいたが、その頃の小月はいわゆる〝T〟や〝P〟らしい外見がどのようなものかを実際に見たことがなかったので、その同級生がレズビアンである可能性に思い至ることはなく、それどころかこの手の「男でも女でもない」装いを心の中で批判さえしていたという。

結婚が決まり、小月はとても幸せだった。家庭を持つことのできる自分の人生はとても順調だと感じていたのだ。結婚後、程なくして子宝にも恵まれた。一九九四年、自分で息子を育てたいと考えた小月は幼児教育業界に飛び込むと、自ら事業を立ち上げる。翌年には経営が軌道に乗り、息子も就学したので、小月は二人目の妊娠を目指して努力したがうまくいかず、しばらくは諦めるしかなかった。相変わらず夫は小月に優しく接してくれたが、夫婦関係は淡白なものになっていた。結婚してからというもの、夫と子供が中心の生活を送っていた小月は、束の間の自由を手に入れたかに思われたが、自分自身と向き合うしかなかった。

その少し前の一九九四年、北一女の優等生二名による心中事件が社会を震撼させた。ふたりの遺書に書かれていた「社会の中で生きていくことは、本質的に私たちに適していない」という言葉は、現在でも多くのセクシュアル・マイノリティたちを悲しませている。小月もその当時、事件の報道を追いながら感慨にふけっていた。高校時代に校内新聞部に所属し、執筆に興味のあった小月は、この悲劇をきっかけに、自分の初恋をモチーフにした短編小説を書き、文学賞に応募することを思いつく。こうして高校時代の日記を開き、当時の出来事をひとつひとつ確認していくうちに、過去のつらかった日々に引き戻されてしまったのだ。一九九六年初め、小月はやっとの思いで長い間連絡を取っていなかった羅敏に電話を掛け、会って話をしようと誘ったが、冷たく断られてしまった。その後小月は小説を書き続けることができずに途中で断念してしまうのだが、数年後、新聞『聯合報』の文学賞で大賞を受賞した曹麗娟《ツォ・リージュエン》の短編小説『童女の舞』を読み、自分の小説執筆計画を思い出してこう思った。なんとレズビアン小説が受け入れられ、文学賞を受賞することもあるのか、と。

実際、一九九〇年代のヘテログロシア（訳注：原文では〝眾聲喧嘩〟。ロシアの文学者・思想家のミハイル・バフチンによる造語〝ヘテログロシア〟に対する中国語訳である。文字どおり、多くの人（衆／眾）による声（聲）がガヤガヤと騒がしいさま（喧嘩）を意味する）な社会環境は、前代未聞の状態だったと言えるだろう。台湾で一九八七年に戒厳令が解除され、文化活動において長らく抑圧されてきたさまざまなパワーがはけ口を求めて爆発寸前の状態だった。一九九〇年代前半には同志文学が表舞台に躍り出て異彩を放ち始めると、セクシュアル・マイノリティをテーマにした作品が文学賞を獲得し、あるいは出版され、名著となった。一九九〇年から一九九五年の間には、凌煙《リン・イェン》の『失聲畫眉』、曹麗娟の『童女の舞』、朱天文の『荒人手記』、邱妙津《チウ・ミャオジン》の『ある鱷の手記』そして陳雪《チェン・シュエ》の『悪女の書』などが相次いで発表されている。台湾カルチャーの発信地のひとつ、誠品書店敦南店もまた、一九九五年に新社屋に移転し開業した（編注：この店は二〇二〇年五月三十一日に閉店している）。一九九六年、誘いを羅敏に拒絶された直後、小月は誠品書店へ買い物に出かけ、台湾で最初のレズビアン団体「我們之間」の発行する雑誌『女朋友』（一九九四年十月創刊）を偶然見つけると、驚喜して買って帰った。

雑誌『女朋友』の記事の中で自分と同じ、女性との恋愛経験を持つ女性の姿をたくさん見ただけでなく、好奇心から小月は掲載されているTバーの情報をもとに、夫に内緒で夜に家からほど近い〈石牆《ストーンウォール》〉をこっそり偵察しに行ったりもした。それから間もなく、小月は話し相手が欲しくなり、『女朋友』に掲載されていた問い合わせ用の番号に電話を掛けたことがあった。今でも覚えているのは、その当時『女朋友』でボランティアをしていた〈雑毛猫〉なる人物が、今自分はレインコートを着たまま家に入って、この電話に出てます、と息を弾ませながら応対してくれたことだという。電話で〈雑毛猫〉は、もうすぐ開催される「欧蕾《オウレイ》」（オールドレズビアン、中高年レズビアンの意味）集会に参加してみてはどうですか？と小月に勧めてくれたそうだ。レズビアン・コミュニティの人と知り合いたいと思っていた小月は、こうして一九九七年に初めてオールドレズビアン集会に参加し、正式に「コミュニティ」に足を踏み入れると、レズビアンサークルとは切っても切り離せない新しい人生の一ページを開いたのだった。

生き生きとしたTバー生活

一九九五年、九六年頃は、まだインターネットが普及しておらず、依然としてTバーは多くのレズビアンにとってコミュニティ内の人と出会うことのできる主要な社交場だった。初めの頃、そのことについて深く考えることはほとんどなかったという。日々の生活に退屈していた彼女にとっては、Tバーでお酒を飲むことは楽しかったし、それに店は女性ばかりで安全だったので、Tバーに通うようになるのにそれほど時間はかからなかった。オールドレズビアン集会に参加してたくさんの友達ができてからは、さらにいろんなTバーに連れて行ってもらった。一九九七年から二〇〇〇年の間の、さまざまなTバーで過ごした充実した素晴らしい夜の生活は、三十過ぎの人妻小月の日常のバランスを取るのに役立った。小月はほぼ毎週のようにTバーに足を運び、時には自分と同じく既婚の友人を連れて行くこともあった。そのうちの何人かはもともと小月の夫の友人の奥さんであり、仲の良い友人だったのだが、Ｔバーに行くようになってから、まるで自分の性欲を開放させるように〝Ｔ〟と深い仲に発展し、中には離婚してしまう人もいた。

初めてＴバー〈石牆《ストーンズ》〉に行った時、他の客からこっちに座って一緒におしゃべりをしようと誘われた。いきなり「好きなのはＴ？ それともＰ？」と聞かれ、レズビアン・コミュニティ文化に接触し始めたばかりの小月は相手が何を言っているのかが分からずにぼう然としていたのだが、その後、「髪が短いのが〝Ｔ〟」だということが分かった。小月はその当時、どちらかと言えばハンサムな女性が好みで、小月自身も普段はこざっぱりとしたボーイッシュなスタイルだった。その質問をされた後、長かった髪をバッサリと短く切った。オールドレズビアン集会に参加した時に、自分は〝Ｔ〟だと自己紹介した小月に、他の参加者から「〝Ｔ〟は口紅を塗らないから、あなたは〝女っぽいＴ〟ね」と指摘されたという。小月はすぐに口紅をぬぐい取り、Ｔっぽく振る舞おうとした。しかししばらくＴバーに通い続けるうちに、自分の「好み」がＴ寄りだということに気付いたのだった。

友人たちとＴバーで過ごす時間は楽しく、昼間の沈鬱とした人妻生活とは大違いだった。経済力があり性格も豪快な小月は皆に気前よくビールをおごり、また拳遊び（訳注：酒席で行われるじゃんけんに似た遊び）も得意だったので、Ｔバーではいつも人気者だった。店で働く若い女性から「この店で一番品があるＴ」と大絶賛され、小月は優越感に浸っていたし、小月が声を掛けさえすれば、たくさんの取り巻きがどこのTバーにでもついて来た。小月の記憶によると、その当時最も刺激的だったのが台北の延平南路《イエンピンナンルー》の〈Bon〉という店だった。そこでは毎週土曜日の夜に「超級十八禁」というスペシャルイベントが開催されていたという。ド派手メイクのキャストが、「全身素っ裸の上に薄いチュールだけをまとった格好をしていて、お客が百元の入った祝儀袋を掲げると膝の上にまたがって上へ下へと体を擦り付けながら、お客の顔に胸を押し付けてくるんですよ!」。店のイベントに初めて参加した小月は、目の前に新たな世界が広がったようだったという。

当然ながら、夜に酒を飲み過ぎると思いがけないいざこざや喧嘩に出くわすことも少なくない。それは小月が三人の友人を連れ、開店祝いのために新莊《シンチュアン》のTバーを訪れた時のことである。店のオーナーはTバーで知り合った友人なのだが、簡単なつまみを数品と酒もそれほど飲まなかったというのに、会計時に小月から一万二千元もの大金をぼったくろうとしたのだ。小月は過去にもそのオーナーに金づるとして利用されたことがあった。カチンときた彼女がガラステーブルに「ドン!」と拳を打ち下ろすと、それを合図に一緒に来ていた友人たちが店の中を元の状態が分からなくなるまでめちゃくちゃにしてしまった。その頃、小月は台北の林森北路にある別のTバー〈Al・i・v・i・l・a〉に通っていたが、彼女の知る限りではこの店も何者かにバットで店内を破壊されたことがあった。その後、改修して再オープンしたが、一九九八年に華視（テレビ局）の記者による隠し撮り事件が起き、閉店に追い込まれたそうだ。（訳注：華視の記者がカバンに仕込んだ隠しカメラで店の様子を盗撮し、ニュース番組の特集で報道した事件。店の株主の一部が取材に加担したことが判明し、株主が解散したことで閉店したとされる）

その後、小月がＴバーを訪れる回数は減り始めるが、その原因もまたひどい喧嘩だった。それは友人と〈Ｂｏｎ〉を訪れた時のこと、失恋したばかりの小月が大量の酒を飲んで泥酔してしまったので、小月の兄弟分であるＴが家まで送ってくれることになった。すると帰り際にそのＴが「いつも誰かと恋に落ちて失恋して、また誰かと恋をして失恋するけど、何で自分のことを（恋愛対象として）見てくれないのか？」と小月に告白してきたのだ。友人としか思っていなかったＴのその言葉が聞き捨てならず、さらに酔いも手伝って、小月はタクシーに乗り込んできたＴを追い払いたくなった。その後ふたりはタクシーから降りて取っ組み合いの喧嘩を始めるのだが、相手よりも小柄で力のない小月は首を絞められ、このまま殺されてしまうと思ったという。翌日、殴られてブタみたいに腫れあがった小月の顔を見て、夫は「女性に打たれたのか？」と言うと、彼女を病院に連れて行って手当を受けさせ、警察に被害届を提出し、さらに示談の必要があるかを尋ねた。小月の夫はその時、小月と一緒に遊んでいる同性の親友の中に、〝Ｔ〟に入れあげた挙げ句離婚した人がいることは知っていたのだが、この一件が起きたことで、小月の遊び仲間がどんな連中なのかをはっきりと理解したようだった。事件の後、小月はおとなしくなり、毎週のようにTバーに行くことはなくなった。

ひとつひとつの恋愛にまつわる難題

Tバーに通い詰めていた二、三年の間に、小月は十人ほどのガールフレンドと付き合ったが、その全員が小月より年下で、一番若い相手は小月より十二歳年下だった。同性に性的魅力を感じることに対して抑圧的な社会環境のせいかもしれないが、そのために〝同類〟に出会える機会はことさら貴重で魅力的に感じられた。「コミュニティとの距離が近いと、どうしてもガールフレンドとの交際がやめられないように、ガールフレンドと別れると、すぐに次の相手が欲しくなるものなんです」と小月は言う。Tバーに通い始めて半年が過ぎた一九九七年頃に、小月は初めて自分好みのTと出会う。その人にもパートナーがいたが、まだ若く、ホルモン分泌も盛んだった小月は〝追愛〟の旗を立てると、何が何でもそのTをパートナーから略奪しようと心に決めた。そのTと密会する時は女性らしい服装までしていたという。やがて相手から恋人とは別れるから、夫と別れてほしいと言われた小月は、そのTに入れあげるあまり夫に向かって初めて離婚したいと告げたのだった。

小月の夫はとても良い人で、真面目にコツコツと仕事をし、給料はすべて小月に渡してくれていたという。離婚はそんな夫の心をひどく傷つけるかもしれず、息子もまだ幼かったので、小月は初めのうちは戸惑っていたが、高校時代に失ったものを二度と失いたくはないという思いから、ためらいながらも〝あなたに対する愛情がなくなったので離婚したい〟と夫に告げることにした。夫が逆上するのが怖くて、新しい恋人がいることは夫に言えなかった。しかし夫は離婚に応じてくれず、ふたりは形だけ婚姻関係を継続することになった。その後も、交際した何人ものガールフレンドからの〝どうして離婚しないの？〟との問いに、小月は既婚のレズビアンはコミュニティ内ではペテン師のレッテルを貼られているようなものだと考えるしかなかった。しかし実際には、離婚しないことで小月自身も苦しみ、自責の念に駆られていたのだ。勇気を出して「自分らしく」家族にカミングアウトできたなら。しかしその勇気は自分自身を傷つけるだけでなく、家族をも血まみれにしてしまう、鋭利なナイフになってしまうかもしれなかった。

二〇〇〇年に突入する頃にはインターネットがずいぶん普及し、BBSやウェブサイト、チャットルームなどインターネット上で友達作りをすることが、セクシュアル・マイノリティの間でトレンドになりつつあった。当時レズビアン・コミュニティでかなり有名だったウェブサイト〈TO-GET-HER〉は、一九九六年に〈我的拉子烘焙機《わたしのレズビアンホームページ》〉という名の個人サイトから始まり、二〇〇〇年にはすでに多くのユーザーと多数の掲示板を擁したレズビアン専用の仮想コミュニティへと発展していた。小月はこの当時、〈TO-GET-HER〉の掲示板で何人かのアメリカ在住のレズビアンと知り合っている。その中のひとりが有名大学の博士号を持つ香港出身の阿丹《アダン》で、ふたりはとりわけ思考の面で意気投合した。ふたりの間を少なくとも三百から五百通ものメールが行き来するうちに阿丹が情熱的にアプローチしてくるようになると、やがて小月に会うために何度もアメリカから台湾にやって来た。阿丹は当時、ニューヨークの有名な会計事務所に勤める高給取りで、小月に一緒にアメリカで暮らそう、と言って求愛すると、小月がそれ以上続けるつもりのなかった事業を段階的に畳む手伝いをするなど、小月の抱える難題をひとつひとつ解決してくれた。また小月が息子を連れて海外留学できるよう手続きを手伝うだけでなく、アメリカでは毎月阿丹が多額の生活費を出すことも約束してくれた。

恋人の強引な態度に、小月の心は確実に揺らいでいた。その当時は自分の中に、息子をアメリカで育てて、英語を流暢に話せるようにしてやれたらという虚栄心があったことも明かす。小月は再び夫に離婚を切り出し、息子を連れてアメリカに渡りたいと伝えると、夫は息子を連れて行くことに断固として応じず、高齢の両親を悲しませたくないので離婚もしないと言った。その一方で、小月のやりたいようにすればいいし、そのことについて自分は干渉しないと言ってくれたので、小月は子供を置いて、単身で阿丹と共にアメリカへと渡ることを決めた。こうして小月と阿丹の幸せな時間が始まった。阿丹が出勤している間、小月は語学学校に行き、授業が終わると小月は河川を見下ろす高級マンションの三十階の部屋に戻って阿丹のために食事の用意をし、家事をこなした。時間があればふたりでいろんなところに旅行に出かけた。「以前メールでやりとりしていた頃に、阿丹はチャンスがあれば私をカリフォルニアやグランドキャニオン、それにヨーロッパに連れて行きたいと言ってくれていたんですが、気が付けば、それはゆっくりと、ひとつずつ実現していました」と小月は振り返る。

小月は阿丹との恋愛においては翼を得てどこへでも飛んで行けるし、外の世界を見ることができるかのようだった。しかし生活を共にしながら密接に関わってく中で、文化的なバックグラウンドの違いから、常にどうしても歩み寄れない部分があることも感じずにはいられなかった。それだけではない。アメリカで過ごしていた二〇〇三年、小月は台湾にいる家族がＳＡＲＳ禍で恐ろしい思いをしていることを知り、強い罪悪感を抱いていた。アメリカの生活にも馴染むことができず、これまで経済的に自立していた小月は阿丹に頼りきりな今の状況に不安を感じると、このままこの暮らしを続けることを自分が望んでいないことに徐々に気付いていったのだった。そんななか、小月はビザの問題で台湾に戻り、少しの間足止めされたことがあったのだが、その間に友人から長髪のTの小晨《シャオチェン》を紹介され、ふたりは付き合い始めた。台湾とアメリカで二股交際を続けて一年が経った頃、小月は阿丹と別れ、台湾に戻る決意をする。恩義を感じながらも、心を鬼にして阿丹のもとをすぐに去らなければならなかったので、その別れはとてもつらいものだったという。阿丹からは、留学と仕事でアメリカに来て以来、いつも孤独を感じていたが、小月と過ごした時間は自分が一番笑顔になれた、と言われたことがあったのだ。

小晨との交際期間は約九年間、小月にとっては最も長い相手である。小晨は小月より七歳年下で、今回の小月へのインタビューは彼女たちが別れてから四年後に行われたが、小月はその後もずっとシングルを貫いている。どうしてそんなにも長い間、小晨との関係を維持できたのだろうか。それは小晨が小月に離婚を迫ることなく、夫の家族との集まりに参加することもたいていの場合許してくれたからだと、小月は言う。これまで何度も愛を貫くために離婚しようとして、そのたびに失敗に終わっていた小月は、やがて離婚を巡って心を煩わされたくないと考えるようになり、付き合う相手には自分が既婚者であることを明かし、それを受け入れられないなら別れるようはっきりと告げるようにしていた。以前のTバー通いをしていた頃はまだ夫と同居していたので、女性との恋愛が夫にばれないようにしなければならず、付き合いを長続きさせることは難しかった。アメリカから帰国後は、ＳＡＲＳ流行の頃に投資目的で買った家に住み、夫とは別居していたため、小晨との関係は割と安定して発展していった。だがそれとは対照的に、小晨は阿丹がしてくれたみたいに小月の抱える問題を解決するために積極的に手を貸してくれることはなかったし、ふたりの生活費も小月が出していたが、小晨にはそれを負担するつもりはなさそうだったので、小月はだんだんと尽くし続けるのが馬鹿らしくなっていった。

異性婚の中の〝P〟

小月が女性と交際するようになってからずいぶん時間が経つが、家族の反応はどうなのだろう？小晨と付き合っていた時は、息子を連れて三人で外出することもあったが、ある時夫から電話がかかってきて「お前が外で何をしようが俺には関係ないし、お前が同性愛者だろうが、女性と付き合おうがかまわないが、俺の息子を連れて行かないでくれ！」と言われたことがあった。夫は小月には好きにさせる一方で、息子が母親に〝感化〟されることを恐れていたのだ。小月は息子に過去の同性との恋愛経験について話したことがあったし、息子が友達と写っている写真にTがいるのを見たこともあった。おしゃべりする中で息子がセクシュアル・マイノリティに対し心を開いていることが分かり、少し安心してもいた。小月は三十代半ばの頃に、離婚したくて自分の母親にカミングアウトしたことがあったが、母親は「女性と一緒になりたいから」離婚したいという小月を受け入れてくれることはなく、夫以上に激しく泣いて取り乱すと、小月にひざまずいてすがりさえしたという。世代が違えば、同じ家族でも反応の仕方は異なる。これはまた、社会環境が段々と開放され、進歩していることの表れでもあるのだ。

小月は親戚の中でも特に仲のいい従姉が〝P〟だと教えてくれた。インタビュー時点で、従姉はパートナーと二十七年も一緒なのだという。三十代の時に従姉がセクシュアル・マイノリティだということを知ってからというもの、彼女は小月にとって「コミュニティ内のアイドル」だ。従姉にどうすればそんなふうに関係が長続きするのか、その秘訣を伝授してもらったという。「従姉は〝忍〟の一文字だと言いました。私の解釈はこうです。身の周りの人たちの欠点や価値観の違いを我慢するだけでなく、至る所にいる自分好みの人に心を動かされないように耐える、ってこと！」

ずっと異性と婚姻関係にありながら〝P〟でもある小月にとって、異性との愛情と同性との愛情の一番の違いは何かを尋ねた。小月にとっては小晨との九年間が人生の中で「一番安定していた」

女性との関係だったと振り返る。しかし「その関係は〝虚〟の一文字に尽きる」のだと言う。小月は夫と恋愛し、結婚し、ふたりは明確な共通の目標に向かって進み、やがて家庭を持ってからは本当の意味での「生命共同体」を実感したという。それは例えばどちらかが転勤になれば、家族全員で一緒に付いて行くような、互いに相手の犠牲になることをいとわない関係だ。小月にとって過去の女性との恋愛関係においては、そのような実感はなかった。それは小月が離婚することなく自分の家庭を持っていることが、同性パートナーとの間に確執が生じた際の、小月にとっての〝原罪〟だったからだ。

「私は結婚し、家庭を持つことで得られる〝所有感〟の恩恵を受けてきました」と小月は言う。結婚後は男の子を産んだことで、さらに達成感を得ることができた。夫に守られる女性として十分な幸せを感じ、「至極当然のこととして」男性にお金を稼いでもらい、家計を分担してもらい、力仕事もやってもらうことができた。「なぜなら私は女性で、男性が家族を養うことは当たり前のことだからです」。だが女性と付き合うなかで、相手からこんな疑問を投げかけられたことがあった。それは「どちらも女性なのに、なぜ私がそれをしなければならないのか？」というものだ。時々、この種の矛盾は小月に「男性と一緒の方が気楽だ」と思わせた。もちろんそれは、相手の男性が良い人間であれば、の話ではあるが。しかし、小月がシングルライフを謳歌できるようになったのは、ある程度「お金で自由を買っている」からだとも言う。夫の金を一銭たりとも使ったことがないこと、夫とは別居しているが息子の教育費は出し続け、夫の住宅ローンの支払いも肩代わりして払い続けていることを小月は誇りに思っているのだ。その上で夫と婚姻関係にありながら女性と交際する自由を持ち続けているのは、自分が経済的な優位性を持っていることが関係しているのかもしれない、と小月は言う。

もしも自分が男性と結婚していない、〝よりピュア〟なPだったなら、コミュニティ内での恋愛の素晴らしさを満喫しきれなかったかもしれない、と小月は考える。二十代から三十歳にかけて、「母性本能」によって子供を生み育てたいと思っただろうからだ。小月に「今後、台湾では同性カップルが結婚して、子供を持てるようになるだろうけど、女性を愛していた高校時代のあなたが、もしそのような環境に身を置いていたとしたら、どうなっていたと思いますか?」と尋ねると、「きっと違っていたでしょうね」という答えが返ってきた。暗闇に身を隠す必要がなければ、考え方も変わってくるとは思うが、結婚するとより多くの責任が伴うから、「セクシュアル・マイノリティは同性婚について楽観視しない方がいい」というのが小月の考えだ。小月はかつて友人に「台湾がアジアで初めて同性婚のできる国になれば、同性離婚率が最高の国にもなる」と冗談を言ったことがあった。私たちの話はオランダのある統計に及ぶ。その統計によれば、レズビアンの離婚率はあらゆる形態の婚姻の中で最も高いというのだ。小月はその一番の原因はレズビアンのセックスにあると推測する。女性同士の関係では、あっという間に強烈な性欲に駆られるが、それが減退してしまうのも早いのだ。「女性は女性のことをよく分かっていますからね。付き合い始めたばかりの蜜月の間は、セックスがありふれたものであろうと情熱的なものであろうと、非常に魅惑的。でも不幸なことに、多くの女性にとって、パートナーに対し不感症になってしまうのもあっという間のことなのです」

老後の生活

阿丹と別れ、台湾に戻った後、小月はしばらくの間中国のラグジュアリー業界で仕事をしていたが、疲労で体調を崩してしまった。幸い、長年上手に資産管理をしていたことで、小月は早めのリタイアを選ぶことにした。現在の小月はのんびりと引退生活を送り、高齢者福祉機構のボランティアをしながら、LINEのレズビアングループの友人たち（グループの大半は、過去に〈TO-GET-HER〉や〈2G〉などのウェブサイトで知り合った人たちだ）と連絡を取り合い、一緒に登山やスポーツを楽しんでいる。小月は今の自分の状態は「無欲は強し、我が道を行く」だという。五十歳を過ぎてエストロゲンの分泌がだいぶ減り、恋愛を強く追い求めることがなくなったので、家に帰ってパートナーの幸せを考える必要のない、今のシングルライフを思う存分楽しんでいる。現代はセクシュアル・マイノリティ同士が知り合うチャネルがスムーズになり、知り合いの何人かの若者が使っている〈ＬｅｓＰａｒｋ〉のようなアプリケーションで簡単にパートナーを探すことができるが、小月はそれを決して羨ましいとは思わないし、「途切れることなく次々に付き合う相手を得られる」状況は、簡単に人を傷つけてしまうと考えている。

　ここにきて小月は「恋愛が人生のすべてではない」と考えるようになった。「ひとりでいることに慣れてしまい、誰かと生活を共にするつもりはないが、年を重ねると考え方がどう変わるかは分からない」とも言う。将来、身近でお互いに支え合える相手が必要になるかもしれないし、再び夫と一緒に暮らすようになるかもしれない。結局身の周りを見渡すと、小月が唯一信頼でき、面倒を見てもいいと思える相手は、二十数年間ほかの誰かに心移りすることなく、ずっと小月の理解者でいてくれ、小月に優しくしてくれる夫なのだ。

〈後記〉

小月へのインタビューでは、異性婚をした〝P〟の立場から、これまで付き合ってきた〝T〟への失望や、男性と一緒になる方が気楽である、ということが語られ、正直大きなショックを受けた。だが、小月の物語を整理しながら彼女が過ごしてきた時代背景について資料を探っていく中で、彼女の置かれた状況をより深く理解することができた。

異性との結婚が今以上に「当たり前のこと」だった社会において、子供を産むなどの女性にとって当然とされてきた人生の目標を達成するために、小月は異性婚をする必要があったし、婚姻や家庭がもたらす責任と人間関係の複雑な絡み合いは、一歩足を踏み入れるとそこから抜け出すのが難しいものだ。一方で、女性との恋愛は美しく楽しいものではあるが、法律上は人妻の立場である小月と付き合う〝T〟は、ふたりの関係を「正当化」するすべがないことを気に掛け、それが衝突の原因となってしまうのは仕方ないだろう。もし小月がセクシュアル・マイノリティにとって未来のある世界に生まれ、正々堂々と結婚し子を産み育てることができたなら、かつて男性を愛した、女性を愛する者として、人生のイメージにしろ同性パートナーとの関係にしろ、それはきっと大きく異なっていただろう。自分はセクシュアル・マイノリティのコミュニティにおいて常に「ペテン師」

のレッテルを貼られているのだと小月は感情を昂らせていたが、小月のライフヒストリーにじっと耳を傾けた後、「P」「バイセクシュアル」「人妻」「母親」などのさまざまなアイデンティティを持つ彼女が愛する相手と出会い、その人に差し出すのは、いかなる時も誠意なのだということを感じたのだった。

文／小華《シャオホア》
聞き手／小華、荘蕙綺、智偉、柚子、杜
訪問日／二〇一七年九月十四日

執筆者紹介

小華《シャオホア》
一九七〇年代半ば生まれ。見た目はとても〝T〟っぽいのだが、心は見た目ほど強くはない。初恋は、校長が「我が校には同性愛はない」と宣言した北一女に在学していた時。大学に進学した一九九〇年代にちょうど台湾に同志運動の波が湧き起こり、当時ネット掲示板で遊び、大学のレズビアンサークルに参加して同性愛コミュニティと繋がりを持ったことで、自分のアイデンティティを受け入れるためのパワーを見つけた。現在ではドラマの登場人物にうつつを抜かし、常にソーシャルソフトウェアから遠く離れたいと考える働き盛りの会社員で、文章を扱う仕事をしている。家族にカミングアウトしてから十年以上が経つが、毎日家を出るたびに外の社会にはびこる巨大な悪意に立ち向かわなければならないと感じている。だが台湾が同性婚法制化に向けて動き出した現在、四十数年の人生を振り返ると、セクシュアル・マイノリティだということがバレてしまえば家を追い出されるかもしれないと怖がっていた高校時代の自分のことを思えば、この運動に貢献し、今なお闘い続けている同志たちには、無限の感謝しかない。

物語16　子蓉《ズーロン》　子供を養育し始めて、三人の心がひとつに

二〇一七年晩秋、そして真冬の二〇一八年年初の二回にわたり、私たちは子蓉《ズーロン》へのインタビューを行った。

インタビューは子蓉が経過観察のために北部の病院を受診するタイミングに合わせただけでなく、彼女が子供の待つ自宅になるべく早く帰れるように、タイトなスケジュールでの実施となった。子蓉の話は通院のきっかけとなった、ある特別な経験から始まる。

レズビアン、養子をもらう

一九六二年生まれの子蓉には交際歴十八年になるパートナーがいる。現在、彼女との関係は安定しており、ふたりで一緒に養子をひとり育てている。養子を迎え入れた当時、「児童および青少年福祉および権利利益保障法（兒童及少年福利與權益保障法）」の養子縁組に関する法律が一部改

正されたことで、縁組を行うには関係機関を通さなければならなくなり、手続きには多くの困難が伴った。それでも「壁にぶち当たったら突破する」の精神で、子蓉とパートナーはさまざまな問題を一緒に克服し、子供が三歳の時に子蓉が〝単身の養親〟となることで無事に手続きを完了させた。また養子縁組のプロセスにおいて、養親の心身の健康状態も評価項目に含まれていたため、健康診断の結果を提出しなければならなかった。その結果、子蓉の第一ステージの乳がんが判明したのだ。早期発見が治療に繋がり、今なおフォローアップが続く。子供がいてくれるおかげで、子蓉は日頃、自分が死の影に覆われていることを意識することなく、子供の幸せな成長に寄り添っているという。

子供はすでに就学しているというが、入学手続きをするのに両親に関する問題にぶつかることはなかったのだろうか？ また子蓉とパートナーは子供がこれから直面するかもしれないプレッシャーについて想像し、そのことについて子供にどのような話をしているのだろうか？ 子蓉によると「パートナーと早くから対策を始めたので、今のところ状況は予想していたよりはましだ」という。例えば、入学前にはたいてい教師による家庭状況のヒアリングが行われるが、子蓉は教師に「私はシングルの養親なので、父親はいません。子供の面倒を見るために、もうひとりの女性とその母親が同居しています。なので、我が家は四人家族です」と伝えたという。このように説明しておくと、教師から次のクラス担任に情報の引き継ぎが行われるので、とてもスムーズなのだという。子蓉は子供がまだ幼幼班《ヨウヨウバン》（訳注：台湾の幼稚園は二歳半からクラスがある。幼幼班は二～三歳児クラスを指す）に通っていた時の出来事を振り返る。ある日、先生から各家庭に家で読み聞かせをするための絵本が配られた。その絵本のタイトルは『おとうさん』というもので、異性婚の中産階級家庭を舞台に、性別による固定概念や役割が描かれていた。子蓉は子供に読み聞かせすることなく絵本を先生に返した。すると先生が困惑した様子で「何が問題なんですか？」と聞いてきたので、子蓉は「我が家には父親がいません。だからこの本を読ませる必要がないんです」と答えた。その後、先生は別の絵本を渡してくれ、同じようなことは二度となかったという。このエピソードからは、子蓉のフェミニストとしての粘り強さが伝わってくる。

　子供がもう少し大きくなったら、子供と実親との関係について配慮する必要があると子蓉は考えている。子供には、養子に出されたことについて「実のご両親は、あなたがいらないから養子に出したわけじゃない。あなたのことを愛していて、より良い生活をさせてあげたいと願ったから養子に出すことにした」と説明するつもりだ。そして母親がふたりいる家庭については、子供がまず異性婚による家族構成の基本――例えば愛や法律関係など――を理解するのを待って、それから「母さんたちはお互いに愛し合っていて、お互いのことが大好きだから、自分たちの家庭を築きたかった」と伝えるつもりでいる。子供が将来学校で向けられるかもしれない偏見やプレッシャーについては、「まずは教師がどんな反応をするかテストし、コミュニケーションを図って理解してもらう必要があります。というのも、教師が受け入れる態度を見せれば、クラスで偏見の目を向けられ、いじめられるようなことがあっても、教師が良い教育者あるいは調停役になるので、それほど心配しなくていいのです。ですが、教師が受け入れられないという態度であれば、教師を変えるか、子供を転校させなければならなくなるかもしれません」

セクシュアル・マイノリティ家庭の保護者として、子蓉には恐れることも尻込みするようなこともない。フェミニズムにおける女性優位主義の視点から、男性よりも女性の方がこの世の中を上手に統治できるはずだし、家の中に男性がいなくても何の問題もないと考える。子蓉とパートナーは、この社会や子供たちと議論し、対話を続ける用意もあるという。変化とは身の周りから始まるものではないだろうか？　ふたりはセクシュアル・マイノリティ家族に関する絵本などのリソースを使い、子供にまず免疫を付ける。もちろん台湾で同性婚が早期に法制化されることで、将来子供が直面する困難が減ることは期待している。同性婚の法制化は子供にとっても、相続など法律上の権利義務についてかなり大きな意義があると子蓉は考える。西洋諸国で同性婚の法制化がスピーディーに進んだのは、国の社会保障制度と婚姻制度が連動しているからで、そこには差し迫った需要があったからだ。一方で台湾の社会保障制度は不完全なので、その部分においては法制化する意味はあまり大きくはない。

話を子蓉自身のアイデンティティに戻そう。彼女がジェンダーの固定概念にそれほど縛られていないことが分かるだろう。

意識とアイデンティティ

子蓉は地方の大家族の出身だ。母親は美しくて女性らしい格好をこよなく愛する敏腕の職業婦人で、子供たちにも有能な女性に育ってほしいと考えていた。父親は地方公務員で、勤勉で堅実、ひとつの部署に三十数年勤めた後、出世よりも快適な生活を求めて早期リタイアをしている。そんな家庭環境とは相対的に、子蓉の格好や見た目は子供の頃から制約されることはなかった。中学の時、子蓉は自分がスカートを穿くのがあまり好きではないことに気が付くが、クラスの中には同じような生徒がたくさんいて、彼女たちは学校に着くとすぐに短パンに穿き替えていた。地方では女性らしい格好をしない女性は少なくなかったので、子蓉は自分が変わっているとは思わなかったし、どちらかと言えば中性的で分別のある生徒、くらいに考えていたそうだ。

当時はまだ異性間の恋愛関係が進展することにすら保守的な時代で、「男が話しかけてきたら水をかけろ」というような社会風潮だった。そこで中学時代からは「異性恋愛の事前演習」のような気持ちで、同性間の友情に向き合っていたという。周りの友人たちも思春期を経て大学生になるまで、自分と同じように同性同士の親密な友情を経験してきていたので、特別なものだとは思わなかったし、しかも友人たちは最終的に異性と結婚したので、子蓉はなおさら同性同士の親密な関係に困惑したり、それを心配したりすることなく、思春期に通る自然な道だと考えていた。

中学時代の同性間の親密な行動というのは、お昼に弁当を一緒に食べたり、同級生が自分のために朝食を買ってきたりするような素朴で、楽しく、ちょっとだけ甘酸っぱいものである。高校時代、子蓉は学生寮の寮長をやっていたので、自然と生活を共にする同級生や後輩たちの注目を集めるようになり、長期休暇を終えて寮に戻ると、子蓉の机は寮生たちが持ち帰ってきたさまざまな食べ物や農作物などのお土産で埋め尽くされていたという。その後、子蓉を巡りふたりの後輩がライバル関係になり、嫉妬から問題行動を起こしてしまったため、子蓉はやむなく退寮し、外にアパートを借りることになった（ただし子蓉を追うように退寮する後輩もいたようだ）。だがこの時も、子蓉には自分の恋愛対象が女性だという自覚はなかった。

子蓉は自身の恋愛遍歴はとてもシンプルだし、容姿が良いわけでもない、と謙虚に語る。だが赤裸々に語られる物語や積極的な女の子たちの様子から、周りの人々にとって子蓉が性格も外見も魅力的だったということは想像に難くない。

恋愛と転換点

休学を余儀なくされた高校生活は、決して順風満帆とは言えなかったかもしれない。そんな子蓉が復学した後の高校三年の時にできたガールフレンドは、知り合いのいないクラスで子蓉に対し積極的に親しくしてくれた同級生で、彼女とは卒業してからしばらくの間、同棲していたという。その時もまだ子蓉は自分を同性愛者だとは思っていなかったので、そのガールフレンドとは姉妹分の関係だと考えていた。彼女もまた自分自身を女性が好きな女性ではなく、異性愛者だと思っていた。たとえふたりの間に性的な関係があったとしても、それすら〝親友の一線をほんのちょっと越えてしまっただけ〟くらいの感覚だっただろう。ふたりはお互いのボーイフレンド探しを手伝い、男性を物色しては、一緒に合コンに参加したりもしていたので、ふたりの間の秘めやかなエピソードは、お互いにとって〝親友の一線を越えた〟だけに過ぎず、ガールフレンドはやがて男性と結婚し家庭を持つと、子供にも恵まれたという。

大学に進学した子蓉は何人かのボーイフレンドと交際した。興味深いのは、当時がまだとても保守的だったからか、それとも男性側が結婚を前提にしていたからか、何人かのボーイフレンドは付き合い始めるとすぐに結婚しようと言い出した。しかし、子蓉の家族は彼女の男性を見る目がまだ十分ではないと考え、また、子蓉が選んだ相手が太りすぎか、極端に背が低いか、あるいは賢くもなければ容姿端麗でもなかったので、「まだ早いんじゃない？ もっといろんな人を見るべき」と言って、やんわりと拒否したという。大学院を卒業後、就職してしばらく経ち、子蓉は同じ業界に勤める男性と知り合った。半年ほど交際したところで、ふたりはようやく正式に結婚について話をし始めたが、婚約話を進める中で子蓉は身をもってはっきりと〝恋愛と結婚の違い〟を知ることになる。もともと個人同士のお付き合いに過ぎなかったものが、たちまち双方の家族からのプレッシャーに対峙しなければならなくなるのだ。それは男女の学歴の差（女性の方が男性よりも学歴が高い）に対する不服や、双方の家庭環境の差、そして男性側には一緒に生活できる能力があるかどうかを絶えず問われ続ける等々……。この過程においてふたりは次第に落ち着きを失っていき、最終的には先に男性の心が折れてしまった。こうしてこの時の関係は自然消滅し、お互いが心に大きな傷を負うことになった。この出来事の後、子蓉は六歳年上の男性と一年ほど交際したが、ふたりの生活圏が異なり、一緒に過ごす時間が少なかったので、この関係も結局結婚には至らなかった。

この当時、いわゆる「三十拉警報《オーバータイム》」（訳注：「三十拉警報」は一九九九年の日本のトレンディドラマ「Over Time－オーバー・タイム」の中国語タイトル）になってもなかなか結婚できずにいた子蓉は、自分の愛情と帰着先について考え、あるいは自分と理想的な生活を歩むパートナー像について考えずにはいられなかった。大家族における男尊女卑は、かつての伝統的な女性が直面した「アンバランスな、男尊女卑のジェンダー関係」の家族スタイルから子蓉を後ずさりさせていたし、彼女は伝統的かつ保守的な家庭を築くことに抵抗を感じてもいた。約二十年前にフェミニスト運動が盛り上がった頃、子蓉は前のガールフレンドと出会うのだが、それが子蓉にとってセクシュアル・マイノリティとしてのアイデンティティを確立するターニングポイントになった。野百合学生運動（注1）の後、大学の中にはフェミニストサークルが続々と立ち上がり、活動が盛んになっていく。たくさんの聡明で鋭敏な女性たちは自主的に合宿や研修・研究会などの活動を始め、当時三十代前半だった子蓉は合宿の講師として呼ばれることが多かった。そんな中、当時まだ学生だった前のガールフレンドと出会うのだが、彼女は自ら進んで人生のすべてを革命に捧げようとする、早熟な人物だった。

その彼女は、高校時代にはすでに自分がレズビアンだと自覚していたというが、どうしてそんなに早い時期に自分について分かったのだろうか？と、子蓉は興味を持ち、さらに、どうしてそんなに早くに自分の未来を決めてしまうのだろう？　と奇妙にも思った。交際中、子蓉は彼女から自分の性的指向を確かめるように言われ続けていたのだが、実はこの時、子蓉の心の中には葛藤があったという。というのもそれまで自分は男性も女性も受け入れられると思っていたし、性的指向を確認してしまうと、二度と男性と交際できなくなるかもしれないということが分かっていたからだ。しかし子蓉が女性同士のセックスと愛、そしてそれがどのように進行していくのかが明白になったのは、その彼女と交際したからだった。

そうは言っても、理念のために結びついたパートナーが、人生を共にする上で必ずしも上手くいくとは限らない。まず、元ガールフレンドはまだ学生で、フェミニスト運動への打ち込み方は、時間も情熱も、すでに仕事をしていた子蓉に比べはるかに高かったし、子蓉は彼女を応援していたものの、彼女と同じだけの熱意を運動に注ぐことはできなかった。それに、ふたりの生まれ育ったバックグラウンドの違いは、ふたりが関係を続けていけるかどうかの大きな要因にもなった。地方の大家族出身の子蓉と都市の核家族で育った彼女には、付き合う上で相容れない部分があったのだ。例えば、子蓉の実家では家族全員のために朝ご飯を作り、一緒に食べる習慣がある。だがふたりが子蓉の実家で過ごした時、彼女が子蓉家族と一緒に食卓を囲むことはなく、ひとりで外に出かけては、食事を済ませてから子蓉の実家に戻り、子蓉の家族と顔を合わせないようにしていたのだ。このことは子蓉の家族に「我が家のご飯が口に合わないのか？」と思わせ、関係をぎくしゃくさせた。子蓉は彼女を庇う理由を常に探さなければならず、それはかなりのストレスだった。さらに彼女はまだ自分は両親にカミングアウトしていないというのに、子蓉には家族にカミングアウトするように要求し続けたというが、それも子蓉にとっては簡単なことではなかった。伝統的な大家族ではバランスを保つためにさまざまな配慮が必要で、物事を焦って進めてはいけないからだ。「前のガールフレンドとは年齢も離れていたし、将来一緒に暮らしていく上でお互いにさまざまな面で協力できないことがたくさんありそうで、一緒に生活する未来が想像できなかった」と子蓉は言う。彼女との関係が終わろうとしていた時に、子蓉の前に現れたのが現在のパートナーだった。

現在のパートナーと家庭

子蓉の現在のパートナー道遠《ダオユエン》は、実は前のガールフレンドと同い歳だという。子蓉とは十三歳離れているが、道遠もまた大家族の出身だったので、大家族の中の複雑な人間関係とそのバランスを維持する方法を熟知していた。年輩者には気を遣い、他人の生活に気を配るすべに長けていて、上手に年上の女性をなだめ、愛想も良かったのだ。道遠が小さい頃に、一家は思いがけない出来事でまだ若かった父親を亡くし、道遠は早いうちから母親を中心とした家族の意思決定者になり、そのため性格も大人びていた。子蓉が前のガールフレンドと付き合っていた時に家族に対して〝革命〟を起こし、「家族に〝ふたりの関係〟はこうだということも理解してもらった」こともあって、道遠は子蓉の家族からも割と可愛がられていたし、ふたりの関係も受け入れられていた。

十八年間の恋愛関係は、ずっと安定してスムーズだったわけではない。試練と葛藤に満ちた人間関係の中で直面したちょっとした出来事が、子蓉と道遠の結びつきをさらに強固なものにしたのだという。じっくり話し合った結果、道遠は順調だった中央研究院の研究助手の仕事を辞めて台北から南部に戻ると子蓉と一緒に暮らし、ふたりの未来を計画して、お互いに協力していくことになった。それからさらに五年が経ち、仕事や経済的なことが安定してから、ふたりは養子を迎え、母親ふたりの家族をつくることにした。

もともと子蓉は家族を持つことに対してあまり憧れがなかったし、キャリアや生活を上手くコントロールして、自分の面倒をきちんと見ることができさえすれば、独身であることにも満足していた。「地方の有力者の家庭には、大家族にしっかりと守られながら結婚しない女性が少なくない」

と子蓉は言う。「よい相手が見つからなければ、無理に結婚することはない」という考えが早いうちからあったからか、周りから結婚を迫られることはあまりなかったという。あるいは女性には伝統的に代々の血統を継がなければならないというプレッシャーがないので、家族との距離が近く、仲も良く、家族から排除され、あるいはのけ者にされることがないのかもしれない。この点はインタビューを行う私たちにとっても新鮮な、これまであまり聞いたことのない意見だった。

子蓉はセクシュアル・マイノリティ文化やレズビアン・コミュニティについても率直に言及する。当時はまだコミュニティに属しておらず、〝T／P〟を分ける文化にも溶け込めずにいたという。以前付き合っていたガールフレンドとTバーに行った時も、ふたりが中性寄りのフェミニンなスタイルだったため、他の人たちはふたりに対してどのようにアプローチしていいか分からなかったようだ。Tバーを訪れる人の大半は、T／P文化こそが道理にかなうと考えていたので、困惑気味に「あなたたち〝不分《ブーフェン》〟は、誰と誰が付き合えばいいのか、どうやって分かるのですか?」とふたりに質問してきたり、「あなたたちはカップルに見えない」と言われたりもした。一九九〇年代半ばにフェミニズム思想の洗礼を受けたレズビアンからは、T／P二元論の文化は異性愛の関係性のレプリカであり、それを超越することも突破することもなければ、異性愛の関係性から何も進歩していないと、強烈な批判を受けたものだ。しかし、レズビアンにおける役割のアイデンティティは、どうやら年齢や世代とはあまり関係がなく、成長過程における経験が関係しているようだという。子蓉は道遠と付き合い始めてから知り合った一部の若いTについて、伝統的な家父長制のパターンを再現していると考えていた。「Tはこうでなくてはならない、Pはこうでなくてはならない」といった、この文化におけるTの様相は子蓉にとって受け入れ難く、異性愛モデルにおける最悪な男性像――自慢話をこよなく愛し、定職に就かず、口論や喧嘩が好きで、伴侶ともやり合うような――をコピーしているように思えるというのだ。Pの職場にやって来て騒ぐなど、かなり短気で衝動的であることに子蓉は首をかしげる。互いをニックネームで呼び合うTバーの文化もまた、子蓉には理解し難く、互いに知り合うのにウソの身分を用いることにも疑問を抱いていた。

話を子蓉たちの子供のことに戻そう。ふたりが付き合い始めてすぐに、道遠は子蓉がとても子供好きだということに気付いたという。弟の息子の世話を手伝っていたし、道遠の姉の娘の面倒も見てくれて、それもかなり慣れた様子だったからだ。もともと道遠は自分で子供を産もうと考えていたが、子蓉はそれだと道遠の負担が重すぎるし、彼女の人生を大きく変えてしまうと考え、自分が産むという考えを捨てるよう道遠を説得し、家族を持たないことを運命として受け入れようと考えていた。

しかし、縁あってふたりは現在の養子を迎え入れると、生後二か月から育て始めて今に至る。このことはふたりにとって挑戦だった。ふたりだけで暮らしていた当時は、それぞれが独立した個体だと認識していたし、いろんな方向へ発展していく可能性もあったので、お互いに相手を制限することはなかった。子蓉は人生とキャリアの発展は直線的でシンプルなものだと捉えていたが、道遠はむしろ不確定なことの方が多いと考えていたので、ふたりで子供を一緒に養育する具体的な方法については、かなり真剣に話し合ったという。

子供を迎え入れてから、ふたりの関係にはどのような変化や影響があったのか……。これについては問うまでもないだろう。道遠は子供の頃から勉強が得意だったので、実家は生活が苦しかったが娘の教育にできるだけ多くのお金を投じ、それなりに期待をかけていたという。道遠もまた順調に進学を果たすと、就職してからも努力を怠ることなく自分に厳しく、何をするにもオーバーワークになるまで全力で打ち込んでいた。子供を迎え入れてからようやく、仕事のペースを落とし、ワークライフバランスを保つために人生の軸足を変えることを覚えたという。養子縁組の準備を進める過程で子蓉の病気が見つかり、治療することになると、必然的に道遠が子供の世話を引き受けなければならなかったし、また子蓉と一緒にさまざまな困難を克服する中で、自分の生まれ育った家庭が自分に及ぼした影響について改めて考えたからだ。この過程は道遠にとって自分自身について理解するいい機会になったのではないかと、子蓉は考えている。

闘病と子供の養育の間で、衝突や不安はないのだろうか？　子蓉は不安を抱きつつも、親戚や友人たちの体験や、診てもらっている病院が医療技術で有名であることから、先のことについては楽観的に構えているという。もちろん予期せぬ事態が起きた場合についても想定しているが、子供を取り囲む家族のネットワークは安全で問題はないという。

もちろん、ふたりの関係が安定したからこそ、養子縁組について考えることができたし、実際に子育てが始まってから、ゆっくりと三人の心がひとつになっていく感覚が芽生えてくるものだと子蓉は考えている。「外で何か悪いことが起きても、家に帰れば苦労した甲斐があったと思えるような、そんな感じです」。理性的な子蓉が、これほど感情的な言い方をするのはとても珍しいことである。

文／林致君《リー・チージュン》（喬伊《ジョイ》）
聞き手／喬伊、喀飛、莊蕙綺
訪問日／二〇一七年十一月二十三日と二〇一八年一月二十九日

執筆者紹介

林致君《リー・チージュン》（喬伊《ジョイ》）

レズビアン、猫のしもべ、深く愛するパートナー有り。

小学生の頃からバイセクシュアルを自認。誰かを好きになるのに性別は関係なく、その人の個性や特性に惹かれてきた。ジェンダー意識やこれまでの恋愛経験から、二十七歳の時にレズビアン・ミュニティにおける〝P〟を自認。その後、当時三十歳近かった前のパートナーが、老Tと自称したことで、コミュニティにおける〝老〟についてどう考え、世代をどう区分けするのかについて疑問を持ち始める。

二〇一三年に初めて台湾同志ホットライン協会のチャリティーパーティーに参加し、そのプログラムの笑いと涙の振れ幅の大きさに、ホットライン協会のボランティアに参加することを決意。十一月二十八日から中高年LGBTワーキンググループに正式加入したことで、〝じゃじゃ馬P〟の人生は徹底的に素晴らしく豊かなものへと邁進した。

中高年LGBTワーキンググループの活動に積極的に参加しながら、次第に、たくさんのことが時代の涙であることが分かった。中高年の同性愛者の姿は世間からは見えにくく、レズビアンは特に見つけにくい。〝不分《ブーフェン》〟を自認する人は少なく、〝P〟もまた人々の間に身を隠しているし、母親ふたりの家庭はさらに少数だ。なのでこのインタビューを引き受けてくれた子蓉の存在は本当に貴重だし、大変感謝している。子蓉とお子さんのゆったりとしたやりとりを目の当たりにして、子供がとても愛されていることを心から感じ取ることができた。

私には、ひとまわり歳の離れた年上のパートナーがいるのだが、その経験から〝老〟とは成熟と寛容であると理解している。いろいろなことを経験し、そこから分かったことがあるから、より優しく温かな気持ちで相手に接することができるのだ。これは一種の、神様から与えられた幸福のようなものだ。

1. 「野百合学生運動」（または三月学生運動）は一九九〇年三月十六日から三月二十二日に起きた学生運動のこと。この学生運動では、台湾各地から最大で六千人近い大学生が中正紀念堂広場（現在の自由広場）に集結し、政府に対し「国民大会の解散」「臨時条款の撤廃」「国是会議開催」「政治経済改革時間表提出」の四項目について要求する座り込み活動を行った。この運動は中華民国政府が台湾に渡って以来初めてとなる、大規模な学生デモ行動であり、台湾の民主政治の在り方にもかなりの影響を与えることになった。この学生運動を受けて、当時の李登輝総統は学生側の要求を受け入れ、すぐに国是会議を招集。また一方で、一九九一年に「動員戡乱（反乱平定）時期臨時条款」の撤廃、「万年国会」の運営を終わらせ、台湾の民主化は新しい段階へと進んだ（Wikipedia を参考）

2. 「女研社」（「女性主義研究社」の略、フェミニズム研究社の意味）は大学におけるフェミニズムサークル。対内的に女性の主体意識を発展させ、対外的に学校や社会で各種運動を起こし、例えば学校における男子寮・女子寮の門限時間の管理や性別におけるトイレスペースの不合理な分配などの問題に学校が向き合うよう推し進める。各大学のフェミニストサークルは互いに連絡を取り合い、連携して「全国大学専門学校女性行動連盟」を設立、夏には「シスターキャンプ」を開催し、ジェンダー講座を行うなどした。このキャンプでは台湾各地から女子学生が一堂に会し、天下五絶（五大武術家）を決める華山論剣さながらに互いに切磋琢磨しながら経験を共有して学んだ。一九八〇年代末に登場したフェミニストサークル（最も早くに設立したのは台湾大学で一九八八年のことだった）は、一九八〇年代の台湾女性運動の影響を受けて誕生したが、保守的で穏健な女性運動者とは異なり、女性の持つ可能性を探り、女性の成長を追求した。年代には、女研社が「家父長制」「女性解放」「性の自主」などさらに急進的なテーマに取り組み始めたことで既成のジェンダー価値観を再考するよう社会を刺激し、台湾の女性運動に新しい要素を盛んに注入した。（参考：国立台湾歴史博物館「台湾女性」ウェブサイト　URL: https://women.nmth.gov.tw/?p=2132）

物語17　寒天龍《ハンティエンロン》　束縛から逃れて自由になりたい

透き通った歌声には力がみなぎり、強さの中に柔和さを帯びる。美しく整った顔にもみあげ部分が白くなった短髪、そして凛々しいステージ衣装に身を包んだ舞台上のその歌手は、年齢の割にファッショナブルなテイストと、共鳴する歌声のコントラストが味わい深い。

このところ多忙だった筆者は、ようやく旧正月に帰省することができたので、何年も前に来たことのあるバーを訪れてみた。記憶の中では木の廊下が無限に続いているように思われたが、こうして再訪してみると、どう見ても小さなロフトか、こぢんまりとした店でしかなかった。言われなければ、私の故郷台南にこの店のような歌謡ファンになれる場所があるなんて信じられないかもしれない。歌手はあらゆる世代に楽しんでもらおうと新旧さまざまな歌を八曲立て続けに披露すると、ステージの下に降りてきて歌謡ファンたちの間をぐるりとひと回りし、やがて私たちの座るテーブルにやって来て、魅力的な口調で挨拶をしてくれた。その歌手は自分の芸名も源氏名も、そして本名も私たちに教えてくれたが、本書では「寒天龍《ハンティエンロン》」と呼ぶことにしよう。

寒天龍は過ちを犯し、一万二千年もの間冷たい池の中に閉じ込められていたという。インタビューの後半ではとても仏教的な話題になった。これもまた千載一遇の恵まれた縁であり、またそれは「萍水相逢《へいすいあいあう》」「淡きこと水の如し」だと私は信じている。

高校時代、同級生の女子のキスが私を目覚めさせた

一九六二年生まれの寒天龍は、台南にある二空眷村《けんそん》（訳注：軍人用の集合住宅）育ち。きょうだいは兄二人に姉四人。そして父親は士官で中国安徽省出身、母親は四川省の出身である。寒天龍は幼い頃から兄の服を着せてもらうのが好きだった。美しい顔立ちとおおらかな性格に男児服がマッチしていただけでなく、男みたいな格好をしていれば隣の東村の不良少年たちにいじめられずに済んだからだ。こうして寒天龍はそのままズボンを穿き続けて現在に至る。

容姿端麗な寒天龍には、実のところ幼い頃からボーイフレンドがいて、小学、中学時代もボーイフレンドと付き合っていたが、交際相手のために女の子っぽい服を着ることはなかったし、制服はスカートだったが、その下には必ずズボンを穿いていた。高校の時、寒天龍は台北にある華岡芸術学校へ進学すると伝統音楽学科で南胡（訳注：二胡の別称）を専攻する。学校は陽明山（訳注：台北市郊外の山）の中腹に位置してい

たため、地理的な条件からそこは世間から隔絶された、小さな世界だった。ある時、同級生の女子生徒が幼稚な無邪気さから寒天龍にキスをした。その瞬間、まるで感電したかのように寒天龍の全身を電流が駆け抜けたという。それは寒天龍が初めて覚えた恋の味で、それから自分は「女子が好きな女の子」なのかもしれないと考えるようになったそうだ。この恋は一学期の間続き、寒天龍は毎日のようにその子と電話でおしゃべりをしたが、夏休みが終わると彼女は突然、寒天龍を相手にしてくれなくなった。ふたりの付き合いは、彼女にとっては子供の無邪気な遊びだったのかもしれない。だが寒天龍にとってそれは「レズビアン入門」だった。

初恋に破れた寒天龍は次の学期をすっかり落ち込んだまま過ごしていたが、下の学年の舞踏学科に所属するある女子生徒の出現が寒天龍の残りの高校生活を甘いものへと変えることになる。最初は友情から始まった付き合いは、寒天龍がその子に失恋の苦しみを打ち明けたことをきっかけに、ふたりの仲は日に日に親密さを増していった。毎日のように一緒に登下校し、ふたりの仲を周囲に隠すことなく、寒天龍は堂々と教室のドアの外で相手を待った。周りの生徒たちは噂話を始めるが、それはいずれも寒天龍が後輩の女子生徒を追いかけているというものだった。後輩の女子生徒に、おかしな性的指向を持つ人には近づかない方がいいと忠告する人が現れ、彼女はついに寒天龍を無視するようになった。ある日、彼女が授業を受けている隣の教室で寒天龍がピアノを弾き始めた。その切ない音色に導かれるように、授業を終えた彼女が寒天龍のもとにやって来た。寒天龍はこの時ようやく自分の気持ちを彼女に打ち明け、彼女もまた寒天龍のことを受け入れたのだった。

高校卒業後、寒天龍が国防部の女青年工作大隊に合格して軍隊訓練が始まると、彼女と一緒に過ごす時間が減ってしまった。彼女と離れたくない寒天龍は、休暇が終わる時は涙を流さずにはいられなかった。軍隊の同僚が悲しみに暮れる寒天龍を心配してくれたので、寒天龍はすべてを打ち明けた。しかし大勢の人間がいる軍隊で秘密が守られるはずもなく、寒天龍の噂は瞬く間に広まり、ついには大隊長の耳にまで届くことになる。

軍は寒天龍に、軍隊にとどまりたいのなら彼女と別れるように、交際を続けるならすぐに軍を去るようにと通告した。この時、寒天龍と仲の良かった三番目の姉がその彼女のもとを訪ね、寒天龍の軍隊生活に影響が出ないよう別れてくれと頼んだという。寒天龍が彼女からそのことを打ち明けられたのは、ふたりが実際に別れた後のことだった。

軍隊の中の、異なる性的指向に向けられた異様な視線

自分の性的指向が原因で、寒天龍は軍隊の中で周りの人たちから異様な視線を向けられるようになる。楽な仕事が割り当てられることはなく、受け取れるはずの福利も常に誰かに奪われた（楽天的に振る舞う寒天龍は、このことをインタビューの最後の方になって初めて、私たちにこっそりと打ち明けてくれた。当時は気持ちをふっきることができずに恩師に手紙を書いたが、返信はなかったという）。しかし、多くの人が寒天龍に興味を持つようにもなった。あの当時、女性を好きな女性は好奇心旺盛だと考えられていたので、何人かの女性の先輩はわざわざ近づいてきて寒天龍の性的指向について探りを入れてみたり、難癖をつけたりした。その一方で寒天龍に恋心を抱く者もいれば、寒天龍の恋人になる者もいた。

「どんな時も、何をしても、何らかの理由でいじられていたので、すっかり慣れて、どうでもよくなってしまいました。とにかく勝手に罵っていればいい、何と言っても当時は若かったので、罵られても平気だったんです。それに女性の先輩と後輩は、しょっちゅう文句を言い合い、やりあっていたので、慣れっこだったんですよ。ちょうど共産党の内部闘争のようなもので、闘争しているうちに慣れてしまって、平気になってしまうものなんです」と寒天龍は淡々と話す。

軍隊内での恋愛は周囲に気付かれないようにしなければならず、頻繁に視線を送り合ったり、細々とした用事を介して気持ちを伝えたりしていたという。そして恋愛においては軍隊の中での立場が物を言う。権力を持つ側の人間でなければ、恋愛をするにも相手とある程度の距離を置く必要があったし、反対に能力が高く、成績優秀で対人関係が良好な相手であれば影響を受けにくく、干渉されることなく恋愛関係を築くことができたという。

寒天龍も軍隊で優秀な女性の先輩と知り合うと、退役してからもしばらくその人と交際していた。軍隊内での恋愛にまつわる興味深いエピソードは他にもある。それは退役する際に大隊長が机の上に大量の手紙のコピーを出してきたのだが、それはすべて寒天龍と他の女性たちとのラブレターだった。つまりこういった手紙類はすべて国防部の中で検閲されていたというのだ。寒天龍は率直に「だから何だと言うんですか？ 他の誰かに迷惑をかけてはいなかったし、何年にもわたって、仕事にもなんら影響がなかったんです」と言う。

寒天龍が軍隊の中で知り合ったのは同性だけでなく、異性もいたという。同性が好きだという噂話を止めるために、男性兵士と恋仲になったことがあったし、退役後には空軍兵と結婚することも考えていたのだ。「もしかしたら（男性を好きになる）可能性があるんじゃないかって、まだ疑っていたんです」と寒天龍は言う。しかしその時の経験から、体は嘘をつかないし、生理的反応はなかなか起きないものだということが分かったという。

子供作りのためではない異性とのスキンシップ――お試し婚

「男性と肉体関係を持つことなく、自分の性的指向を決め込んではいけないだろう」

あの時代、二十代の女性は常に結婚を意識していた。性的指向がどうであれ、女性は嫁がなければならないという責任を負っていたし、結婚後は夫とのセックスは「しなければならないこと」だったのだ。多くの年上のレズビアンたちは男性とのセックスについて、ただ「何も感じなかった」と表現するが、寒天龍は「男性が私の中に入ってきた時、私はずっと乾いたままでした」と赤裸々に語る。これは中高年のレズビアンにより異性との性行為が活き活きと描写された、稀なケースだ。

そして寒天龍と男性との性体験はまた特別な、子供を作るためにセックスをせざるを得なかった他の年輩レズビアンたちとは異なるものでもある。寒天龍のそれは結婚前に自分の性的指向を証明するためのものだったからだ。当時のパートナーと「お試し婚」をしてみたり、経口避妊薬を飲むことも知っていたりと、寒天龍の行動はまるで今時の若者のようである。

フォークソング（民歌）レストランを経営する

軍の先輩との恋愛は退役後も続いた。寒天龍と教官（訳注：国防部から高校以上の教育機構に派遣される軍事教育担当者。現在は撤廃）試験に合格した先輩は一緒に台中で暮らし始めると、フォークソング（民歌）レストランを開いた。もともと音楽の基礎があった寒天龍は子供の頃からギターで遊び、ステージ上で歌う歌手を見ながら、歌やギターを覚えたという。ある時ステージに上がるはずだった歌手が欠場し、寒天龍が代わりにステージに上がったことがあったのだが、それが三十年以上続く寒天龍の歌手人生のスタートとなった。フォークソングレストランがブームになるのは、寒天龍たちが店を畳んだ後のことで、台中駅周辺の商業地域にはたくさんのフォークソングレストランが立ち並び、どの店も入店待ちの行列ができるほど、客で賑わっていた。寒天龍はどこででも歌ったし、カセットテープもたくさん出した。出演は一週間に三十六ステージ、寒天龍は不眠不休で歌い続けた。

「ただその時代に生まれたら、好きな女性がいても（異性との）結婚を考えたでしょう」

「女性となら永遠に忘れられないほどの胸の痛みを覚えるんですけど、男性が相手じゃ、これっぽっちの嫉妬心も起きないんですよ」

寒天龍は自分でもあまり分かっていなかった自身の性的指向を、いくつかの恋愛経験を経て証明し、普通の人よりもはっきりと自分のことを理解していたというが、それでも社会の風潮により、寒天龍は混乱させられることになる。二十六、七歳の人生で大事な時期は、多くの女性にとって結婚適齢期であり、同性の先輩と恋仲にあった寒天龍も、将来の結婚について考えなければならなかった。先輩もまた寒天龍のためにひと肌脱ぎ、条件に合う空軍青年を紹介してくれたので、寒天龍はその人と交際することにした。寒天龍は青年に対して身体的な欲求はなく、ただ結婚相手としての物質的な条件が合っていただけだったので、ふたりの仲はまるで友達付き合いか兄弟関係のようだった。ある日、その空軍青年が嫉妬心を剥き出しにしながら先輩に「(女性と付き合うなんて)あなたは変態だ」と言った。自分が先輩を同性愛の道に引き入れたと考えていた寒天龍にとって、空軍青年のその言葉は先輩を侮辱するだけでなく、寒天龍自身を傷つけるものでもあったので、怒った寒天龍は空軍青年と別れることにした。そしてどんなに条件のいい人でも、この種の「ホモフォビア(同性愛嫌悪)」に満ちた罵りによる侮辱は帳消しにできないものだと、寒天龍は心の底から悟ったのだった。

未婚者は年配者の面倒を見るために呼び戻されるもの

歌う日々は、色恋の日々でもある。寒天龍が二十九歳の年に兄も姉も結婚して実家を離れてしまったので、母親の面倒を見るために末っ子の寒天龍が台南に戻ることになった。酒場を転々とする歌手としての活躍の場も徐々に南下していった。その中のひとつが現在も経営を続けているフォークソングレストラン〈木棉道〉である。

台南に戻ってから、寒天龍は歌手活動を通してさそり座の女性と知り合い、その彼女と五年間付き合った。周りの友人たちは皆、このお似合いカップルの、安定した関係に羨望のまなざしを向けていた。相手の女性は寒天龍より七歳下で、若く、遊び好きで、交友関係が広く、エネルギーにあふれていた。セクシュアル・マイノリティとしての生活を特に意識してこなかった寒天龍にとって、このガールフレンドと過ごした数年間が人生で最も「レズビアンらしい」日々だったという。交際期間中には台南のTバーや高雄のゲイバーによく遊びに行った。しかし来る日も来る日も友人たちからの誘いが絶えず、同居していた部屋では夜な夜な麻雀牌をジャラジャラとかき回す音が鳴り響き、視界から酒とタバコが消えることのない乱れた生活に、いつしか寒天龍は疲れてしまった。

友人たちと喫茶店に集まった時のこと、寒天龍は隣のテーブルの客の手に仏道修行を完成させた証しである戒疤《かいは》（焼き印）があることに気付くと、その人に戒疤について話を聞き、やがて出家を意識するようになった。ガールフレンドは最初、ただの冗談だと思っていたようだが、寒天龍が出家を目標に少しずつ受戒したり活動をしたりするようになっていったので、次第に寒天龍との未来に希望を失っていった。「さそり座の人はね、希望がないと分かると、きっぱり諦めるんですよ」。別れる時はそれほどもめることはなかったという。こうして寒天龍は購入した部屋をガールフレンドに明け渡すと、自分は実家に戻って母親と暮らしながら修行の道を歩み始めたのだった。

寒天龍はそれから仏教団体で三年間働いた。出勤すると、受付で師匠の説法を聞くことのできる日々の生活は、とても心安らぐものだった。三年間、精進料理を食べ続け、毎日のように出家したいと唱えていたが、それでも母親をひとり残して家を出ることはできなかった。寒天龍はふと、修行生活も、出家を目指すことも、何事にも執着しすぎると行きすぎてしまうということに気が付いた。僧侶になることにこだわりすぎるのは、執着を捨て物事を諦観するという仏教の教えに合わないのだと自分に言い聞かせた。

交際歴十五年の現在のガールフレンドとの出会い

寒天龍は仏門修行を十年続けた後、道教に改宗する。ある時、宮主に寺院を拡張したいが金がないと言われた義理堅い寒天龍は、すぐさま自分の家を抵当に入れて金を借りると宮主に貸したが、その結果、宮主は最初の月に返済しただけで、残り七年ものローンを寒天龍が肩代わりすることになった。負債を抱えて過ごす日々は、心にずっしりとプレッシャーがのしかかっていたので、寒天龍はますます頻繁に寺院を訪れてはお参りしていた。

ある日、修行仲間の眷村《けんそん》の兄弟子《あにでし》が寒天龍を別の寺院に紹介してくれ、その寺院の人がその後数年にわたりお金の督促を手伝ってくれたことで、寒天龍はこの寺院の女宮主と知り合った。寒天龍はただ平穏を求めていただけだったが、付き合いが長くなるにつれ、次第にこの女宮主が不幸な結婚生活を送っていることを知り、女宮主も寒天龍が借金を抱えて苦しんでいることを知ったのだった。こうしてお互いに助け合ううちに、ふたりの間には次第に愛が芽生えていった。

この女宮主との接近が、寒天龍を何年も苦しめることになる。女宮主の夫はテコンドーのコーチをしながら寺院の仕事もしており、自分の妻と寒天龍の距離が段々と縮まっているのに気付くと、日に日に不機嫌になっていった。ある日、女宮主の夫は嫉妬心を爆発させると、神様のお告げを代筆するのにかこつけて寒天龍に向かって汚い言葉を書いたので、ふたりはすんでのところで喧嘩になるところだった。それから間もなく、夫に耐えきれなくなった女宮主が寒天龍の家に逃げ込んできた。ふたりは道教のやり方に従って、一晩のうちに寺院に備えられていた儀礼用の道具類を撤去し、神像と壇位を持ち去った。その駆け落ちのような出来事はとてもロマンチックだったが、疲れるものでもあった。

寒天龍は夫から離婚を拒否された女宮司を結婚生活から逃れさせようとしたが、彼女の娘のことまでは救い出すことができなかった。二年後、学校の教師が娘の体中にあざや傷があることに気が付いて通報してくれたおかげで、女宮主はようやく娘を桃園の実家に連れて帰ることができた。そして夫は学校でテコンドーを教え続けるためにこの問題を大事にしたくないと考え、最終的には協議離婚に同意したのだった。しかし離婚から数年が経っても、元夫から女宮主と娘への嫌がらせがやむことはないという。

感情の中の性別役割

寒天龍の話は、恋愛における性別役割に及ぶ。まるで見た目が男性のような寒天龍であるが、恋愛対象は実はそのほとんどが中性的か、あるいはたまに〝T〟なのだという。寒天龍は二十年以上自分を慕ってくれた友人のことを思い出していた。寒天龍に言わせると、その人はどこにでも出かけて行くのが好きな射手座で、彼女との付き合いは常に楽しくて居心地のいいものだった。見た目も寒天龍と同じくボーイッシュで、ステージを見るためだけに何度も南部のレストランにやって来ては、終わるとすぐに台北に帰っていったという。その後、寒天龍がその友人と再会したのは、寒天龍がちょうど台北で仕事に就くかどうかを迷っている時だった。友人の、二十年間ずっと寒天龍が台北に来るのを待ちわびていたという言葉に胸をを打たれ、寒天龍はその愛に突っ走ることを決意する。こうして当時不条理なことの多かった台南を離れることにしたそうだ。

久しぶりの台北は景色も人間関係も以前とは異なっていて、普段は誰かの面倒を見ることの多い寒天龍が、ついに面倒を見てもらう側になってしまった。外見が〝T〟寄りのふたりが一緒にいる姿はまるで少年がじゃれ合っているかのようだったし、ふたりはお互いに服やズボンを貸し借りしていた。ふたりの関係はとても順調だったのだが、親せきの経営する会社で朝の九時から夕方五時まで働く台北での仕事は、寒天龍にとって満足できるものではなかった。台南に帰って歌いたい、台南の友人たちに会いたい、経済的に誰かに頼るのも嫌だ……。こうして二カ月が経つ頃には不満が限界に達し、寒天龍は台南に戻ることを決めるのだが、友人はそれを寒天龍からの別れのサインと受け取り、ふたりの関係を終わらせたのだった。この出来事は、その後しばらく寒天龍を苦しめた。これがおそらく自分の人生にとって、最後の失恋だったのかもしれない、と更年期真っただ中の寒天龍は言う。

さらに歳を重ね

精神的な自由を望む寒天龍は、将来的に同性婚が法制化されたとしても法律には縛られたくないと言うが、それでも保険金の受取人や、医療権利の保障などの、同性婚にまつわる「ホットなトピックス」については、早くからパートナーと話し合ってきた。寒天龍の保険金の受取人は一番上の姉である。寒天龍より十八歳上の姉は一家の主のような存在なので、絶対に保険金を独り占めするようなことはしないからだ。医療行為同意書については、寒天龍はパートナーに決定権を委ねたいと考えているが、パートナーのことなので、権利があっても独断で決めるのではなく、寒天龍の家族の意見を尊重しようとするだろう。もし自分が突然この世を去り、パートナーが寒天龍の兄姉たちに会うことになれば、彼らが彼女につらくあたることは明白だ。だからもし本当に自分の身に何か起きたら、銀行の口座番号と暗証番号を持ってさっさと口座からお金を引き出したらいい、とパートナーには伝えている。

寒天龍は保険業界でパーソナルアシスタントとして働いていたため、自分の老後の資金計画はすでに立てているという。そんな寒天龍にとって唯一の不安は、パートナーとお互いに気を使い合いながら一緒に老後を迎えられるかどうかだという。

人間の一生は生まれた時に定められている。仏教修行したことで、寒天龍は将来についてのメッセージや視覚的イメージを得ることができたが、その答えを見つけ出すために物事を根本まで突き詰めて、前世に執着するようなことはしたくないと考えている。寒天龍は自分が冷たい池の中に閉じ込められた龍であることを知っている。龍は、自分がどのような罪を犯したかを知らず、罰を受けて奈落の底に落とされたことも知らないが、自分が青銅色の鱗を体中に付けた龍であること、そしてこの人生で果たさねばならない大事な使命があることは分かっているのだ。

文／湯翊芃《タン・イーポン》

聞き手／湯翊芃、喀飛、明道

訪問日／二〇一八年二月十四日

編集後記

オールドレズビアンはどこにいるのか？

文／喀飛（中高年レズビアンインタビュープロジェクトリーダー）

『おばあちゃんのガールフレンド』は、五十五歳以上の中高年レズビアン十七名の物語ですが、実際の生活で「おばあちゃん」と呼ばれているのは孫のいるふたりだけで、そのほかはそれぞれの人生において、いわゆる〝おばあちゃん世代〟に属する、人生経験豊富な人たちです。彼女たちの時代には、「同志」という言葉で彼女たちが呼ばれることはなく、また「同性愛者」というアイデンティティを自認してから、セクシュアル・マイノリティとしての生活を始めたという人は滅多にいませんでした。その代わりに、自分の恋い慕う対象は同性で、ガールフレンドを作りたいという欲求を持っていることに気付くことで、自分と他の女性との違いを自覚したのです。本書の『おばあちゃんのガールフレンド』というタイトルですが、これは人々の注目を集め、その存在を正視してもらうために付けました。「何だって！ おばあちゃんのガールフレンドですって？」と。これも社会が中高年に対して抱くステレオタイプを打破するためです。おばあちゃんたちの恋愛史やダンディーな人生は、あなたが想像する以上に素晴らしいものなのです！

中高年のセクシュアル・マイノリティはどこにいるのか？

台湾では急速に高齢化が進み、人々は長期介護について話をし、中高年セクシュアル・マイノリティについてインタビューや調査、それに中高年セクシュアル・マイノリティについて研究したい人や、彼らの医療や介護、それに社会福祉に求めるものが何なのかを理解したいと考える人たちは皆、台湾同志ホットライン協会の中高年LGBTワーキンググループに駆け込みます。聞き取り調査に協力してくれる人や調査サンプル、それに研究対象を探そうとすると、すぐに最初の問題「中高年セクシュアル・マイノリティはどこにいるのか？ どうして彼ら彼女らを探し出すのはこれほどまでに難しいのか？」にぶつかるからです。この問題の存在こそが、その答えなのです。

中高年LGBTワーキンググループが二〇一〇年に『虹色バス旅行：高齢者ゲイ12名の青春の思い出』（基本書房）を出版した経験から学んだのは、生まれ育った世代の異なる、苦難に満ちた経験を何度も繰り返す社会的境遇に置かれた中高年セクシュアル・マイノリティは、見知らぬ相手に自分が同性愛者であることを悟られないための「コツ」を習得しているため、彼ら彼女らを探すには人脈に頼るしかないということでした。本人たちがよく知る、非常に信頼している人間関係を通すことで、ようやく不安が軽減され、「姿を現す」ことができるのです。

『虹色バス旅行』のインタビューを行った際に、中高年ゲイと私たちを繋いでくれたキーパーソンは、台北にあるゲイサウナ〈漢士三温暖〉の主人、余《ユー》おばあちゃんでした。そして今回、中高年レズビアンと私たちを繋げてくれた人物が同《トン》です。本書が完成し、出版できたのは、インタビュー計画の発起人・同《トン》が、本書がこの世に誕生するのを促してくれたからで、彼女はこのプロジェクトの最大の功労者であり、チャレンジングな過程において強力な推進者でした。レズビアン・コミュニティを次から次へと繋ぐように訪ね歩き、協力をお願いするという積極的かつたゆまぬ努力なしには、これほどたくさんの方にワーキンググループを信頼してもらい、自らの物語を語っていただく機会は得られませんでした。

今回の、中高年レズビアンへのインタビュー計画は六年以上をかけて、ワーキンググループメンバー内の、この企画に興味を持ってくれた有志によって行われました。この間、私たちはワーキンググループメンバーは国立政治大学社会福祉研究科の王増勇《ワン・チェンヨン》先生に監修いただいた「オーラルヒストリーを筆記するためのワークショップ」を開催し、王先生には「オーラルヒストリー筆記方法の原則」について講義していただきました。ノンフィクション作家の顧玉玲《グー・ユーリン》さんをお招きし、ワークショップ「個人の執筆経験をシェアする」を実施。またワーキンググループの責任者である鄭智偉《チェン・チーウェイ》に「ライフヒストリーの持つストーリーテリング力」について、喀飛《カーフェイ》に「物語を聞くこと、物語を話すこと」についてそれぞれの経験を共有してもらいました。

そしてインタビューを終えるたびにメンバーが集まり、三万から五万字に及ぶ書き起こし原稿についてディスカッションを行ったのですが、これはメンバーにとってとても貴重な交流と学習のプロセスになりました。インタビューメンバーは二十代から五十代と年齢層が幅広く、それぞれが育った時代も異なれば、セクシュアル・マイノリティとしての人生経験も異なるため、書き起こし原稿から読み取れる、あるいは理解できる意味も個人差がありました。そこで経験豊富なメンバーに質問し、彼らの回答を通じてセクシュアル・マイノリティ・コミュニティの歴史や文化についての理解を補足し、インタビューメンバー全員が歴史的背景についての知識を深め、話し手の物語に隠された暗号や鍵を解読できるようにしたのです。

歴史的なシーンを再現し、物語を解読する訓練は、ワーキンググループによるインタビュー計画において重要なプロセスになりました。メンバーたちはより多くの歴史的な素材を吸収し、中高年のセクシュアル・マイノリティがかつて立たされた社会的苦境と当時の同志文化を知る機会になったのです。それらを身に付けながら、最終的に物語を書き上げる作業に入りました。

物語を語り、ライフヒストリーを再現する際にはインタビューの書き起こし原稿から素材を抽出し、取捨選択し、調整と再構成、あるいは切り込み方や表現のスタイルを選ぶなど、どうしても執筆者の主観的な解釈が入ることは免れられません。『虹色バス旅行』に続く一冊として、本書は、主人公の物語を、さまざまな人生経験やバックグラウンドを持つボランティアライターたちが自分の目線で読み解いたものを読者に伝えるという形に近いと言えます。ストーリーごとに、執筆者の名前と簡単な紹介文を付けたのはそのためです。

ボランティアの皆さんと本書を完成するにあたり、その過程で印象に残った二つのことをご紹介します。

1．カミングアウトできないニックネーム

十七編の物語中、十三名から最終稿の時点で物語の中に登場する名前を変えてほしいとのリクエ

ストがありました。最初の頃、私は少し困惑しました。あれっ？ 物語の中に登場するのは本名ではなく、普段コミュニティの中で使っているニックネームなのに、ニックネームすら「カミングアウト」できないのはなぜ!? と。この状況は、前作の中高年ゲイの書籍を執筆した時にはなかったことです。前作の物語の中で用いた名前は、兄さんたちが普段コミュニティの中で使っている、慣れ親しんだ名前だったのです。

二冊の本を比較して、中高年レズビアンが個人情報の漏洩について、より一層気を遣っていることに私たちは気付かされました。ひと昔前の社会や家族、それにセクシュアル・マイノリティではない身内や友人たちに対し、自分のアイデンティティを隠さなければならないプレッシャーは、今なお存在しているのです。異なる名前は違う顔、あるいは仮面です。実名は社会を渡り歩き、家庭や職場、あるいは親戚友人に見せる一面であり、コミュニティで使っているニックネームはレズビアン・コミュニティ内の友人に見せる一面なのです。どんなに同志運動が長年努力し、「セクシュアル・マイノリティがもはや仮面をかぶる必要はない」フレンドリーな環境を創り出したとしても、中高年レズビアンの体に刻まれたプレッシャーの痕跡は、そう簡単に消し去ることはできないのです。

2. なぜガールフレンドたちは皆、異性愛者なのか？

とあるディスカッションで、ボランティアから「このインタビュー対象者が一生涯を通して異性愛女性とばかり関係を持つのはなぜか？ ガールフレンドたちは結果的に対象者と別れて、異性との結婚に踏み切っているが」という疑問が出ました。

このボランティアが提示した疑問は、おそらく多くの若い読者の心にも浮かんだのではないでしょうか。私はこの問いの答えを探ることこそが、まさに異なる世代がコミュニケーションを図り、お互いを理解し合うキーポイントだと考えています。

ポスト同志運動に生まれ育った世代は、自分がセクシュアル・マイノリティであることを割と簡単に受け入れます。しかし、四、五十年前、あるいはそれ以前において、女性のことが好きな女性は、すでに相手と生活を共にしていたとしても、必ずしも自分のセクシュアリティに名前を付けられるような、他に参考できる経験を見つけられるとは限りませんでした。つまり彼らは自分が何者で、自分のセクシュアル・アイデンティティが何なのかをまず探ってから、女性を愛し、女性と性的な関係を持ち、一緒に暮らすことを決めているわけではなかったのです。

台湾でレズビアン団体が立ち上がり、あるいはレズビアンバーが登場してから、まだ三十年くらいしか経っていません（台湾初のレズビアン団体「我們之間」の創立は一九九〇年です）。それ以前には、自分と同じように女性が好きな女性と出会える場所は存在しなかったのです。十七名の話し手のうち七名が六十一歳以上で、残り十名は五十五歳から六十歳です。六十一歳以上の高齢レズビアンにとっての恋愛対象は、自分の身近にいる女性でした。それは同級生だったかもしれませんし、同僚や友達、それに友達の友達だったかもしれません。当時の大部分の中高年レズビアンは、そのような社会環境に身を置いていたのでした。

本書中、阿寶《アバオ》や黄曉寧《ホアン・シャオニン》、それに途静《トゥージン》は数少ない「幸運」に恵まれていたと言えるでしょう。早い時期から同じような仲間と義兄弟の契りを交わす機会を得て、お互いに支え合い、共に世間を渡り歩いていました。彼らと同世代の、他の高齢レズビアンの経験はいずれも孤独な、あるいはふたりだけの世界で寄り添い合う形を、苦労しながら手探りで進むようなものでした。

中高年レズビアンのインタビュー計画は歴史の専門家の手によるものではありませんが、ワーキンググループはこの企画をきっかけに、世代を超えたセクシュアル・マイノリティの交流の窓を開きたいという、壮大な願いを抱き続けてきました。セクシュアル・マイノリティの歴史はある時代に限られたものではありません。中高年セクシュアル・マイノリティは存在しないのではなく、ただその姿を目にする機会がないだけなのです。もしも中高年セクシュアル・マイノリティにまったく馴染みがなく、あるいは彼ら彼女らに対して偏見があるとしたら、「どうして社会の中で彼ら彼女らの姿が見えないのか？　コミュニティに姿を現したくないのか？」と先に質問しないでください。社会がまだセクシュアル・マイノリティに対して十分にフレンドリーでなかった時代のように、カミングアウトできないことへの責任は先入観にとらわれた社会の側にあるのであって、当事者自身の問題ではないのです。

社会が長期介護に目を向ける時、思い描く高齢者というのは通常、自分ひとりでは生活ができず、他人の助けが必要な、介護を必要とする老人であり、この時点で老人は病人として扱われ、ひとりの人間として扱われることはほとんどありません。高齢者ひとりひとりの身の上には、それぞれの人生の物語がありますが、それは必ずしも何か偉大な功績や輝かしい業績を修めたものというわけではありません。しかし高齢者に寄り添い、そばに腰を下ろして彼ら彼女らの話に耳を傾ければ、きっとその輝ける部分を見ることができるでしょう。

本書を製作期間中に黄曉寧と邑《イー》のおふたりの訃報を受け、私たちも深い悲しみに包まれました。おふたりには生前、快くインタビューをお引き受けいただき、寛大な心でご自身の物語をシェアしてくださったことに感謝しています。私どもの先輩でもあるおふたりに、ホットライン協会中高年

ＬＧＢＴワーキンググループ一同、哀悼の意を表するとともに、心からの感謝を申し上げます。

日本版出版に向けたクラウドファンディング発起人の言葉

橋本恭子

二〇二〇年十月に台湾で出版された『阿媽的女朋友』が『おばあちゃんのガールフレンド』として日本の読者にようやく届けられることになった。二〇二二年の夏にクラウドファンディングを展開してから丸二年あまり。実に感慨深いものがある。

本書は一見、台湾の名もなき中高年レズビアン十七名による地味なオーラルヒストリー集だ。だが、彼女ら個々のライフヒストリーを台湾の戦後史に位置づけた優れた導入部からもわかるとおり、本書は台湾のレズビアン運動史に新たな視点を加えることになった。これまで台湾のレズビアン運動は、一九九〇年二月二十三日、レズビアン団体「我們之間」の設立を以って運動の起点としてきたが、本書によると、その前史は五〇年代にまで遡るという。また、八〇年代のフェミニズム運動から派生したレズビアン運動は台北の中産階級・高学歴女性にリードされ、多分にエリート主義的な傾向にあったが、本書はそこからこぼれ落ちた文化資本を持たない階層にまで射程を広げ、彼女たちの言葉を丁寧に掬い上げることで、運動の概念をも大幅に拡大した。

つまり、本書は歴史的な縦軸だけでなく、学歴、省籍、階級、年齢、出身地など属性の様々に異なる語り手を集めたことで、運動の横軸を広げることにも成功している。これは画期的なことであり、ひと言でいえば、「多様性をより多様化した」と言えるだろう。

それはおそらく、台湾同志ホットライン協会だからこそできた快挙ではなかろうか。同協会は発足以来、台湾の北から南まで、漢民族、健常者、若者から原住民族、障がい者、中高年に至るまで、幅広い層の「同志」を支援してきた。そうした下地があったからこそ、かくも多様な語り手を集めることができたのだろう。語り手の人生を彩る女性・男性様々な脇役も個性豊かで、性の多様性を構成している。インタビューや執筆、編集を担当したメンバーもレズビアン以外のセクシュアリティに開かれていて、いかにもホットライン協会らしい。

語り手は、伝統社会の価値観を一度は受け入れながらも自分自身を失わなかった、あるいは、そうした運命に抗うように我が道を貫いた女性たちである。もちろん、輝かしいサクセスストーリーばかりでなく、ドロドロした関係性も語られる。脇役の中には、男女問わず性愛関係を持ち、語り手を翻弄しては手ひどく傷つける女性もいる。男性的レズビアンとの交際や結婚を厭わない異性愛男性も登場する。そうした多様な性の沃野は、フィクションではなく、まぎれもない現実なのだ。

もちろん、語り手一人ひとりの人生は家父長制や異性愛中心主義の重圧下にあり、彼女らの苦悩や悲哀は、大半がその親世代の無理解に起因していた。ところが、近年になると若者世代の意識は明らかに変化し、レズビアンの母親に対して何の抵抗もなく向き合えるようになっている。社会は確実に変わるのだ。少なくとも私たちが変えようとするならば。本書はそのことを私たちに教えてくれる。

ホットライン協会を通して、私は幸いにも数名の語り手に直接お会いすることができた。彼女らから九〇年代のレズビアン運動をリアルタイムで経験したこと、創刊されたばかりの雑誌や文学作品を読み、開設まもないウェブサイトを使っていたことなどをお聞きし、それまで私の中で白黒でしかなかった台湾のレズビアン運動の歴史が突然カラーになったような驚きがあった。また、運動の歴史はしたたかに、たくましく生き抜いた女たちだけでなく、惜しくも生き延びられなかった女たちも含め、名もなき一人ひとりが作ってきたのであり、その流れの先に今が、そして未来があるのだということを知った。彼女たちの織り上げてきた彩り豊かなこうした歴史の一端を、本書を通して日本の読者にお届けできれば、幸いである。

最後に、このプロジェクトのきっかけを作ってくれたある人物のことにどうしても触れておきたい。

二〇二一年三月二十六日、ホットライン協会の元に日本から一通のメールが届いた。差出人は「しゃおはー」さんという、地方都市在住の文字通りお孫さんのいる「おばあちゃん」だ。メールには、台湾から取り寄せた『阿媽的女朋友』への深い共感が中国語で綴られていて、協会のメンバーは読みながら涙したという。早速、日本でこれを翻訳・出版できないかと私に打診があり、私もしゃおはーさんの言葉に背中を押される形で発起人を引き受け、プロジェクトが動き出した。

しゃおはーさんが私を全力でサポートし、ゴールまで伴走してくれたおかげで、クラファンは無事成立したが、彼女の奮闘はそこで終わったわけではない。彼女はその後、小さな町でたったひとりLGBTQ支援団体を立ち上げ、行政を動かし、近隣地域のグループとも連携をはかりながら、地域に根ざした活動を展開するまでになった。台湾にも行ってプライドパレードやトランスマーチに参加し、パレードでは先導車に乗って、中国語でスピーチもした。『阿媽的女朋友』をお守りのように携えてホットライン協会を度々訪問し、同平安さんや喀飛さんら本書の語り手や編集メンバーとも交流を深めている。

そんな自身の変化を、本書に出会う前のしゃおはーさんは想像できただろうか。家族へのカミングアウトこそしていないというものの、最大の秘密である同性との恋愛経験を墓場にまで持っていくつもりでいたという彼女のかつての面影は、今は微塵もない。

現在六〇代半ばのしゃおはーさんは、異性との結婚を自ら選択し、出産も育児も一通り経験してきた。ところが還暦を過ぎたとき、それまでの彼女の人生を大きく方向転換させるものに突然、出会ってしまったのだ。それが、台湾で出たばかりの『阿媽的女朋友』だった。

たった一冊の本が、わずか十七名の台湾の「おばあちゃん」たちの人生の物語が、人ひとりの人生をこんなに大きく変えてしまうとは！

しゃおはーさんは、沈黙を破って語り始めたおばあちゃんたちの勇気を、それを何としても一冊の本にまとめようとした人たちの強い思いを、台湾からのバトンとしてしっかり受け取ったのだった。だからこそ、ＬＧＢＴＱの活動が決して盛んとは言えない日本の小さな町で、「地位も名誉もなく、何もなしとげたことがない一般人の私」と自嘲しつつも、新たな一歩を踏み出さずにいられなかったのだ。

今でも日本各地の小さな町には、おそらく無数の「しゃおはーさん」がいるだろう。そんな彼女たちの元にこの本が届いてくれたらと心から願わずにいられない。

橋本恭子

台湾文学・比較文学研究者。単著：『『華麗島文学志』とその時代——比較文学者島田謹二の台湾体験』（三元社、2012年）。共著：「東アジアにおけるレズビアン・フェミニズムの運動・理論・文学」（『思想・文化空間としての日韓関係』明石書店、2021年）、「おばあちゃんたちの共同体——台湾における高齢レズビアンの埋もれた物語」（『東アジアのメディア・ジェンダー・カルチャー』明石書店、2024年）。訳書：張小虹著『フェイク・タイワン』（東方書店、2017年）、李玟萱著『私がホームレスだったころ』（白水社、2021年）

著者: 台湾同志ホットライン協会

1998年 6月設立。台湾におけるセクシュアル・マイノリティの人権平等を求める運動<同志平権運動>にフォーカスし、LGBTQ+当事者を取り巻く状況の改善に取り組む、台湾で最も歴史ある、全国規模の同志支援組織。電話相談、エイズ、家庭、教育、中高年セクシュアル・マイノリティ、性別平等、セックス、トランスジェンダーなどをテーマに活動するワーキンググループのほか、台湾南部で当事者支援を行う南部オフィスも開設している。13名の専任職員が 400名を超えるボランティアスタッフを率いて、セクシュアル・マイノリティに関するあらゆる問題に取り組み、地域奉仕活動を推進する。

訳者: 小島あつ子

隣国台湾への興味と台湾映画好きが高じて、2015年に未公開・権利切れ台湾映画の自主上映活動を行う「台湾映画同好会」を立ち上げる。現在は個人で活動中。2017年より台湾映画の特集上映等で SNSの中の人やパンフレット編集・執筆、コーディネーターなどを担当。翻訳本に『筆録 日常対話　私と同性を愛する母と』(サウザンブックス社)、『生理を、仕事にする: 台湾の生理を変えた女性起業家たち』(アジュマブックス)、共訳本に『書店本事 台湾書店主 43のストーリー』(サウザンブックス社)。映画『日常対話』『狼が羊に恋をするとき』個人配給、『赤い糸 輪廻のひみつ』共同配給。

おばあちゃんのガールフレンド

2024年 11月 26日　第 1版第 1刷発行

著者	台湾同志ホットライン協会
訳者	小島あつ子
翻訳協力	蘇 雅如（合同会社ジー・ジェー・ランスロット)
発行者	古賀一孝
発行	株式会社サウザンブックス社
	〒151-0053 東京都渋谷区代々木2丁目23-1
	http://thousandsofbooks.jp
装丁イラスト	高妍
デザイン	潟見陽（loneliness books)
DTP	渡辺将志（ダブリューデザイン)
編集・校正	山縣真矢（ぐび企画)
版権コーディネート	関本あやか
印刷・製本	シナノ印刷株式会社
Special thanks	劉彥甫、野口綾子

Sponsored by the Ministry of Culture, Republic of China (Taiwan)
©Atuko Kojima
978-4-909125-55-2